DESTINOS ENTRELAÇADOS

O PERSEGUIDOR: VOLUME 3

ANNA ZAIRES

♠ MOZAIKA PUBLICATIONS ♠

Zaires, Anna

Destinos Entrelaçados, de Anna Zaires. Tradução: D. Dias. 1ª edição. Rio de Janeiro, BR. Independente, 2019.

Publicado por Mozaika Publications, uma impressão de Mozaika LLC.

www.mozaikallc.com

e-ISBN: 978-1-63142-445-8

ISBN: 978-1-63142-446-5

PARTE I

Sara

LÁBIOS QUENTES PRESSIONAM MINHAS BOCHECHAS, o beijo suave e terno mesmo com a barba de dias raspando minha mandíbula.

— Acorde, ptichka — Uma voz com sotaque familiar murmura em meu ouvido enquanto eu resmungo um protesto sonolento e me enterro mais fundo no travesseiro. —, está na hora de ir.

— Hmm. — Mantenho meus olhos fechados, relutante de largar o sonho. Era um sonho bom para variar, envolvendo um lago ensolarado, um par de cachorros excitados e Peter jogando xadrez com meu pai. Os detalhes já estão desaparecendo da minha mente, mas a luz, os sentimentos eufóricos se mantêm, mesmo quando a realidade, junto com a consciência amarga da impossibilidade do sonho, se aproxima.

— Vamos, meu amor. — Ele pressiona um beijo suave na parte inferior sensiva do meu ouvido, enviando tremores prazerosos pelo meu corpo. — O avião está esperando. Você pode dormir a caminho de casa.

O restante do sonho desaparece e deito de costas, sufocando um gemido ante a dor resistente no meu ombro esquerdo quando abro os olhos para o olhar caloroso e prateado do meu sequestrador. Ele está debruçado sobre mim, um sorriso gentil curvando-se nos seus lábios esculturais e, por um momento, a leveza eufórica aumenta.

Estamos vivos e ele está aqui comigo. Posso tocá-lo, beijá-lo e senti-lo. Seu rosto está mais magro que antes, acentuado pelo estresse e pouco sono, mas a perda de peso apenas aumenta sua estonteante beleza masculina, sobressaindo a inclinação das exóticas maçãs do seu rosto e destacando as linhas fortes da sua mandíbula.

Ele é lindo, esse assassino que me ama.

O assassino do meu marido que nunca me libertará.

Meu peito se aperta, minha felicidade maculada por um aperto familiar de culpa e ódio de mim mesma. Talvez haja um dia quando não sentirei um conflito tão grande, tão assolada por precisar do homem olhando para mim como se eu fosse seu coração, mas por agora, não posso esquecer o que ele é e o que fez.

Não posso deixar de me envergonhar por saber que estou apaixonada por meu carrasco.

O sorriso de Peter desaparece e sei que sente meus pensamentos, lê a culpa e tensão nas minhas feições. Pelas últimas duas semanas, desde que eu acordei aqui nesta clínica, tenho tentado evitar pensar no futuro e debruçado no que levou ao acidente. Eu precisava demais de Peter para mandá-lo embora e ele precisava de mim. Mas nesta manhã estamos retornando ao seu esconderijo no Japão e eu não posso mais esconder minha cabeça na areia.

Não posso fingir que o homem ao qual estou ligada, como se ele fosse minha tábua de salvação, não pretende me manter prisioneira pelo resto da minha vida.

— Não, Sara. — Sua voz é profunda e suave, ainda que o prateado quente no seu olhar se transforme em aço congelado. — Não siga por esse caminho.

Eu pisco e melhoro minha expressão. Ele está certo: agora não é hora. Levantando-me no meu cotovelo direito, digo normalmente: — Preciso me vestir. Se você me der licença...

Ele fica ereto, dando-me espaço para me sentar. Grata pela camisola do hospital, saio da cama e me apresso para o banheiro antes que ele mude de ideia e decida discutir depois de tudo. Precisamos conversar sobre o que houve – e, na verdade, já passou muito da hora do confronto – mas não estou pronta para isso. Nessas últimas duas semanas, ficamos mais unidos do que nunca e eu não quero desistir disso.

Não quero voltar a ver Peter como meu inimigo.

Enquanto escovo os dentes, estudo a cicatriz

diagonal na minha testa, onde um pedaço de vidro causou um corte profundo e longo. O cirurgião plástico na clínica fez um bom trabalho consertando o que poderia ser uma marca que me desfiguraria, e com os pontos caindo, a cicatriz já está ficando menos feia. Em mais algumas poucas semanas, será uma fina linha branca e mais dois anos será completamente indetectável, como os hematomas claros que ainda decoram meu rosto.

Quando a criança que Peter quer forçar em mim estiver grande o bastante para notar e fazer perguntas, não deverá haver traços da minha tentativa de fuga desastrosa.

Respiro com força ante o pensamento e pressiono minha mão na barriga, contando os dias com temor crescente. Passaram-se duas semanas e meia desde que tivemos sexo desprotegido durante uma janela de fertilidade potencial, o que significa que minha menstruação devia ter começado há poucos dias. Entre as cirurgias e medicamentos, eu não estava prestando muita atenção ao calendário, mas agora que estou fazendo as contas, vejo que estou atrasada. Não tão atrasada que deva entrar em modo de total pânico, mas atrasada o bastante para me preocupar seriamente.

Eu já posso estar grávida.

Meu primeiro impulso é correr, achar a primeira enfermeira e exigir um exame de sangue. Tenho certeza que eles fizeram exame para gravidez em mim há duas semanas, quando fui trazida para a clínica depois do acidente, mas os primeiros traços de hCG na corrente sanguínea não aparecem até sete a doze dias após a fecundação. Meu resultado foi inquestionavelmente negativo e eles não teriam mais razão para me testar novamente.

Sem razão exceto que minha menstruação está atrasada.

Já estou com a mão na maçaneta quando paro. Quando eu fizer o teste, Peter saberá. Ele terá acesso aos resultados antes de mim e algo em mim se contorce ao pensar. Eu não tive escolha, não tive controle sobre nada na nossa relação até agora e preciso sentir como tendo, mesmo se for apenas nesse caso específico.

Se houver um filho, estará crescendo no *meu* corpo e quero decidir quando compartilhar a notícia.

Não é uma decisão racional, eu sei. Peter não é estúpido. Ele também pode contar os dias. Se ele não viu que minha menstruação está atrasada, ele verá em breve e, então, saberá que venceu, isso para melhor ou pior, estaremos ligados pelo grupo de células que pode já estar crescendo dentro de mim.

Pela criança que nascerá de um assassino caçado pelas autoridades de todo o mundo e o objeto da sua obsessão.

Uma latejada dolorida começa atrás do meu olho esquerdo, a dor de cabeça repentina e implacável. Não posso mais evitar pensar no futuro, não posso me dar ao luxo de viver cada dia que chega e esperar o melhor.

Tenho que proteger essa criança, mas não sei como.

Não posso fugir e Peter nunca irá me libertar.

 eter

SARA ESTÁ ESTRANHAMENTE QUIETA QUANDO SAÍMOS DA clínica, seus dedos frios na minha pegada e sei que ela está novamente remoendo dúvidas sobre nós, sua mente super ativa repassando todas as razões por que o que temos é errado e não pode funcionar.

Eu gostaria de poder confortá-la, explicar minha nova ideia e falar-lhe que ela só precisa ser paciente, mas não quero fazer promessas que poderei não ser capaz de cumprir. Meu plano tem tantos níveis, tantas partes que podem oscilar, que as chances de falhar são muito maiores do que as de dar certo.

Se eu aceitar os cem milhões de euros de Danilo Novak para eliminar Julian Esguerra, minha equipe e eu estaremos nos envolvendo com o homem mais perigoso que conheço.

Sob circunstâncias diferentes, eu nem mesmo pensaria na ideia. Esguerra jurou me matar por colocar sua esposa em perigo para resgatá-lo, mas antes disso, eu passei um ano trabalhando para ele como consultor de segurança com o objetivo de conseguir a lista de pessoas envolvidas no massacre da minha família. Conheço o negociante de armas colombiano, vi quão violento e implacável ele é. Sua organização exterminou sozinha um dos grupos terroristas mais mortais da história e ele tem feito coisas inacreditáveis a outros inimigos. Com sua fortuna gigantesca e contatos em governos por todo o mundo, Esguerra é demasiadamente intocável, seu complexo na floresta Amazônica é o equivalente a um forte militar. E é por isso que Novak está oferecendo esse valor: porque ninguém em sã consciência iria contra alguém tão poderoso e implacável.

A única razão porque estou até pensando em entrar no meu plano é Sara.

Tenho que compensar pelo acidente que quase a matou.

Tenho que fazer o que for necessário para dar-lhe a vida que merece.

ANTON JÁ ESTÁ NO AVIÃO QUANDO OS GÊMEOS E EU subimos com Sara e tão logo a coloco segura sentada, levantamos voo. São quatorze horas de voo para o Japão, então, assim que estamos no ar, retiro os tênis de Sara e coloco um cobertor em volta dos seus pés, esperando que ficará confortável o bastante para tirar uma soneca.

Eu próprio não tenho dormido desde o acidente, mas quero que ela descanse e se restabeleça.

Ela me olha com olhos de avelã sombrios quando pego meu laptop e pergunto: — Com fome, meu amor?

Tomamos café antes de sairmos da clínica, mas ela quase não comeu, então, eu trouxe sanduíches extras para o voo.

Ela balança a cabeça. — Estou bem, obrigada. — Sua voz é melodiosa e um pouco rouca – voz de cantora, sempre achei. Quero ouvi-la para sempre, tanto se estiver falando ou interpretando uma das músicas pop que adora. Mas, acima de tudo, a quero ouvir cantarolar uma canção de ninar para o nosso filho, assim, a criança saberá que está segura e é amada.

Com esforço, retiro a imagem sedutora da minha mente. Não posso pensar em começar uma família com Sara agora... não quando tenho um serviço tão perigoso à frente.

É para o melhor que Sara não está grávida, e até passarmos esse obstáculo, me certificarei que ela continue assim.

eter

— VOCÊ FEZ O QUÊ?

Anton olha para mim como se eu tivesse ficado louco, suas mandíbulas com barba caídas pelo choque. Como eu, os caras acordaram cedo apesar da nossa chegada tarde ontem à noite; achei que deveria falar com eles sobre nossa próxima missão antes que Sara acorde.

— Agendei uma reunião com Novak — Repito, quebrando um ovo numa tigela de batedeira antes de misturar com leite —, iremos para Belgrado em meados de dezembro. O bastardo sérvio é muito paranoico, disse que apenas falará os detalhes de quaisquer ativos que tenha na organização de Esguerra em pessoa, não por email ou telefone.

Yan se encosta num balcão próximo, seus olhos verde se divertindo friamente enquanto cruza suas pernas, em calças justas, nos tornozelos. — Por que meados de dezembro? Estamos no início de novembro.

Eu dou de ombros. — Não estamos com pressa, e nem ele. — Realmente, o último não é verdade. Novak queria se reunir na próxima semana, mas eu adiei para o próximo mês. Uma vez que comecemos a rolar a bola, não tem como parar e não estou pronto.

Eu quero – não, eu *preciso* – passar tempo com Sara antes de embarcar nessa missão. Também, nossos hackers estão perto de encontrar pistas de Wally Henderson e podem conseguir outra pista em breve. Ele é o último nome na minha lista e de longe o mais difícil. Ele também é o general que estava a cargo da operação em Daryevo – o que o faz a pessoa mais responsável diretamente pelo massacre da minha mulher e filho. Se não fosse pelo acidente de Sara, poderíamos tê-lo pego na Nova Zelândia quando a foto da sua esposa apareceu no Instagram, postado inadvertidamente por um dono de vinhedo orgulhoso pelos seus clientes. Mas quando desviamos para a clínica na Suíça e eu me recompus o bastante para enviar meus homens para capturar Henderson, ele tinha conseguido desaparecer novamente. Só que dessa vez, sua trilha está fresca e nossos hackers têm melhor ideia de onde procurar.

Acharemos Walter Henderson III e quando o acharmos, rasgarei o *sookin syn* membro por membro.

Ilya franze, seu crânio tatuado brilhando na luz da

manhã, quando se senta num banco de bar. — Você tem certeza disso, cara? Cem milhões *são* suculentos, mas estamos falando de Esguerra. Kent vai se envolver e...

— Foda-se Kent. — Quebro o próximo ovo com tanta força que espalha nos lados da tigela. — O bastardo merece isso depois que fodeu com a Sara.

— Mas Esguerra? — Diz Anton, se recuperando do choque. — O cara tem um pequeno exército na sua folha de pagamento e aquele complexo na selva dele... Você mesmo disse que é impenetrável. De que porra de jeito iremos...

— É por isso que nos encontraremos com Novak, para descobrir que cartas ele tem nas mangas. — Estou começando a perder a paciência. — Não sou uma porra de um suicida; faremos isso apenas se conseguirmos sair vivos.

— Verdade? — Yan atravessa a cozinha e senta-se num banco perto do seu irmão. — Você tem certeza disso? Porque Sara realmente se machucou sob a supervisão de Kent.

Sua voz é suave como seda, mas conheço um desafio quando o vejo.

Mantendo minha expressão calma, vou à pia e lavo minhas mãos dos traços de ovo cru. Anton, que me conhece melhor, prudentemente dá um passo atrás, mas os gêmeos Ivanov não se movem dos assentos, me olhando com olhares verdes idênticos quando eu casualmente contorno o bar e me aproximo de Yan.

— Então, você acha que estou raciocinando com meu pau? — A suavidade da minha voz iguala a dele. —

Você acha que vou matar todos nós para punir Kent por ter deixado Sara bater o carro?

Yan se vira no banco para me encarar por completo. — Não sei. — Sua expressão é um pouco divertida, mas seus olhos são frios e penetrantes. — Vai?

Meus lábios se abrem num sorriso enquanto minha mão direita se fecha num canivete no meu bolso. — E se eu for?

Yan fica me olhando por alguns segundos tensos quando o ar no cômodo fica pesado com o desafio. Eu gosto de Yan, mas não posso deixar essa insubordinação passar. Ele sabia no que estava se inscrevendo quando se juntou ao time, sabia muito bem que para participar no empreendimento altamente lucrativo que eu estava montando, ele teria que me ajudar com minha agenda pessoal. Esse foi nosso trato e eu pretendo mantê-lo nele, mesmo se agora é Sara que motiva minhas ações em vez de minha mulher e filho.

— Yan. — A voz de Ilya é baixa quando ele fica de pé e coloca uma mão grande no ombro do seu irmão. — Peter sabe o que está fazendo.

Yan fica em silêncio por mais um momento, então, assente com a cabeça com um pequeno sorriso. — Sim, tenho certeza. Além do mais, ele *é* o líder da equipe no fim das contas.

Suas palavras são conciliatórias, mas não me engano. Terei que ficar mais alerta nessa missão.

Yan poderia facilmente ser uma complicação.

4

Sara

ENQUANTO NÓS CINCO TOMAMOS CAFÉ, NÃO CONSIGO evitar perceber a tensão na mesa. Não sei se algo aconteceu antes de eu descer, ou se todos estão com os efeitos do fuso horário como eu, mas o companheirismo fácil entre Peter e seus homens não parece estar lá nesta manhã.

Em vez de conversarem alegremente e me entreterem com piadas da Rússia, os companheiros de Peter comem suas omeletes em silêncio e se vão, com Anton saindo com o helicóptero para comprar suprimentos e os gêmeos, para uma sessão de treinamento na floresta.

— O que está acontecendo? — Pergunto a Peter

quando somos os únicos na cozinha. — Vocês brigaram ou algo assim?

— Ou algo assim. — Ele levanta-se para limpar a mesa e esvaziar os pratos. — Digamos apenas que nem todos concordam com o curso de ação que escolhi.

— Que curso de ação?

— Estou pensando em aceitar outra oferta de trabalho – uma particularmente lucrativa.

Eu franzo a testa e me levanto para ajudá-lo a colocar os pratos na lavadora. — É perigoso?

Seu sorriso não tem nem um pingo de humor. — Nossa vida é perigosa, ptichka. O trabalho que fazemos é simplesmente parte dele.

— Então, por que os homens estão se recusando? — Largo o prato que estou lavando e olho para Peter, secando minhas mãos numa toalha de prato. — É de alguma forma pior do que seus trabalhos de *Missão Impossível*?

Seu olhar de aço fica acalorado ante meu tom de preocupação. — Não é nada que você precise ficar estressada, meu amor – pelo menos não agora. Nem mesmo nos encontraremos com nosso cliente em potencial até meados de dezembro e esse encontro decidirá se pegaremos o serviço ou não.

— Oh. — Minha preocupação diminui um pouco, substituída por uma curiosidade crescente. — Vocês vão encontrar o cliente em pessoa? — Quando Peter assente, eu pergunto: — Por quê? Vocês normalmente não fazem isso, fazem?

— Não, mas faremos uma exceção dessa vez. — Ele

não parece estar com vontade de explicar e eu decido deixar quieto por enquanto. Meados de dezembro está semanas à frente e ele me falará quando estiver pronto – quando ele não tenha acabado de discutir com seus parceiros.

Terminamos a limpeza num silêncio de companheiros e fico maravilhada de como tudo parece natural: tomar café com Peter e seus homens, lavar os pratos, falar sobre seu trabalho. Não tem problema se estamos num pico de montanha inacessível no Japão com vinte centímetros de neve já cobrindo o chão, ou se o trabalho em questão é de assassinatos violentos. Meu tempo fora daqui – os dias que passei em Chipre com os Kents, seguidos de duas semanas numa clínica na Suíça – já está começando a parecer uma lembrança ruim, um interlúdio pavoroso nesta minha vida.

Uma vida que está se tornando mais confortável e real a cada dia que se passa aqui, neste lugar estranho que está começando a se parecer com um lar.

Eu espero a mordida dolorosa de auto-ódio e culpa, mas tudo o que sinto é um tipo de resignação desgastante. Estou cansada de lutar contra mim mesma e contra esses sentimentos confusos, cansada de resistir e fingir que o homem me olhando com aqueles olhos metálicos não é nada mais do que um sequestrador – que não me liguei a ele na clínica como um bebê coala à sua mãe. Quando acordei esta manhã, sozinha numa cama vazia, eu quis chorar – e isso não tinha nada a ver com o fato de que minha menstruação ainda não chegou.

Eu fecho a porta para esse pensamento antes que comece a perder a cabeça novamente. Sim, já estou há vários dias atrasada, mas tem outras explicações potenciais para esse atraso. Estresse, por exemplo, tanto do tipo físico quanto emocional. Sem um teste de gravidez e na ausência de sintomas, não tem como eu possa saber neste estágio se estou lidando com os efeitos do acidente ou as consequências do sexo sem proteção. Então, por enquanto, visto não estar pronta para falar sobre isso com Peter, preciso retirar isso dos meus pensamentos e esperar pelo melhor.

Se estou grávida, ambos saberemos em breve.

— Você está bem? — Pergunta Peter, suas sobrancelhas escuras numa franzida preocupada e vejo que devo ter feito uma careta, como se estivesse com dor.

— Só estou sentindo o jet-lag — Digo para dissipar mais sua preocupação, coloco um sorriso grande no rosto. — Você sabe, voo longo e tudo o mais.

— Ah. — Ele levanta sua mão grande, suavemente tocando a cicatriz sarando na minha testa. — Você deve ter cuidado nos próximos dias. Ainda não se recuperou totalmente. — Sua franzida se acentua. — Talvez devêssemos ter ficado na clínica mais tempo.

Eu rio e balanço a cabeça. — Oh, não. Ficamos uma semana além do necessário. Estou bem – apenas um pouco cansada, só isso.

— Certo. — Ele não parece convencido e impulsivamente levanto-me na ponta dos pés e beijo aquela boca sensual.

É apenas um beijo rápido e brincalhão, mas saímos dele como de um golpe. Não sei por que fiz isso, porque parecia a coisa mais natural no mundo acariciá-lo desse jeito. Não foi porque eu queria sexo, apesar de querer – ele não me possui desde Chipre e meu corpo está necessitando seu toque. Não, foi apenas algo que quis fazer, algo que deu vontade.

Ele se recupera primeiro, um sorriso vagaroso e sedutor curvando-se naqueles lábios esculpidos quando ele vem a mim, um braço passando pela minha cintura para me puxar para mais perto enquanto a outra mão se curva em volta do meu queixo, seu polegar calejado acariciando minha bochecha. — Sara...— Sua voz é baixa e rouca, tão calorosa quanto o brilho no seu olhar. — Minha bela ptichka... Eu te amo tanto, tanto.

Meu peito se aperta, comprimindo o ar nos meus pulmões. Ele já me disse que me ama antes, mas nunca desse jeito... nunca com essa profundidade de sentimento. Isso me abala até os ossos, porque, pela primeira vez, acredito nele.

Acredito nele e quero dizer de volta.

A constatação é como uma marreta no meu crânio. Luto muito contra ela, eu fiz tudo que pude para evitar me apaixonar por esse homem, para fugir dele. Mas mesmo quando fugi, eu sabia que estava fugindo de mim mesma também, da minha parte sombria que quer abraçar o assassino do meu marido, ceder à fantasia de uma vida feliz com o assassino que me roubou de todos que amo. Eu lutei, eu fugi e em algum lugar no caminho, isso aconteceu mesmo assim.

Eu me apaixonei por ele.

Apaixonei-me pelo homem que deveria odiar, um monstro de quem o filho devo estar carregando.

Ele me olha nos olhos e neles vejo o mesmo desejo feroz que tenho trabalhado tanto para suprimir. Ele precisa de mim, esse meu sequestrador letal, precisa tanto que está disposto a fazer qualquer coisa para me ter. E, por alguma razão, saber disso não me horroriza mais tanto quanto antes horrorizava.

Não sei se de algum modo eu transmito meus pensamentos, ou se a abstinência das duas semanas e meia foi tão difícil para Peter como foi para mim, mas a chama quente no seu olhar queima mais clara e o braço poderoso na minha cintura se aperta, puxando-me rapidamente para o seu corpo.

Seu corpo duro e totalmente excitado.

Meu próprio corpo se enrijece, fechando num pulsar apertado quando minhas mãos sobem para pressionarem contra seu peito largo. Eu o desejo, igual quando o desejei todas aquelas noites na clínica quando dormia aconchegada platonicamente no seu abraço. Ele se recusava a me tocar então, preocupado com os ferimentos, mas não estou mais machucada – não por ferimentos, pelo menos.

Sua cabeça se abaixa e aceito seu beijo forte e devorador. É exatamente isso que quero: ser possuída por ele, conhecer a violência da sua possessão. Ele não é mais suave, e não quero que seja. Eu o quero desse jeito: forte e quase fora de controle, me consumindo com sua necessidade, fazendo-me queimar com sua fome esmagadora.

De alguma forma minhas mãos acabam nos seus cabelos negros, segurando nos cachos grossos e sedosos quando beijo-o de volta com a mesma selvageria, nossas línguas duelando enquanto nossos corpos se esfregam um no outro pelas barreiras das roupas. Estou respirando com dificuldade assim como ele quando ele me encosta no canto do balcão, e me levanta nele, retirando minhas calças de yoga e a tanga numa puxada só. Então, seu zíper é abaixado e seu pau grosso entra em mim como uma flecha, fazendo-me gritar ante a estocada brutal. Se eu não estivesse tão molhada, ele ter-me-ía rasgado, mas estou tão escorregadia de necessidade, e quando ele começa bombeando dentro de mim, passo minhas pernas no seu quadril, possuindo-o, abraçando tudo o que ele tem para me dar.

Não demora muito até que meu corpo se aperta, espiralando ao clímax num ritmo estonteante e suas estocadas aumentando de velocidade, o ritmo selvagem nos levando à beira da sanidade. — Oh, caralho — Geme ele, colocando a cabeça para trás quando o orgasmo o domina e eu grito, me retraindo no prazer agonizante quando meus músculos internos se apertam em volta do seu pau. Os jatos quentes da sua semente banhando meu interior e meu corpo entra nos espasmos de novo e de novo, a liberação durando uma eternidade.

Eventualmente, contudo, ele acaba e eu percebo a pedra dura do balcão de quartzo liso sob minhas costas e o grande peso de Peter me pressionando. Ambos estamos respirando rapidamente e apesar da grossura da sua camisa, sinto o suor cobrindo suas costas.

Nós acabamos de foder no balcão da cozinha, onde qualquer um poderia ter entrado e nos visto.

Fomos direto para isso como animais, como se tivesse passado anos desde que fizemos sexo, em vez de semanas.

Risadinhas malucas escapam da minha garganta enquanto Peter pragueja furiosamente e sai de mim. A expressão sinistra nas suas feições enquanto fecha seu jeans fazendo-me rir ainda mais. Ofegando com uma gargalhada histérica, eu saio do balcão com pernas trêmulas e olho minha calça e tanga embaixo da lavadora de pratos.

Estou nua da cintura para baixo.

Minha bunda nua estava no balcão da cozinha, como um peru esperando para ser recheado.

Minha histeria chega a uma novo nível e me contorço, rindo tanto que minhas lágrimas jorram dos meus olhos. Peter está olhando para mim como se eu tivesse ficado louca e isso apenas piora as coisas, porque eu sei como devo estar parecendo, com o traseiro nu e gargalhando como uma louca.

Depois de uns minutos, eu me acalmo o bastante para pensar e pegar minhas roupas, mas Peter segura meus ombros antes que eu possa ficar de quatro. A franzida de preocupação nas suas feições me leva a uma histeria renovada. — Você... você vai ter que desinfetar isso. — Ofego entre gargalhadas incontroladas. — Você cozinha aqui e tudo...

Estou rindo com tanta força que mal posso falar, mas ele deve ter entendido o que falei, porque um divertimento relutante brilha nos seus olhos e ele curva os lábios. Logo, ele também está rindo, ainda há pratos sujos por todos os lados e acabamos de foder lá onde qualquer um poderia nos ver e seu sêmen está escorrendo pelas minhas coxas no piso limpo.

Eventualmente, nos acalmamos e pegamos a calça e roupa de baixo de debaixo da lavadora. Minha garganta está dolorida e minha barriga dói por ter rido com tanta força, mas de alguma forma, sinto-me limpa, esvaziada de todo o ressentimento amargo. A expressão de Peter, no entanto, fica sombria novamente e quando ele me leva escada acima para o chuveiro, pergunto: — Qual o problema?

Ele não responde de pronto, apenas se ocupa em ligar o chuveiro e nos despir quando chegamos ao banheiro. Eu espero pacientemente e quando entramos sob o spray de água e ele começa a lavar minhas costas, ele finalmente murmura: — Eu te machuquei?

Eu pisco e me viro para fitá-lo. É disso que ele está preocupado? Que ele foi áspero? Meu ombro esquerdo ainda está dolorido por ter sido deslocado no acidente de carro, mas tenho certeza que nosso sexo vigoroso não o machucou. — Não, claro que não. Eu te disse, estou perfeitamente bem.

Ele olha para mim, não convencido, então, suspira e

me agarra num abraço. Eu fecho os olhos para manter fora a água caindo e passo meu braço em volta do músculo duro do seu torso. Ficamos daquele jeito, segurando um ao outro e me sinto muito bem, apesar de todas as coisas erradas.

Parece que pertencemos assim, como se fôssemos feitos para ser.

 *eter*

Na manhã seguinte, eu acordei antes de Sara e como tem sido meu hábito ultimamente, eu fico olhando-a por alguns minutos antes de me forçar para fora da cama.

Não sei se é apenas uma ilusão, mas pareceu diferente ontem. Parecia que a trégua provisória que estabelecemos na clínica ainda estava lá. Geralmente, depois do sexo, eu consigo sentir Sara debatendo-se para reconstruir seus muros no meio de autorrecriminações amargas, mas não ontem. Ontem, não pude sentir seu conflito interno e após ter me certificado de que não a tinha machucado, parei de me culpar por ter perdido o controle – e por ter deixado a camisinha de fora mais uma vez apesar da minha resolução mais cedo de não fazê-lo.

No ponto em que estamos, encher Sara com minha semente é instintivo e esses instintos se recusam a obedecer à razão para esperar até que a situação de Esguerra esteja solucionada.

De qualquer modo, duvido que estivéssemos correndo qualquer perigo ontem. Sara deve estar perto do final do seu ciclo, dada sua última menstruação. Que foi exatamente quando? Três semanas atrás ou quatro? Eu franzo no espelho do banheiro quando raspo o último vestígio de barba e coloco o aparelho na pia. Não, não parece estar certo. Estávamos longe por quase três semanas e antes disso, ela não menstruou por pelo menos...

Uma batida na porta do banheiro interrompe meus cálculos. — Peter? — A voz rouca e sonolenta de Sara está estranhamente tensa. — Yan quer falar contigo.

Caralho. Esfrego uma toalha no meu rosto para retirar qualquer espuma que possa ainda estar presa na minha pele e saio do banheiro. Sara está em pé ao lado da cama, enrolada num roupão grosso que deve ter pego para abrir a porta para Yan.

— Ele disse para você descer tão logo possa — Diz ela, uma franzida de preocupação marcando sua testa. — É urgente.

Eu assinto, já pegando uma calça jeans. Já tinha imaginado, porque meus homens não têm o hábito de bater na porta do nosso quarto. Algo deve ter acontecido, mas nem de longe posso imaginar o que é. Não tem como as autoridades ou quaisquer dos nossos inimigos terem nos seguido até aqui e essa seria a única emergência que imagino motivar tal urgência.

— Vista-se — Digo a Sara quando vou para a porta. —, no caso de termos que sair rápido.

Seus olhos se arregalam com entendimento e ela corre para colocar a roupa e eu me apresso para baixo.

Meus três parceiros já estão lá, juntos em volta de Yan, que está olhando para a tela do seu laptop. Anton está digitando algo no seu telefone.

— Qual o problema? — Pergunto com firmeza e os gêmeos se viram para olhar para mim, seus rostos sombrios.

— Sara ainda está lá em cima, certo? — Pergunta Yan, com um olhar indescritível para a escada e eu assinto diminuindo nossa distância em poucos passos.

— Qual o problema?

— Olhe — Diz ele virando a tela para mim.

De início, tudo o que vejo é a cozinha antiga e aconchegante dos pais de Sara, com os eletrodomésticos bem usados e o parapeito da janela cheio de ervas em potes. O pai idoso de Sara, vestido com um roupão, está andando na cozinha com seu andador, colocando café para ele e pegando um iogurte na geladeira. Ele está quase na mesa da cozinha com seu café quando a chamada num celular interrompe o que deveria ter sido uma manhã serena.

Charles "Chuck" Weisman cuidadosamente põe sua

xícara de café no balcão da cozinha, coloca a mão no bolso para pegar seu telefone. — Lorna? — Sua voz é forte e firme apesar da sua idade. — Você esqueceu-se de verificar... — Ele fica em silêncio abruptamente e mesmo na imagem granulada, posso vê-lo empalidecer, sua boca se abrindo e fechando num choque sem palavra.

Sua mão livre tentando convulsivamente pegar, mas não conseguindo, o suporte do andador e seguro minha respiração. Para meu alívio, ele consegue se segurar na beirada do balcão. Devido ao pai de Sara estar tão frágil, a queda poderia matá-lo facilmente.

— Onde? — É tudo que pergunta um minuto depois de ouvir tensamente, então, ele coloca o telefone de volta no bolso e fica em pé por um momento, queixo tremendo, antes de se recompor e andar com dificuldade para o quarto para vestir-se.

— Isso foi gravado há dez horas — Diz Yan quando olho da tela para ele, pronto para ir para cima dele com perguntas furiosas. — Acabamos de ouvir o áudio completo da chamada. Parece que a mãe de Sara envolveu-se num acidente de carro – um dos grandes. Eles não têm certeza se ela consegue sair dessa. Nossos hackers estão acessando os registros do hospital enquanto falamos, mas os médicos do centro de emergência são notoriamente vagarosos em colocar as anotações no sistema. A boa notícia é que o pai de Sara está no hospital – ou, pelo menos, ele não esteve em casa.

— Acabei de falar com nosso pessoal americano —

Diz Anton guardando o telefone. — Eles estão indo para o hospital, teremos notícias dela em breve. Falei para eles serem super cuidadosos; tenho certeza de que os federais estarão monitorando o local, no caso de Sara aparecer.

Caralho. Fecho meus olhos e esfrego as têmporas espantando uma dor de cabeça que piora rapidamente. É o pior pesadelo de Sara se realizando: um em que seus pais estão feridos e ela não está lá. Ela sempre temeu que fosse seu pai, por causa dos seus problemas de coração, mas é sua relativamente jovem e saudável (mesmo com seus setenta e oito anos) mãe. Sara ficará para além de devastada e todo o progresso que fizemos na nossa relação pelas últimas duas semanas será perdido.

Ela nunca me perdoará por mantê-la longe do leito de morte da sua mãe. Isso criará outro abismo entre nós, um que poderá ser até pior de ultrapassar do que o deixado pela morte do marido.

Abro os olhos, uma dor forte e profunda pousando no meu íntimo. Meus homens estão me olhando com uma mistura de curiosidade e pena e sei que eles entendem. Passaram a conhecer Sara nos últimos meses e a gostar dela. Eles viram o quão devota ela é aos seus pais idosos, como pergunta sobre eles todos os dias e diligentemente assiste aos vídeos que trazemos para ela.

Eles sabem que isso vai destruí-la.

Ela vai se culpar tanto quanto me culpar.

— Mantenha-me atualizado de quaisquer notícas pelos americanos — Digo rouco e subo.

Tenho que alcançar Sara antes que desça.

Ela não pode descobrir isso antes que saibamos de todos os fatos.

6

CORRO COM MINHA ROTINA, TOMANDO BANHO E escovando os dentes em cinco minutos. Levo mais três minutos para me vestir e penso no que fazer. Deveria correr para baixo para ver o que está acontecendo? Ou preparar roupas para o caso de termos que sair às pressas?

O pragmatismo vence a curiosidade, acho uma mochila no closet e começo a encher com itens necessários: três pares de roupa de baixo limpas, tanto para mim como para Peter, meias, jeans, camisas, suéteres, tudo para nós dois. Tenho certeza de que Peter e seus homens poderão comprar roupas novas se tivermos que abandonar tudo e evacuar para um esconderijo diferente, mas isso ajudará se tivermos alguns dias de coisas para vestir, assim, isso é menos uma emergência. Não esqueço do meu voo para cá onde minhas únicas opções de roupas eram um cobertor onde Peter me roubou e roupa masculina de tamanho muito maior que o meu.

Se posso evitar ficar andando desajeitada nas calças de Peter, já fico feliz.

Roupa arrumada, passo para os artigos de limpeza, guardando nossas escovas e pasta num plástico ziploc que acho sob a pia. Quando fecho o saco, junto com o barbeador de Peter e um pequeno tubo de creme de barbear, ocorre-me que estou estranhamente calma com tudo isso. Minhas palmas estão suando e as batidas do meu coração elevadas, mas não estou mais estressada do que estaria se estivéssemos atrasados para um voo. Suponho que seja porque bem no fundo, eu esperava que algo assim acontecesse. Por mais habilidoso que Peter e seus homens sejam em fugir das autoridades, mais cedo ou mais tarde, eles provavelmente seriam achados. Se não pelo FBI ou Interpol, então, por algum criminoso procurando vingança de um dos seus alvos.

Mesmo barões das drogas ou banqueiros corruptos têm alguém que os ama.

Estou me apressando de volta ao quarto para pegar um cinto para o jeans de Peter quando ele entra, sua expressão bem sombria.

— O que aconteceu? — Colocando a mochila na cama, corro para ele. — Nós temos que...

Ele pega meu rosto entre suas palmas e coloca seus

lábios nos meus num beijo forte e violentamente faminto. Não fizemos amor depois do encontro na cozinha – eu desmaiei cedo por causa do jet-lag e Peter deixou-me dormir por consideração – e posso provar o desejo crescente no seu beijo, o fogo sombrio que sempre queima entre nós.

Me empurrando contra a cama, Peter rasga minhas roupas, então as dele próprio, sem preliminares, ele empurra para dentro de mim, me alargando com sua grossura, me batendo com seu forte calor. Eu grito pelo choque causado, mas ele não para, não diminui a velocidade. Seus olhos brilham ferozmente quando ele eleva meus braços sobre minha cabeça, suas mãos prendendo meus pulsos e vejo que é algo mais do que desejo que o está movendo hoje, algo selvagem e desesperado.

A resposta do meu corpo é rápida e repentina, como gasolina pegando fogo. Um minuto, estou prendendo os dentes pela força implacável das suas enfiadas e, logo depois, estou perto de gritar quando me atiro com êxtase brutal. Não tem alívio neste orgasmo, apenas uma diminuição da tensão impossível, mas mesmo isso não dura. O segundo pico, tão violento quanto o primeiro, vai até os calcanhares e eu grito ante a agonia do espasmo, o prazer me rasgando ao meio quando ele entra em mim, vez após vez, me levando pelo clímax e além.

Não sei por quanto tempo Peter me fode assim, mas quando ele goza, espirrando semente quente dentro de mim, minha garganta está doendo de tanto gritar e perdi a conta de quantos orgasmos ele provocou no meu corpo surrado. Os músculos duros do seu peito brilham com o suor quando ele sai de mim e fico deitada lá ofegando, muito tonta e exausta para me mover.

Ele sai, e volta alguns momentos depois com uma toalha molhada, que ele usa para enxugar a parte úmida entre minhas pernas. — Sara... — Sua voz rouca, pesada com emoção quando ele inclina-se sobre mim para retirar uma mecha de cabelo da minha testa suada. —Ptichka, eu...

Uma batida forte na porta faz a gente pular.

— Peter. — É Yan, sua voz é tão forte quanto a de antes. — Você precisa ouvir isso. Agora.

Praguejando sob a respiração, Peter pula para fora da cama, pega seu jeans descartado na pilha de roupas e o coloca sem se preocupar com a cueca. O olhar que me dá sobre os ombros é feroz, quase raivoso, mas ele não diz nada quando sai do quarto.

Sento, estremecendo pela dor entre minhas coxas e me forço a levantar-me e lavar-me rápido, outra vez, antes de me vestir novamente.

Não tenho ideia do que está acontecendo, mas tenho uma premonição espantosa.

7

É atestada a seriedade da situação de que não há nada bom à vista quando entro na cozinha descalço e sem camisa, o cheiro de sexo agarrado em mim como um perfume primal.

— É ruim — Diz Yan sem enrolação quando me aproximo. — Um motorista bêbado bateu no lado dela num cruzamento e o carro capotou três vezes antes de parar de cabeça para baixo. Ela tem muitos ossos quebrados e hemorragia interna. Eles acabaram de levá-la para uma segunda cirurgia, mas as coisas não parecem boas. Por causa da sua idade e a extensão dos ferimentos, eles não acham que ela resistirá.

Todas as palavras que ele diz me esfaqueiam até

minhas entranhas. — E o pai de Sara? — Pergunto, minha mente rodando. — Ele está...

— Ele está se segurando até agora, mas sua pressão sanguínea está perigosamente alta. — O olhar sombrio de Anton é grave. — Eles tentaram mandá-lo para casa para descansar, mas ele se recusa a ir. Alguns dos seus amigos estão lá com ele, mas é a única ajuda que podem dar.

— Certo. — Olho para meus companheiros e nos seus olhos vejo que eles imaginam o que terei que fazer.

A batida de passos leves na escada prende minha atenção e viro-me para ver Sara descendo as escadas rapidamente, suas feições em forma de coração, pálidas com preocupação.

— O que está acontecendo? — Seus pés com meias deslizam no piso da cozinha quando ela para na nossa frente. Seu olhar de avelã passa de mim para meus companheiros e volta. — Aconteceu alguma coisa?

— Dê-nos um minuto — Falo aos caras e eles dispersam imediatamente, os gêmeos subindo enquanto Anton vai para a porta do closet.

— Quer que eu prepare o helicóptero? — Pergunta ele em russo quando passa por mim e eu assinto, mantendo o olhar em Sara, que está ficando mais ansiosa a cada segundo.

— O que aconteceu? — Pergunta ela novamente, vindo para mim e sei que não posso adiar mais. Esticando a mão, pego sua mão delicada entre minhas palmas e tão suavemente quanto possa, digo o que acabei de ouvir.

Suas feições perdem aparência de cor quando termino e seus dedos estão gelados na minha pegada. Seus olhos ainda secos, mas sei que é o choque que a está impedindo de desmoronar. Meu pássaro cantor acabou de receber um golpe devastador e se não agir agora, ela nunca se recuperará disso.

Vou perdê-la.

Eu sei disso.

Posso sentir.

É a pior coisa que já tive que fazer, mas digo com normalidade. — Te vi arrumando a mochila mais cedo. Está pronta para ir?

Ela pisca sem entender. — O quê? — Sua voz tonta, mesmo com seu olhar focado em mim com uma esperança repentina e desesperada. — Onde?

— Para casa — Digo e a dor pungente nas minhas entranhas se intensifica, o vazio aumentando e tomando meu coração. — Estou te levando de volta, meu amor, antes que seja tarde demais.

8

Sara

OLHO PARA FORA DA JANELA DO AVIÃO AS NUVENS abaixo, meus pensamentos divididos e meu peito num aperto agonizante. Talvez seja porque ainda esteja em choque, mas tudo aconteceu com tal velocidade que eu simplesmente não consigo compreender, não consigo discernir esse transcorrer de coisas e o entrelaçar das emoções me sufocando por dentro.

Mamãe estava num acidente de carro. Ela pode morrer.

Peter está me levando para casa.

Minha respiração é rasa, mesmo assim, cada vez que inspiro, dói, como se o ar dentro da cabine fosse muito espesso. Parece que precisou de minutos apenas para sairmos, entrar no helicóptero e levantar voo, como se esse fosse o plano o tempo todo, como se tivéssemos conversado sobre isso e decidido que era a hora.

Hora de ir para casa.

Hora de mamãe morrer.

Minha respiração prende numa inalação particularmente pesada e tenho que lutar para meus pulmões se expandirem, para inalar oxigênio por uma traqueia que não parece maior do que um furinho.

O caso é, não conversamos. Absolutamente não. Peter me informou e foi só isso. Depois, havia apenas a pressa de aprontar as coisas, pegar o que fosse necessário para entrar no helicóptero. E quando estávamos lá, ele estava no telefone, preparando algo, falando muito russo e um pouco de inglês. Peguei pequenas partes das conversas, mas estava muito fora de mim para entender algo. Para entender qualquer coisa, na verdade. Como pode ele me devolver quando estão o procurando? Quando ele sabe que na hora em que eu aparecer, posso ser levada para algum lugar em que ele talvez nunca me ache?

Como pode ele deixar-me ir se ele jurou que nunca iria fazê-lo?

Quero perguntar tudo isso a Peter, mas ele não está perto de mim. Ele está no sofá, em um laptop com os gêmeos. Ouço muitas coisas sendo faladas em russo bem rápido quando apontam para algo na tela e sei que devem estar planejando a logística desta operação não planejada, imaginando como entrar e me largar bem embaixo do nariz das autoridades.

Eu poderia me levantar e exigir resposta deles, mas isso tiraria a atenção deles, poderia fazê-los perder detalhes cruciais que podem fazer a diferença entre a vida e a morte, ou, pelo menos, captura e liberdade. Então, eu apenas fico sentada e olho para fora da janela, focando na difícil tarefa de respirar.

Uma inspiração, uma expiração. Devagar e firme. Luto para usar o ar anormalmente espesso enquanto mantenho meu olhar nas nuvens fofas do lado de fora. Concentrar-me nelas me ajuda a manter o pensamento que lá fora, a milhares de quilômetros, mamãe está sob a faca de um cirurgião, seu corpo fraco aberto e sangrando. Já vi centenas de cirurgias, fiz dúzias de cesarianas e sei como se parecem, como a carne humana é apenas carne nessa hora, algo que o médico corta, separa e dá ponto com o objetivo de salvar a pessoa que não é uma pessoa para o médico naquele momento, mas uma tarefa, um desafio a ser completado.

Meu estômago dá um nó, meu peito super apertado e eu esfrego algo fazendo cócega em minha bochecha, apenas para abaixar minha mão quando a sinto úmida.

Não notei que estava chorando, tento me recompor e focar em algo além da imagem mental do corpo de mamãe na mesa de cirurgia, sua barriga aberta para reparo dos danos. E de papai na sala de espera do hospital, exausto e sem dormir, seu coração esgotado e sobrecarregado.

Por que Peter está fazendo isso? Tento pensar nisso, porque é melhor do que as imagens na minha cabeça.

Ele vai me deixar para sempre, ou está planejando voltar para mim? Se for o último, ele tem que ver que me sequestrar uma segunda vez não será fácil. Ele está correndo um enorme risco em me trazer de volta e, mesmo assim, está fazendo isso. Por quê?

Estaria ele enjoado de mim?

Não. Fecho a porta da ideia patética e insegura. Qualquer coisa que ele seja, Peter é o oposto de instável. Uma vez firmado o curso de ação, ele não se desvia dele, tanto se for vingar-se da sua família ou se impor na minha vida. Ontem, ele me disse que me ama e acreditei nele. E ainda acredito.

Ele não está me levando de volta porque quer se livrar de mim.

Ele está fazendo isso por mim. Porque me ama.

Ele me ama o bastante para arriscar me perder.

Aterrissamos numa pista particular perto de Chicago na hora que o sol está se pondo. Não tenho ideia de quantos favores Peter teve que pedir para tornar esse controle aéreo livre, mas o avião toca o chão sem interferências. Um sedan não chamativo está esperando quando saímos do avião e Peter me leva a ele, seus dedos fortes segurando gentilmente meu cotovelo.

Sua expressão está como um bloco de granito, dura e distante como eu nunca vi. Não tivemos chance de conversar. Na maior parte da viagem, ele estava no telefone planejando com seus homens e eu me alternei entre cochilos inquietos e choro silencioso. Algumas horas atrás, soubemos que mamãe saiu da cirurgia, mas seus sinais vitais continuam instáveis.

Não é um bom sinal.

Paramos em frente ao carro e vejo um homem no assento do motorista.

Olho para as feições fechadas de Peter. — Você vai...

— Ele vai te deixar no hospital — Diz ele em tom forte e seguro. — Eu não irei contigo.

Eu não esperava tanto, mesmo assim as palavras cortam meu coração. — Quando... — Engulo um bolo crescendo na minha garganta. — Quando você voltará para mim?

Ele olha para mim, sua máscara emocional se quebra. — Tão logo possa, ptichka — Diz ele, com voz pesada. — Tão logo a porra da condição permitir.

O bolo na minha garganta aumenta e lágrimas ardem nos meus olhos novamente. — Então, ficarei aqui até mamãe se recuperar?

— Sim, e até eu terminar com... — Ele para e respira fundo. — Não importa. Você já tem muitos problemas. Tudo o que precisa saber é que eu *voltarei* para você. — Seus olhos me cortando enquanto coloca meu rosto entre suas palmas grandes e ásperas. — Está me ouvindo, Sara? Não importa o que aconteça, enquanto houver respiração no meu corpo, voltarei para você. Você é minha, ptichka. Pelo tempo que estivermos vivos.

Envolvo minhas mãos nos seus pulsos sólidos,

lágrimas quentes descendo em minhas bochechas quando olho nos olhos dele. Uma vez, suas palavras me aterrorizaram, mas agora, diminui a dor apertando meu peito, me dando algo para me segurar quando ele deixa meu mundo – o que está centrado em volta dele – despedaçado.

Vir para casa foi pelo que lutei todos esses meses, mas não sinto alegria hoje, apenas um vazio terrível no meu coração onde Peter cavou de forma tão implacável um espaço para si mesmo.

Ele se curva e beija as lágrimas da minha bochecha. — Vai, meu amor. — largando-me, ele dá um passo para trás. — Não há tempo a perder.

E antes que eu possa dizer qualquer coisa – antes que eu possa dizer-lhe como me sinto – ele se vira e anda para o avião, deixando-me em pé ao lado do carro.

Deixando-me para voltar para casa sozinha.

9

Eu deveria estar satisfeito por ludibriarmos as autoridades dos Estados Unidos e essa minioperação ocorreu sem problemas, mas a dor no meu peito é demasiadamente esmagadora, muito forte. Sei que é apenas temporária, mas parece que alguém me abriu e rasgou meu coração.

Minha *ptichka* estava chorando quando a deixei. E talvez seja uma ilusão, mas tive a sensação de que ela não estava feliz por estar em casa – e não apenas pelas circunstâncias. O jeito que ela me perguntou quando voltarei para ela – *quando,* não *se* – e o olhar nos seus olhos de avelã...

Era tudo que sempre desejei, e não tive outra escolha a não ser partir. Libertá-la quando todo o instinto egoísta gritava para segurá-la, acorrentá-la a mim e nunca deixá-la ir. E, acima de tudo, tem o medo irracional pela sua segurança, a paranoia terrível que algo possa acontecer com ela enquanto não estou lá. Vem do seu acidente, sei, mas não diminui em nada.

Vou mantê-la sendo observada, mas não estarei por perto e isso me mata.

— Você tem certeza disso? — Pergunta Ilya, atando o cinto ao meu lado quando nosso avião decola, o trem de pouso recolhendo com um chiado. — Não é tarde demais. Ainda podemos voltar e...

— Não. — Fecho meus olhos e forço minha respiração a se normalizar. — Está feito.

Eu daria qualquer coisa para ter Sara comigo, mas não posso – não sem destruí-la e qualquer chance que tenhamos de ficar juntos no futuro.

De qualquer modo, pode ser melhor que ela não esteja em nenhum lugar perto de mim quando for fazer o que for necessário para assegurar esse futuro.

Votarei para ela, mas primeiro, tenho que lidar com Novak e Esguerra.

10

S*ara*

A CORRIDA AO HOSPITAL LEVOU QUASE DUAS HORAS – pegamos tráfego no caminho – e meus nervos estão à flor da pele quando o motorista me deixa na entrada do hospital e desaparece. Ele não respondeu a nenhuma das minhas perguntas, então, não tenho ideia de quem ele seja ou que relação tem com Peter e sua equipe. E talvez seja melhor. Não tenho dúvida de que serei questionada quando o FBI souber que estou aqui.

Minha esperança é ver mamãe e papai antes que isso aconteça.

Lutando para conter minha ansiedade, me apresso pelos corredores familiares. Não preciso de sinalização para ir à UTI. Foi neste hospital que fiz minha residência e onde trabalhei todos aqueles anos; é mais casa para mim do que a casa onde moro.

— Lorna Weisman? — Pergunto, me apressando para o balcão de atendimento da UTI e espero, gritando silenciosamente com impaciência enquanto uma recepcionista de meia idade com tintura vermelho vivo procura o nome.

Vejo o exato momento quando ela acha quaisquer recomendações deixadas pelo FBI no sistema. Seus olhos voam para o meu rosto, arregalados e assustados atrás dos óculos de hastes verdes, e ela gagueja: — S-Só um momento.

Seguro na beira do balcão. — Onde ela está? — Debruço-me, imitando o tom mais amedrontador de Peter. — Diga-me *agora*.

— E-ela está na cirurgia. — A mulher se afasta o tanto que seu tamanho avantajado possibilita. Seus dedos cheios de anéis lutando com o telefone na mesa. — Eles a levaram há uma hora.

— Novamente?

Assentindo com a cabeça freneticamente, ela acha o botão de emergência no telefone. — Tinha mais sangramento interno e...

Não fico para ouvir os detalhes. Em alguns minutos, a segurança – e possivelmente o FBI – estarão aqui e tenho que achar meu pai antes disso. A última notícia que Peter soube, papai ainda não tinha ido para casa e dado o que acabei de ouvir, não tenho dúvida de que ele esteja aqui, esperando para ver se mamãe resiste.

Tem uma sala de espera grande ao lado da UTI, mas

não o vejo lá. É possível que ele tenha descido ao refeitório para comer, ou possa estar no banheiro. De qualquer modo, não tenho tempo para ficar esperando, então, corro para uma das salas de espera menores que ficam separadas. Alguns familiares preferem-nas pela privacidade, há uma pequena chance que Papai possa...

— Sara?

Viro-me para a direita, meu coração pulando ante a voz familiar.

É minha amiga Marsha. Ela está com uniforme de enfermeira e olhando para mim como se eu tivesse acabado de sair debaixo da cama. Ao seu lado tem outro rosto chocado – e familiar: Isaac Levinson, um dos amigos mais próximos do meu pai. E sua esposa, Agnes, estão sentados numa pequena sala de espera quando coloquei minha cabeça para ver, e perto deles está ...

— Papai! — Corro, quase tropeçando numa cadeira quando as lágrimas turvam minha visão, e ofego.

— Sara! — Os braços de Papai em volta de mim, bem mais finos e fracos do que me lembrava e vejo que ele está chorando também, seu porte fraco tremendo com soluços. Afastando-se, ele olha para mim numa mistura de incredulidade com alegria, sua boca tremendo quando segura minhas mãos. — Você está aqui. Você está mesmo aqui.

— Estou aqui, pai. — Aperto suas mãos trêmulas e dou um passo atrás, enxugando as lágrimas quando firmo minha voz. — Estou aqui agora. Diga-me... Como está mamãe?

Suas feições tensionam. — Ela ainda tem hemorragia. Eles achavam ter controlado, mas não viram algo ou os pontos romperam depois que eles a costuraram. Sua pressão sanguínea caiu novamente, então, eles voltaram e...

— Dra. Cobakis.

Meus músculos travam quando me viro para encarar uma voz não familiar.

É o guarda de segurança, acompanhado por um policial com rosto de bebê. Sua expressão é de suspeita, mas determinado, e a mão direita do policial está deslizando em cima da sua arma, como se esperasse que eu fosse trocar tiro com ele.

— Dra. Cobakis, você precisa vir conosco — Diz o guarda de segurança e vejo que seu cavanhaque louro soa vagamente familiar. Devo tê-lo visto pelo hospital. Não que isso importe. A julgar pelo olhar resoluto no seu rosto cheio de pintas, não espero ajuda ou simpatia dele - ou do jovem policial, que está olhando para mim como se eu estivesse usando um colete suicida em vez de jeans e suéter.

— Agora, espere um minuto... — Começa meu pai com indignidade.

— Ele não está aqui — Interrompo, levantando minhas mãos acima da cabeça para mostrar que não tenho armas. Entendo de onde suas suspeitas vêm e pretendo fazer o que puder para dissipar isso. — Estou totalmente só, prometo....

Marsha, aparentemente se recuperando do choque, dá um passo à frente, franzindo para o guarda. — O que você está fazendo, Bob? Essa é minha amiga Sara. Ela é...

— Sabemos quem ela é. — O jovem policial treme um pouco, seus dedos cobrindo o punho da sua arma enquanto se aproxima cuidadosamente. — Não queremos problemas, mas...

— Oh, pelo amor de Deus, a mãe da garota está na cirurgia! — Agnes Levinson se acotovela através do seu marido e meu pai para olhar para o guarda e o policial com todo seu um metro e cinquenta de altura. Seu cabelos grisalhos soltos parecendo um halo em volta do seu rosto pequeno quando ela fica na frente de mim, mãos nos quadris numa pose de raiva enquanto fala: — Meu marido e filho são advogados e posso garantir a vocês, nós *iremos* processá-los por abuso. Deixem a menina falar com seu pai e, então, vocês terão sua vez. — Ela se vira para mim, seu olhar castanho suavizando. — Sara, querida, você está bem?

Pisco e vagarosamente abaixo minhas mãos enquanto nem Bob nem o guarda se movem na minha direção. — Estou... estou bem. Obrigada. — A amizade dos Levinsons com meus pais data de quase duas décadas e meus pais sempre falaram que Agnes e Isaac consideram-me a filha que nunca tiveram. Até este momento, estava convencida de que era exagero; certamente nunca pensei neles como nada mais do que um casal idoso legal, apenas amigos dos meus pais. A defesa de Agnes para mim, contudo, é mais como uma pessoa da família faria e sinto-me absurdamente tocada, especialmente quando Isaac se aproxima e começa a dar um sermão aos que pretendem me prender com todos os argumentos legais à sua disposição, dando chance ao meu pai de pegar na minha mão e me levar para o lado.

— Rápido, querida, fale comigo. — A voz de papai é baixa e urgente enquanto seus olhos passam pelo meu rosto antes de parar na cicatriz parcialmente sarada da minha testa. — O que aconteceu? Ele fez isso com você? Como você fugiu? — Antes de eu poder responder, ele se curva e sussurra no meu ouvido: — Precisamos te levar a um advogado imediatamente. Sei que você tinha que dizer aquelas coisas no telefone, mas eles se recusavam a acreditar em mim. Eu os ouvi falando sobre isso e eles irão invocar o Ato de Segurança Nacional no caso das conexões dele com o terrorismo. Precisamos te conseguir um bom advogado ou...

— Sara! Que merda, garota, onde você tem estado? — Marsha junta-se a nós, segurando meu braço como se eu estivesse para evaporar no ar. Seus cachos estilo Marilyn Monroe balançam freneticamente quando ela me vira para encará-la. — O que aconteceu contigo? — Seu olhar azul passa pela minha cicatriz e ela ofega. — O que aconteceu com seu rosto?

Sobrecarregada, dou um passo atrás. — Marsha, por favor...

— Sara Cobakis. — O guarda com rosto de bebê de algum modo passou pelos Levinsons e está empurrando Marsha para o lado, sua mão novamente no cabo da arma. — Você precisa vir comigo *agora mesmo*.

Levanto minhas mãos novamente. — Sem problemas. Por favor, estou cooperando, prometo.

Agora é meu pai que beligerantemente dá um passo à frente. — Ela não vai a lugar nenhum até conseguir um advogado e...

— Parados!

E quando todos ficamos de boca aberta em choque, o comando da SWAT entra na sala, escudos dos rostos abaixados em proteção e armas apontadas.

S*ara*

— EU JÁ DISSE, NÃO SEI ONDE ELE ESTÁ — REPITO PELA quarta vez. —, não sei como ele entrou e saiu do país sem ser detectado e não conheço o homem que me trouxe do aeroporto – nunca o vi antes. Desculpe-me, mas realmente não posso ajudar.

O Agente Ryson olha para mim, seus olhos frios no seu rosto castigado pelo sol. —Você pode querer repensar isso, Dra. Cobakis. Você está sofrendo acusações muito sérias e quanto menos você cooperar, o pior vai acontecer contigo.

— Estou cooperando totalmente. — Minhas unhas nas minhas palmas sob a mesa, mas mantenho um tom calmo. — Já disse tudo que sei. Fui sequestrada e levada para uma montanha remota no Japão, onde estive pelos últimos cinco meses, exceto por um curto período que fui levada ao Chipre, onde tive uma tentativa falha de fugir, o que resultou numa estada de duas semanas numa clínica na Suíça.

Ryson se debruça, e eu sinto o cheiro de bafo de café velho. Ele deve ter bebido uma boa quantidade para ficar alerta até esta hora tão tarde. — O quão idiota você acha que somos, Dra. Cobakis? Ninguém vai acreditar em você novamente. Uma das empresas de fachada de Sokolov é dono da sua casa já há meses. Temos relatos de testemunhas que viram você com ele no Starbucks e num clube no centro da cidade várias semanas antes de seu chamado sequestro – sem mencionar, as gravações das suas ligações telefônicas para seus pais.

— Eu já expliquei isso tudo. — Estou mantendo a calma por um triz. — O que falei com meus pais no telefone era uma tentativa de diminuir suas preocupações comigo – nada mais. E sobre meus encontros com ele, sim, eles aconteceram. Depois de entrar na minha casa – quando ele me drogou e afogou, se lembra?... Ele desapareceu por alguns meses e, então, voltou e começou a me espionar. Eu te procurei naquela época e te disse que achava que estava sendo vigiada. Eu te perguntei se ele poderia possivelmente estar de volta e você me assegurou que eu estava segura. Mas não estava. Ele estava lá, vendo todos os meus movimentos e você nem imaginava. Você falhou em me proteger dele, assim como falhou em proteger George, então, não finja que eu não tinha razão de pensar que se eu o denunciasse a você seria pior do que imprestável.

A boca do agente se aperta enquanto ele se recosta. — Então, você o quê? Decidiu lidar com o psicopata sozinha quando ele apareceu? Você realmente espera que acreditemos nisso?

Meu rosto queima ante o escárnio da sua voz. — A primeira vista não foi a melhor decisão, mas naquela ocasião, eu não vi muitas opções. Ele disse que viria atrás de mim não importando onde você me escondesse, insinuando que mais pessoas poderiam se machucar por causa disso – e eu acreditei nele. Eu não sabia o que fazer, então, fiz o que ele quis, agindo a cada dia até que pudesse achar uma solução melhor.

— Oh, verdade? E o que ele queria?

Eu contraponho o olhar acusador de Ryson com meu próprio. — O que você acha?

Ele é o primeiro a piscar e olhar para o lado. Suspirando profundamente, ele esfrega sua testa num gesto de cansaço e, por um momento, eu quase me senti mal por ele. Se ele aceitar que sou inocente, também terá que aceitar que seu trabalho falhou – que ele permitiu que um monstro invadisse minha vida e me levasse para longe bem debaixo do seu nariz. Seria bem melhor se eu fosse a vilã da história, se ele pudesse de algum jeito provar que eu planejei contra eles todo o tempo. Exceto que os fatos realmente não sustentam isso, e eles sabem disso.

Já estou aqui por mais de uma hora e apesar de

todas as ameaças e posturas, eles ainda não me acusaram.

Uma batida na porta é seguida por uma agente feminina colocando sua cabeça loura para dentro. — Agente Ryson? Precisamos de você por um segundo.

Ele a segue para fora, deixando-me só na pequena sala de interrogatório e eu desabo na minha cadeira de metal desconfortável, exausta. Então, lembro-me que provavelmente estou sendo observada e sento-me ereta, tentando evitar olhar para meu rosto pálido e magro no espelho grande na parede. Estou tão estressada que estou perto de desabar, mas não quero que eles saibam disso. O interrogatório, combinado com os inevitáveis efeitos da troca de fuso horário e minha preocupação com mamãe, tiraram tudo de mim e, se pudesse, eu colapsaria e dormiria pelas próximas dezoito horas. Infelizmente, preciso ficar afiada e alerta.

Tenho que convencê-los da minha inocência, para que possa estar lá com meus pais.

Depois que o grupo da SWAT invadiu o hospital e me retirou de lá, eu decidi que minha melhor aposta seria responder às perguntas dos agentes com o máximo de verdade possível, omitindo apenas o que tenho certeza que possa me livrar. Peter não me deu nenhuma instrução nesse respeito, então, ele deve esperar que eu revele tudo e já está tomando as providências para mitigar a busca – movendo a equipe para um esconderijo diferente e assim por diante. Em relação aos Kents, tenho toda a certeza que são intocáveis com toda sua riqueza e conexões, mas ainda estou tomando precalções por não mencionar seus nomes – não tem motivo dos federais acharem que tais detalhes seriam compartilhados comigo, uma prisioneira.

A coisa mais importante que pretendo esconder, no entanto, é a atual condição da minha relação com Peter – e que ele voltará para mim em breve.

— Alguma notícia sobre minha mãe? — Pergunto ao Agente Ryson quando ele volta para a sala alguns minutos mais tarde e ele assente, sentando-se à minha frente do outro lado da mesa.

— A cirurgia foi boa — Diz ele e um nó gigantesco de tensão desata das minhas omoplatas. —, eles acharam a fonte da hemorragia e repararam — Ele continua. — Ainda é muito cedo para dizer que ela está estável, mas parece mais encorajador.

Apesar da minha determinação de permanecer estoica, tenho que piscar rapidamente para conter o fluxo gigantesco de lágrimas. — Obrigada. — Minha voz pesada com uma emoção quase incontida. — Aprecio isso.

Ele se mexe desconfortavelmente na cadeira. — Claro — Diz ele com voz rouca. —, não somos monstros aqui, você sabe. O que nos leva à próxima pergunta, Dra. Cobakis. — Ele cruza os braços no peito e me olha com firmeza. — Se o que você está falando é verdade – se Sokolov te espionou, ameaçou e sequestrou; se ele te manteve presa por todos esses meses – por que ele te traria de volta agora?

Retiro todos os pensamentos da minha mãe e foco em passar por esse interrogatório. O quanto antes eu responder as perguntas de Ryson, mais rápido posso vê-la.

— Sokolov se enjoou de mim — Digo sem piscar, tendo praticado mentalmente a mentira no carro vindo para cá. — Ele tentou conseguir que eu me interessasse por ele, permitindo que eu fizesse ligações telefônicas para a minha família e me ameaçando bastante no geral, mas continuei rejeitando seus avanços e, finalmente, ele se encheu. Suspeito que ele deve ter achado outra mulher infeliz para importunar, mas isso é pura especulação da minha parte.

— Certo. — O tom do agente cheio de sarcasmo. — Ele se 'enjoou' de você na hora que seus pais precisavam mais de você.

— Não, ele já estava frio comigo quando isso — toco minha cicatriz — aconteceu. Depois, ele nem conseguia me tocar mais. Mas, ele ainda me manteve até que o acidente de mamãe deu uma desculpa a ele para se livrar de mim.

As sobrancelhas cabeludas de Ryson se levantam em tom de sarcasmo. — Ele precisava de uma desculpa?

— Todos os monstros não se acham anjos? — Mantenho meu olhar firme no rosto dele. — Mesmo os piores criminosos gostam de pensar que são pessoas boas e que apenas não são entendidos – você, dentre todos, deveria saber disso. E Sokolov não é diferente, posso te assegurar. Ele se convenceu de que se importava comigo e quando se enjoou do seu novo brinquedo, precisava de uma desculpa para me jogar fora. O acidente de mamãe deu isso a ele e aqui estou, apenas um pouco pior por causa das circunstâncias. — Toco minha cicatriz novamente, como se estivesse infeliz por estar desfigurada.

— Uhum. — Ryson olha para mim sem dizer nada mais e vejo que ele está esperando que eu diga algo para preencher o silêncio aumentando o desconforto.

Quando eu apenas fico olhando para ele calmamente, ele se levanta e me dá um sorriso duro. — Tudo bem, Dra. Cobakis. Meu colega disse que o advogado que sua família contratou já está aqui, gritando na nossa porta. Como ainda não a acusamos formalmente, você está livre para ir... por enquanto. Vamos verificar sua história e se virmos que mentiu – e eu me refiro a *qualquer coisa* – nenhum advogado chique vai te salvar.

— Eu entendo. — Escondo meu alívio quando o sigo para fora da sala. Como esperava, minha estratégia de cooperação deu resultado. Quando estava vindo para cá, considerei contatar um advogado, mas decidi que seria melhor agir como alguém que não tem nada a esconder, mesmo correndo o risco de me incriminar acidentalmente por responder perguntas sem um advogado. Essa estratégia pode ainda voltar contra mim, mas por agora, estou livre para fazer o que vim fazer: gastar tempo com meus pais.

E um homem alto com cabelos louro-avermelhado nos encontra quando saímos do corredor da área de interrogatório. Para meu choque, o reconheço.

É Joe Levinson, filho de Agnes e Isaac – e, aparentemente, meu advogado.

Mantendo feições indescritíveis, aperto a mão de Joe e o agradeço por ter vindo. Ele sorri educadamente para Ryson, promete que não deixarei a cidade sem os notificar e calmamente me conduz ao elevador. Apenas quando saímos do prédio juntos e entramos no táxi que mostro minha emoção.

— Achei que você tivesse feito direito empresarial — Digo, olhando para o homem que é, se não um amigo de infância, pelo menos, um conhecido bem próximo. — Como você...

— Estava tomando algo com clientes no centro quando meu pai me ligou — Explica Joe, sorrindo abertamente. — Naturalmente, eu me apressei o mais que pude. Provavelmente você não se lembra, mas logo depois de terminar Direito, trabalhei dois anos numa organização de direitos humanos sem fim lucrativos, defendendo os direitos de ditos terroristas nos tribunais e afins. O pagamento era bem baixo e, francamente, muitos dos clientes me aterrorizavam, então, mudei para direito empresarial. Mas ainda tenho o conhecimento e linguajar, então, se você for acusada de ajudar ou encorajar um suspeito de terrorismo e precisar de um advogado rapidamente, eu sou o seu homem.

Peter é um assassino, não um terrorista, mas não me importo em argumentar esse ponto. — Você está certo — Digo, sorrindo. —, lembro-me disso agora.

Seus pais se preocupavam com você o tempo todo que trabalhou naquele lugar.

— Sim. — Seu sorriso se alarga por um segundo. Então, sua expressão fica séria e ele diz com voz baixa: — Sinto muito pela sua mãe. Ela é uma senhora excepcional e espero que ela supere.

— Obrigada, eu também. — Minha garganta se aperta e tenho que piscar novamente.

Joe por consideração deixa-me olhar pela janela as ruas escuras da noite até que me recomponha. Daí, ele diz calmamente: — Sara... Obviamente, não sou realmente seu advogado – seu pai achará alguém bem mais qualificado para lidar com o seu caso – mas quero que saiba que ainda pode conversar comigo se quiser. Não sei o que aconteceu com você e não tem nenhum problema se não quiser discutir isso, mas só quero que saiba que estou aqui à sua disposição, ok?

Eu olho para ele, para a seriedade nos seus olhos azuis e, pela primeira vez, desejo ter feito uma escolha diferente no meu tempo de faculdade. Que em vez de ter entrado numa relação com George quando tinha quase dezoito, tivesse tido mais paciência e prestado atenção no filho dos amigos dos meus pais... aquele que era legal e quieto, que sempre esteve na periferia da minha vida. É verdade que ele nunca me excitou, mas talvez a atração chegasse com o tempo – se eu tivesse dado uma chance.

Eu cresci ouvindo histórias sobre Joe, sobre seu sucesso na escola e quão orgulhosos seus pais estavam dele, mas nunca prestei muita atenção. Ele é sete anos mais velho e essa diferença de idade parecia intransponível quando eu era uma adolescente. Quando eu tinha passado dos vinte, não era nada – mas, nessa ocasião, eu já estava casada.

Nunca tivemos chance de explorar como seria e certamente não teremos essa chance agora – não com um assassino russo dominando minha vida e meu coração.

— Obrigada, Joe. Eu aprecio. — Eu mantenho meu tom leve, fingindo que a oferta não significou nada, como se ele não acabasse de indicar a vontade para se envolver na bagunça terrível que minha vida está. Não sei o que meus pais disseram aos Levinsons sobre minha situação, mas entre o comentário terrorista suspeito e tendo que me retirar do prédio do FBI no centro, Joe deve ter alguma ideia do que ele estaria enfrentando.

Ele entende minha negação pelo o que é e fica em silêncio. Pelo resto da corrida ao hospital, não falamos e isso é bom.

Não tem espaço na minha vida para Joe e não é seguro para ele pensar o contrário.

eter

Não retornamos ao Japão – com Sara nas garras do FBI, é muito arriscado. Em vez disso, voamos para Praga, onde nosso esconderijo é numa vila pequena a vinte quilômetros da cidade. Nevou durante a noite e o local parece especialmente pitoresco, com novas camadas brancas cobrindo todos os telhados e os galhos das árvores sem folha.

— Por que não podemos ir a algum lugar quente? — Resmunga Anton quando ele sai do carro numa pilha de neve. — Sério, aquele esconderijo na Índia parece bom pra caralho agora mesmo.

Se eu não tivesse acabado de deixar partir a mulher da minha vida, eu teria rido da cara de desgosto dele. Mas não estou com humor para as queixas de Anton, então, eu apenas digo sucintamente: — Porque Europa Oriental é onde precisamos estar. — Não que eu precise dizer isso – ele sabe tão bem quanto eu por que estamos aqui. Durante o voo, eu troquei a reunião com Novak, passando para a próxima semana.

Com Henderson ainda desaparecido, e se não posso passar um tempo com Sara, não tem motivo em adiar a reunião.

— Eu gosto daqui — Diz Ilya, olhando o cenário nevado. Não temos tanta privacidade aqui como temos no Japão, mas a casa é suficientemente longe dos vizinhos para nos dar, pelo menos, uma ilusão de termos um retiro particular de inverno. — É bonito.

— Estou com Anton. Estou de saco cheio do frio — Diz Yan, indo para a casa. —Pelo menos estaremos no calor em breve; ouvi que o complexo de Esguerra na selva é legal e bem quente. — Ele olha para mim quando fala, mas não mordo a isca.

A esta altura, ninguém precisa saber o que estou realmente planejando.

É mais seguro para todos desse jeito.

Apenas quando desfazemos as malas e nos acomodamos na nova casa que me permito pensar em Sara e sinto o vazio agonizante que é sua ausência na minha vida. Passou-se apenas um dia, mas já sofro por ela, a desejo tanto que isso me rasga por dentro. Os americanos a estão vigiando, então, terei relatórios diários, mas isso não é o bastante. Eu a quero aqui, ao meu lado. Eu quero segurá-la, vê-la sorrir e ouvi-la rir.

Fodê-la até que esteja muito rouca para gritar meu nome e o calor cru nas minhas veias possa extinguir.

Em breve, prometo a mim mesmo quando saio para explorar a área e colocar alarmes de perímetro. Terei minha ptichka novamente em breve.

Por enquanto, ela pode apreciar sua vida anterior.

Sara

— Mãe! — Curvo-me sobre sua cama, sorrindo através de lágrimas. Seus olhos estão nublados com analgésicos, mas estão abertos e quando suavemente envolvo meus dedos em volta da sua mão direita ferida, seus lábios ressecados se abrem.

— S-Sara?

— Sou eu, mãe. — As lágrimas descem no meu rosto, não ligo de limpá-las. Estou por demais aliviada, muito feliz.

Depois de uma noite completa de vai e vem, mamãe acordou.

— Aqui, beba. — Levo um copo com um canudo aos seus lábios e ela consegue sugar antes de fechar seus olhos novamente.

Eu aperto sua mão e me viro para papai, que se levantou atrás de mim. Suas bochechas estão molhadas enquanto olha para a sua esposa.

— Ela vai ficar bem agora, certo? — Seus olhos estão vermelhos mas esperançosos quando olha para mim e eu assinto, não escondo minha felicidade.

— Seus sinais vitais estão estáveis e já estão assim por mais de três horas. Evitando a infecção, ela vai conseguir.

Os dedos de mamãe apertam minha mão e olho de volta para ver seus olhos abertos novamente.

— Sara, você está realmente...? — Ela pisca e tenta focar através do efeito da anestesia. — Querida, é realmente você, ou estou sonhando?

— Estou realmente aqui, mãe. — Minha voz falha. — Estou em casa.

— Ela voltou, Lorna. — Papai passa o braço na minha cintura, seu sorriso trêmulo e triunfante. — Nossa pequena Sara voltou.

— O que... — Ela começa a tossir e rapidamente dou outro gole d'água. — O que aconteceu? — Seu olhar confuso passa de mim para a polia segurando o gesso nas suas pernas e seu braço esquerdo e olha de volta para mim.

Papai senta-se numa cadeira perto da cama enquanto eu limpo as lágrimas do meu rosto e digo com tanta firmeza quanto posso: — Você foi atingida de lado por um carro por um motorista bêbado quando ia para o a mercearia. Você quebrou as costelas, suas pernas estão quebradas em vários lugares e seu braço esquerdo está basicamente esmagado. Você também teve ferimentos internos, o que exigiu três cirurgias consecutivas. — Eu poderia ter falado de modo mais brando, mas mamãe odeia ser tratada como bebê quando se trata de assunto médico importante. Ela sempre quer saber a completa extensão do problema com todos os detalhes possíveis. Nunca esquecerei quando ela assediou os médicos de papai quando ele teve seu ataque cardíaco alguns anos atrás.

Quando papai saiu do hospital, ela sabia mais da sua condição e opções de tratamento do que a maioria dos cardiologistas.

Seus lábios se movem novamente. — Não, eu quis dizer... — Ela se esforça para formar as palavras. — Você está aqui. Como você...?

— Peter trouxe-me para casa, mãe. — Digo calmamente, apertando sua mão novamente. — Tão logo soubemos do acidente, ele me trouxe para casa.

É um jogo perigoso que estou jogando – mantendo a mentira (que é verdade agora) de ter sido amante de Peter para meus pais, enquanto nego para o FBI. Mas não vejo outro jeito de lidar com isso. Peter retornará para mim e não posso deixar que meus pais achem que ele é um monstro quando ele me levar embora novamente. Apesar de ser bem arriscado, eles têm que acreditar que estamos apaixonados. E, ao mesmo tempo, o FBI precisa acreditar que sou vítima de Peter. Não tenho ideia de como conseguirei me equilibrar nesse meio, mas tentarei fazer o melhor.

Não que papai realmente acredite em mim.

Enquanto estávamos esperando mamãe acordar, ele me colocou num interrogatório que ganhava fácil do FBI. Seu objetivo era achar falhas no conto de fadas que tenho falado para ele todos esses meses e apesar dos meus melhores esforços, ele não ficou totalmente sem sucesso.

Não, eu não sabia que Peter era um homem procurado quando nos encontramos e começamos a namorar, eu disse a papai, repetindo o que eu disse antes sobre acreditar que meu novo namorado era um negociador trabalhando para várias firmas nos Estados Unidos e no exterior. Não, eu não sabia que ele tinha problemas com a lei quando deixei o país com ele, apesar de estar começando a suspeitar. Não, ele não é tão perigoso como dizem; isso é tudo um grande mal-entendido. Ele realmente trabalha como agente independente dando consultoria de segurança; apenas acontece que alguns dos seus clientes não são totalmente obedientes às leis e, por isso, ele entrou em apuros com o FBI. Sim, nos encontramos primeiramente num clube em Chicago e namoramos em segredo por várias semanas. Sim, ele comprou minha casa usando uma empresa de fachada, como o FBI disse. Por quê? Porque ele disse que eu me arrependeria por tê-la vendido tão impulsivamente.

Algumas perguntas eram mais difíceis de responder. Sei o que o FBI disse aos meus pais sobre as acusações de crime de Peter: quase nada, invocando o status confidencial do seu caso. Contudo, meus pais não são estúpidos e fizeram algumas investigações por conta própria. Os assuntos 'suspeito terrorista' e 'matou pessoas' vieram de uma conversa que papai ouviu entre os agentes, mas ele também, de alguma forma, ligou meu sequestro a uma perseguição de alta velocidade na I-294, durante a qual um helicóptero explodiu, causando um engavetamento massivo e renovando os protestos sobre violência de gangues em Chicago.

— Isso aconteceu na noite que você desapareceu e ficou em todos os noticiários por semanas — Disse-me papai. — O FBI não admitiria isso para nós, mas eu sei que foi ele. Tinha que ser. Por que eles enviariam uma unidade da SWAT para te pegar? O homem é perigoso e os federais sabem disso. Não sei se ele está envolvido com drogas, terrorismo, ou o que você sabe, mas ele é sinônimo de más notícias.

E não importa o quanto tentei convencer papai de que os crimes de Peter são de colarinho branco em natureza e que eu não sei nada sobre aquele acidente na interestadual (que não sei, porque eu estava drogada durante o sequestro), ele se recusava a acreditar em mim.

— Fale-me sobre Marsha e os Levinsons — Eu disse finalmente, desesperada para mudar de assunto. — Como eles acabaram ficando lá com vocês?

Graças a Deus, aquilo funcionou e pelas próximas duas horas, conversamos sobre a vida dos meus pais na minha ausência e de como os Levinsons realmente se fizeram presentes, ajudando meus pais a passarem pela crise de vários modos. E Marsha também —

aparentemente, ela ligava para meus pais todas as semanas, vendo como estavam e perguntando por mim.

— Tão logo ela soube que Lorna tinha sido trazida para a emergência, ela apareceu, trazendo os melhores doutores para o problema dela e ajudando na parte burocrática. — Disse papai, seus olhos brilhando com lágrimas. — Se não fosse por ela, eu não sei se sua mãe estaria... — Ele parou, inspirando profundamente e eu o abracei, sentindo o calor familiar de culpa e vergonha, de autodesgosto misturado com raiva renovada por Peter.

Sim, meu carrasco trouxe-me de volta, mas, primeiro, ele me roubou. Por meses ele privou-me da minha família. Não posso esquecer isso. *Eu* deveria estar lá para meus pais, não Marsha e seus amigos. *Eu* deveria ter sido aquela que me certificaria de que mamãe recebesse o melhor cuidado. Em vez disso, eu estava no Japão, apaixonada pelo assassino do meu marido... deixando-o morar no meu coração e mente enquanto eu mentia para os meus pais, vez após vez.

Eu quero odiar Peter por isso – por tudo, verdade – mas em vez disso, eu apenas odeio a mim mesma. Eu odeio por já estar sentindo falta dele, estar em casa não diminui meu desejo desesperado nem um pouco. Eu o desejo tão intensamente que é como uma dor física; minha pele dói literalmente quando penso o quanto quero seu toque.

Breve, falo para mim mesma quando me inclino para beijar minha mãe, que fechou seus olhos novamente. Eu conheço Peter, ele não ficará longe de mim por muito tempo. Eu devo aproveitar esse tempo com minha família em vez de me ligar ao homem que me levará deles.

Sou uma péssima filha, mas eles não precisam saber disso ainda.

Eles descobrirão muito em breve.

1 4

Sara

AO MEIO-DIA, EU FINALMENTE CONVENÇO PAPAI A IR para casa para descansar um pouco e eu fico no hospital com mamãe, alternando entre fazer companhia a ela e dormir numa maca que as enfermeiras trouxeram para seu quarto. Sempre que saio para pegar um café ou algo para comer, vários homens com olhares suspeitos me seguem. Agentes do FBI, bem provável, apesar de que podem ser policiais à paisana – não tenho ideia de como suas jurisdições funcionam. Não estou obviamente fora do radar deles, mas, por enquanto, eles estão me deixando ficar com minha família, e estou grata por isso.

Não quero gastar o pouco tempo que tenho aqui presa.

Marsha vem ao quarto de mamãe após terminar seu turno e depois de verificar que mamãe está dormindo profundamente, deixo Marsha me convencer a ir ao Patty's para me atualizar.

— Então — Diz ela quando nos sentamos no canto —, você voltou.

— Voltei — Confirmo, e gesticulo para o garçom para que venha. Estou quase sem dormir e desejosa de algo bem gorduroso e não saudável. Em geral, sinto-me despedaçada, todo o meu corpo doendo de exaustão e minhas costas me matando por ter passado a noite encolhida na maca do hospital.

— Hambúrguer e fritas, com queijo e picles extra — Falo ao garçom quando ele chega —, e rápido, por favor. Estou faminta.

Marsha levanta a sobrancelha, mas não comenta sobre minha festa de gordura que está por vir. Em vez disso, ela pede uma salada grega e duas cervejas, uma para cada uma de nós.

— Para celebrarmos o retorno da filha pródiga — Diz ela e eu tento dar um sorriso aberto igual ao dela quando a culpa inunda meu peito novamente.

— Obrigada por ficar de olho nos meus pais enquanto eu estava fora — Digo quando o garçom sai — Papai me disse o quão importante você foi para mamãe e estou muitíssimo grata. Se tiver qualquer coisa que eu possa fazer por você...

Ela gesticula com mãos perfeitamente manicuradas. — Oh, por favor. O prazer foi meu. Eu gosto do seu pessoal e sinto realmente pelo que aconteceu com sua mãe. Espero que ela se recupere logo.

— Eu também. — Tento outro sorriso. — Então, me fale... como tem estado? E Andy e Tonya? Andy ainda está com...

— Oh, não, não, senhora. — Marsha cruza os braços na mesa e se inclina para frente, me penetrando com seu olhar. — Não vamos falar sobre nada disso até você me dizer onde tem estado, quem é esse homem que você fugiu e a porra do motivo de eu não ter ouvido nem um pio sobre ele até você desaparecer da face da Terra.

— Eu não sumi. Ligava para os meus pais o tempo todo e...

Ela me corta com outro gesto de desdém com a mão. — Semântica. Você se *foi*. Nenhuma palavra para ninguém antes, nenhum recado no seu trabalho, deixou seus pacientes esperando – incluindo a garota que precisava de uma cesariana no dia seguinte, imagina. Oh, e o FBI na nossa cola por semanas por sua causa. Se isso não é um sumiço, eu não sei...

— Ok, ok, tudo bem. Você venceu. — Pego minha cerveja do garçom quando ele aparece, mas bebo só para molhar meus lábios. Além de estar com o problema de jet-lag e sem dormir, tem uma chance de eu estar grávida.

Largando o copo, olho o líquido marrom, retirando todos os pensamentos de uma potencial gravidez para poder focar. Não sei que versão da história dar a Marsha: a do FBI, em que sou vítima de Peter o tempo todo, ou a que tenho dado aos meus pais, de que estou apaixonada por um homem que está enrolado em algo nebuloso, mas é, em grande parte, perseguido pelas autoridades injustamente.

— Você está enrolando — Diz Marsha, e eu suspiro, olhando da cerveja para ela.

— Você está certa: eu desapareci. — Começo vagarosamente, ainda tentando decidir qual seria a melhor história para Marsha. — Mas você falou com meus pais, certo? Eles devem ter te falado o que aconteceu.

— O que eles sabiam, que não era muito. — Marsha pega sua cerveja. — E não fazia sentido, e os federais nos farejando como cães cheirando bomba.

— Uh-huh. — Instintivamente olho em volta e vejo dois dos homens que nos estavam seguindo pelo hospital na mesa do outro lado do bar. Três mesas depois tem mais dois me espionando e tenho quase certeza que já vi o cara do bar antes também.

Bem, isso decide. Os cães detectores de bomba estão com força total e não tenho dúvida de que Marsha será interrogada logo depois da conversa.

Na verdade, não tem nenhuma garantia de que ela não esteja trabalhando pare eles agora mesmo.

Tão logo o pensamento me ocorre, sinto-me como uma amiga horrível, mas minhas suspeitas não passam. Faz muito sentido. Conhecemo-nos há alguns anos – conheci Marsha quando comecei minha residência no hospital – mas sempre fomos mais colegas de trabalho do que qualquer outra coisa. Por uma razão, Marsha sempre foi solteira e na caça, enquanto eu era casada e trabalhava oitenta horas por semana. Eu nunca podia acompanhá-la nas saídas de noite com as garotas, coisa que ela adora e achava atividades comuns como jantares em família chatos, então, nossa amizade tendia a ficar pelo hospital e nossas conversas raramente ultrapassavam o superficial. Ela foi bondosa e solidária depois do acidente com George, sempre pronta a ouvir com simpatia nos intervalos do café, mas nunca saiu do seu rumo para se envolver nos aspectos tortuosos da minha vida.

Marsha é uma boa amiga, uma amiga engraçada, mas não o tipo de amiga que ligaria para meus pais toda semana – não sem um empurrãozinho, pelo menos.

Um empurrãozinho que poderia vir facilmente do FBI.

Claro, é bem possível que eu esteja demasiadamente cansada para pensar de modo lógico – isso ou o fato de ter estado com Peter me fez ficar muito paranoica. Mas, com uma chance remota de que minhas suspeitas estejam certas – ou na hipótese ainda mais remota de que eu não vou esperar que Marsha minta para o FBI por mim – decido falar a parte da história em que sou vítima.

Infelizmente, isso significa ter que voltar ao início e explicar sobre George. E desde que tenho certeza que o FBI não desejaria que eu revelasse informação confidencial, terei que ser criativa neste caso também.

Meu coração dói só de pensar em todas as meias-verdades e mentiras que terei que ajeitar.

Quando termino de falar o início da fábula, os olhos de Marsha se arregalam mais do que o hambúrguer que estou devorando. — George estava na lista de alvos do assassino russo? Por quê? O que ele...

— Nunca descobri todos os detalhes, mas isso tinha algo a ver com a história de máfia que George escreveu. — Decido usar a mentira original que o FBI me passou como justificativa para as ações de Peter. — De qualquer modo, ele entrou na minha casa, me torturou com água e me drogou para achar a localização de George – e, então, o matou.

Deixo Marsha digerir isso enquanto coloco dois pedaços de batata na minha boca. Estou realmente morrendo de fome. Quando vejo que ela vai fazer mais peguntas, digo: — Então, sim, foi assim que realmente nos conhecemos. Entende por que eu não poderia falar disso com meus pais, concorda?

Ela assente, suas feições doentiamente pálidas sob sua maquiagem e sua salada esquecida na sua frente.

— Certo — Continuo. — Então, levou um tempo para que eu me recuperasse daquilo, você me convidou para uma noitada com Andy e Tonya. Fomos àquele clube no centro, lembra-se? Aquele com o barman bonito que depois perguntou por mim?

Marsha assente outra vez, ainda muda.

— Foi então que ele se aproximou de mim novamente — Digo a ela. — Lá mesmo no clube. É por isso que Andy achou que eu estava agindo estranhamente quando saí de repente: eu acabara de ser contatada pelo assassino do meu marido e ordenada a encontrá-lo no próximo dia no Starbucks. E as coisas simplesmente foram por água abaixo dali em diante. Ele tinha câmeras instaladas por toda a minha casa, ele seguia-me em todos os lugares que eu ia e quando tentei escapar para um hotel, ele apareceu no quarto e... Bem, esquece isso. — Deixo Marsha tirar suas próprias conclusões – que, julgando pelo horror nas suas feições, são bem piores do que realmente aconteceu.

Sinto-me péssima por isso – meus instintos são de proteger minha amiga pela bagunça perigosa na minha vida, como tenho protegido meus pais – mas isso é o que eu disse ao FBI e tenho que me ater a isso. Além do mais, é tudo verdade, ou, pelo menos, factual. A única parte que estou omitindo é minha própria confusão sobre tudo isso – minha atração indesejada pelo homem que eu deveria apenas odiar e desprezar.

Uma atração que cresceu muito mais.

— Oh, Deus, Sara... — Marsha parece que está quase vomitando qualquer pouca salada que consumiu. — Eu lamento tanto, querida. Eu não tinha ideia. E isso... esse *monstro* – te sequestrou?

— Após algumas semanas, quando o FBI descobriu que ele estava na área, sim. Antes disso, ele deixou que eu continuasse com minha vida e apenas estava... nela. — Gesticulo ao garçom para trazer água, visto não poder beber minha cerveja. Estou com sede e um pouco tonta, como se já tivesse tomado álcool.

No geral, sinto-me horrível, a dor nas minhas costas aumentando irresistivelmente e meu estômago dando pulos pela comida gordurosa. Também estou com um calor desconfortável e com vontade de chorar – deve ser todo o estresse tomando conta de mim.

— Eu não entendo — Diz Marsha quando respiro fundo num esforço de clarear meus pensamentos. — Por que ele fez isso? Por que você? Isso é algo que ele faz, sequestrar mulheres? Ele teve um harém completo de vítimas em... onde foi que ele te levou?

— Japão, e não. Até onde sei, sou a única que ele fez isso. E por que, bem, por que alguns homens fazem alguma coisa? — Tento um sorriso trêmulo. — Ele ficou obcecado por mim, acho. De qualquer modo, eventualmente ele se encheu, e aqui estou eu.

Marsha está olhando a cicatriz na minha testa. — Ele fez isso contigo? — Ela toca sua própria testa, sua voz trêmula. — Ele te feriu?

— Não, essa cicatriz é de um acidente de carro, quando tentei fugir e, em vez disso, bati o carro — Digo — No geral, ele não me machucava. Esquecendo todo o sequestro e assassinato de George, ele me tratava relativamente bem.

— Certo. Isso é... isso é bom, acho. — A voz de Marsha treme quando ela pega a cerveja. Eu noto que sua mão está insegura também e uma culpa nova passa por mim. Gostaria de poder falar-lhe, fazê-la entender o quão complicado é Peter, como ele pode ser tão cruel e bondoso ao mesmo tempo. Como estar com ele foi tanto maravilhoso como um terror, como andar de montanha-russa sem freios.

Eu gostaria de poder dizer a ela toda a verdade confusa, mas não posso, então, coloco um sorriso falso nas minhas feições e peço licença para ir ao banheiro. Meu estômago está funcionando com força e está começando a me dar cólica e estou suando apesar do frio varrendo o bar pela porta aberta.

Quando entro no banheiro pequeno e fedorento, a sensação de cólica aumenta e uma suspeita me ocorre, fazendo minha respiração parar nos pulmões.

Poderia ser? Será que finalmente veio?

Para minha certeza, quando checo, vejo uma mancha de sangue na minha calcinha. Minha menstruação – uma semana atrasada – finalmente começou. É por isso que estou me sentindo tão mal: é o primeiro dia e todos os sintomas estão aqui, desde a dor lombar, os calores, mudanças de humor e cólica.

É oficial.

Não estou grávida.

Peter e eu não teremos um filho.

Eu deveria estar aliviada, mas quando olho para a mancha vermelho-marrom, ela cresce na minha visão, colorindo meu mundo com a mesma sombra sangrenta. Tremendo, coloco a mão na boca, mas não posso conter o soluço que sobe na minha garganta, nem o que vem depois dele. É insano, eu sinto como tendo perdido algo, como se uma parte perversa de mim tivesse não apenas aceito a possibilidade de um filho, mas, também, tivesse desejado-o.

Esse filho – o que tinha tanta certeza que não queria – nunca existiu fora dos meus temores, mesmo assim, sinto sua perda tão forte como um aborto.

— Você está bem? — Pergunta Marsha quando saio do banheiro uns vinte minutos mais tarde e assinto não me preocupando em esconder meus olhos inchados e meu rosto todo marcado quando engulo minha, agora quente, cerveja. Sei o que ela está pensando: que contar minha história do sequestro custou-me um acesso de emoções, lembrando-me do trauma que passei. E a deixo pensar assim, porque é melhor do que a verdade.

É melhor do que se ela souber que, apesar do que Peter fez – apesar dos crimes horrendos que ele cometeu, tanto contra mim quanto contra outros – estou tão obcecada por ele quanto ele está por mim.

Que apesar de ser tão errado, eu pertenço a ele agora, meu corpo e meu coração.

Peter

A SEMANA QUE LEVA À REUNIÃO COM NOVAK É ENTRE AS mais longas da minha vida. Reabastecemos nossos suprimentos, procuramos por mais armas e aumentamos os treinamentos diários, esforçando-nos ao ponto de completa exaustão, mas isso não é o bastante para fazer a hora passar mais rápido. Cada dia parece como um mês, cada noite uma luta sem trégua para dormir sem Sara ao meu lado. Se não fosse pelos relatórios diários dos homens que contratei para observá-la, eu já estaria no avião para os EUA, que se danassem as necessidades dos seus pais e meu plano.

Não que os relatórios sejam completos. O FBI está bem perto de Sara, seguindo-a a todos os lugares que vai e meus homens têm que ficar na retaguarda, sendo cuidadosos para não chamarem atenção. Além do perigo óbvio para eles, não seria bom para Sara se o FBI soubesse que ainda estou interessado nela. Graças aos nossos hackers terem entrado nos arquivos de Ryson, sei o que ela falou para eles e não quero denegrir nenhuma parte da história. Os agentes têm que acreditar que me enjoei dela e a deixei ir para sempre; se não for assim, eles a esconderão e, provavelmente, a acusarão de apoio e cumplicidade. A única razão para eles não terem feito o último é por causa das conexões familiares de Sara. De contatos com a mídia do seu marido morto aos amigos advogados dos pais com vínculos em Washington, esse caso tem o potencial de causar manchetes nacionais – algo que muitos indivíduos com colocações altas, incluindo Henderson, estão desesperados por evitar.

Por enquanto, Sara está segura, mas ela não estará se for pega mentindo.

De qualquer modo, enquanto ela estava fora, o FBI achou todas as câmeras e aparelhos de escuta que coloquei na casa dela e depois que ela apareceu tão rapidamente após o acidente da sua mãe, eles decidiram fazer uma varredura na casa dos pais dela também. Então, tudo que tenho agora são as notas do FBI que nossos hackers me enviam e os relatórios genéricos sobre seus movimentos dos homens que contratei para segui-la. Não é nem um pouco o suficiente e isso me consome, a necessidade de saber o que ela está fazendo, como ela está se sentindo, o que ela está pensando.

Se eu estava obcecado por ela antes, agora que a tive por todos esses meses, é como um vício físico.

— Porra, vai lá e traz ela de volta — Resmunga Anton, esfregando o sangue dos seus lábios depois de eu socá-lo demasiadamente selvagem numa sessão de treino —, ou pelo menos toma um calmante. Sério, cara, você não consegue ficar alguns poucos dias sem gozar?

Por isso, soco a boca do seu estômago e quando ele se curva, ofegando como um peixe na areia, eu pego um pack de pesos e vou correr para evitar matá-lo ali mesmo. Sei que meu amigo está certo – meu humor está em ponto de fervura e estou descontando nos caras – mas isso não diminui minha fúria e frustração. Não dormi uma noite completa desde... bem, desde o acidente de Sara, pensei. Os pesadelos sobre a morte da minha família – os que tinham desaparecido por completo graças a Sara – voltaram, só que agora eles estão acompanhados por um sonho até mais aterrador no qual eu a perco.

É minha realidade noturna e toda vez que acordo, coberto de suor, pego o relatório mais recende dela, lendo-o várias vezes para me assegurar que aquilo foi apenas um sonho, que minha ptichka está viva e bem sem mim.

Que pelo o que estou prestes a fazer, ela está bem mais segura em casa do que estaria ao meu lado.

É esse último pensamento que me possibilita a continuar, a resistir o desejo de fazer exatamente o que Anton disse e roubá-la bem debaixo do nariz dos federais novamente. Eu posso fazer isso – seus agentes não são páreos para mim e minha equipe – mas a mãe de Sara ainda está longe de ficar bem e Sara me odiaria se a tirasse da sua família tão cedo. Além do mais, eu tenho um objetivo completamente diferente em mente e para alcançá-lo, tenho que manter este rumo, não importa o quão difícil possa ser.

Tenho que acreditar que no final, tudo valerá a pena.

 ara

UMA SEMANA SEM PETER.

Parece irreal, como um sonho do qual estou esperando acordar. Ou talvez seja o fato de que eu não durmo adequadamente, o que dá aos meus dias essa qualidade estranha e onírica. De certa forma, é como seu eu tivesse entrado numa máquina do tempo – estou num hospital, esperando por alguém que amo se recuperar de um acidente debilitante. Só que, naquela vez, era George o paciente e ele nunca saiu do coma.

Os prognósticos de mamãe são bem melhores. Os médicos fizeram um bom trabalho em colocar o gesso nela e seus ferimentos não infeccionaram. Ela ainda está mobilizada com todo o gesso e provavelmente nunca recuperará a função completa do seu braço esquerdo – muitos nervos e tendões foram danificados no local – mas quando suas pernas quebradas sararem, com fisioterapia suficiente, ela deverá poder andar novamente.

Papai está dando pulos de alegria, tanto com o prognóstico de mamãe quanto com o fato de eu estar em casa. Toda vez que ele entra no quarto dela e me vê sentada ao lado da cama, sua boca se abre, como se ele fosse chorar, mas, em vez disso, ele abre um sorriso alegre.

— Eu continuo pensando que você vai desaparecer — Confessa ele quando sentamos para jantar na lanchonete do hospital —, que se eu virar-me por um segundo, você vai *puf.* — Ele abre sua mão num gesto de mágico. — Lá num momento, desaparecida no próximo.

— Oh, papai... — Faço uma careta e olho para baixo, espetando meu macarrão com o garfo de plástico. A culpa está me consumindo viva, porque isso é precisamente o que irá acontecer num futuro próximo – tão logo Peter perceba que minha mãe está bem o bastante. Com esforço, consigo olhar para cima e sorrir para o meu pai. — Por favor, não se preocupe. Tudo está bem, ok? Eu estou aqui e tudo está bem.

Sei que parece evasivo – papai tem me acusado disso por toda a semana – mas é difícil ser convincente e, ao mesmo tempo, lidar com todas as mentiras, meias-verdades e fatos que tenho passado para pessoas diferentes. A história para meus pais e seus amigos é que Peter é meu amante e que ele me trouxe para casa apesar dos mal-entendidos com o FBI, porque ele me ama e quer o melhor para a minha mãe. As implicações aqui são que, um dia, os problemas legais com Peter acabarão, então, seremos felizes juntos.

Em contraste, o quadro que pinto para o FBI e o resto é aquele do monstro que me sequestrou por uma paixão repentina e, eventualmente, ficou enjoado de mim o bastante para deixar-me ir. A única razão de eu poder fazer a história dupla é que os federais não querem que meus pais – ou, na verdade, qualquer um – saibam do papel de George nisso tudo. E isso vale o dobro para os eventos que colocam Peter em seu caminho por vingança. Depois que falei com Marsha naquele dia no bar, Ryson trouxe-me ao seu escritório no centro novamente e sem sutileza ordenou-me manter minha boca fechada, confirmando minhas suspeitas do envolvimento de Marsha com o FBI.

O bar estava muito barulhento para os agentes conseguirem ouvir a conversa, então, o único jeito que ele pôde ter sabido exatamente do que eu falei com ela é se ela relatou a ele imediatamente – ou talvez até estivesse usando escuta.

Naturalmente, eu fingi que estava arrependida e prometi ser mais discreta. E, em troca, consegui uma promessa de que os federais manterão suas bocas fechadas perto dos meus pais, não fazendo nada para mudar o paradigma menos preocupante que criei para eles.

— Como sabem, o coração do meu pai é fraco e ele não precisa do estresse de saber que fui forçada a mentir para eles todos esses meses — Eu disse a Ryson, e o agente estava bem feliz em concordar.

Imagino que ele extraiu um voto de silêncio de Marsha também, porque quando cruzei com Andy no corredor, ela não sabia de nada mais do que deve ter ouvido mais cedo.

— O que aconteceu? — Perguntou ela, me olhando com total curiosidade e confusão. — Você simplesmente desapareceu um dia e o FBI estava por todo o lugar, fazendo perguntas a todo mundo. O pessoal falando que você se apaixonou por um criminoso?

— É uma longa história — Eu disse, dando um sorriso desconfortável. — Talvez a gente tome um café juntas para eu te falar. Mas, agora, mamãe está esperando...

— Oh, claro. — Ela tentou controlar seu desapontamento óbvio. — Marsha me disse o que aconteceu com sua mãe. Sinto muito. Espero que ela se recupere rápido.

— Ela vai, obrigada. Te vejo por aí. — Acenei a mão para ela e continuei no corredor, tentando não pensar sobre o quão deslocada me sinto aqui, neste hospital que foi certa vez minha segunda casa.

Quão perdida e só sinto-me sem Peter.

Em breve, digo a mim mesma. Ele virá para mim em breve. Tudo o que tenho que fazer é esperar.

E retirando a culpa que vem ao pensar nisso, visto um sorriso largo e entro no quarto de mamãe.

eter

REUNIMO-NOS COM DANILO NOVAK NUM CAFÉ EM Belgrado, um local moderno e com aparência chique que foi totalmente tomado pelos homens do negociante de armas da Sérvia. Além de dois jovens atendentes atrás de um balcão branco reluzente, cada pessoa no café está armada até os dentes – e pelo o que sei, os dois belos jovens atendentes estão também.

Anton está na retaguarda – uma precaução no caso das coisas darem merda – mas os gêmeos estão comigo.

Entrando, paramos para olhar o local.

Novak está sentado numa pequena mesa redonda no meio do café. É um local preparado para nos fazer sentir desconfortáveis – estaremos cercados por todos os lados – mas eu apenas sorrio friamente para o negociante de armas quando nos aproximamos.

— Belo local — Digo em russo, entendendo que é mais provável que ele seja fluente na minha língua nativa do que em inglês. — Você é o proprietário?

Os lábios finos de Novak se viram. — Sou. Fico feliz que tenha gostado. — Seu russo tem sotaque, mas é tão fluente quanto eu suspeitava. Claro, eu poderia falar com ele em sérvio – conheço a maioria das línguas do oriente da Europa, além de árabe e algumas outras – mas é melhor não revelar que conheço sua língua nativa.

Ao lidar com homens como Novak, cada pequeno detalhe conta.

Ele se recosta, estudando-me com uma falta de interesse particular. Um homem alto, magro, entre quarenta e cinquenta anos, com cabelos ralos e óculos grossos, Novak se parece algo entre um contador e um professor de matemática. Apenas seus olhos traem o que ele é – excepcionalmente pálido, eles parecem pertencer a uma lagartixa... ou a um assassino frio e calculista.

Foi estranhamente pouco o que nossos hackers conseguiram saber do homem. Ele apareceu há dez anos, aparentemente de lugar nenhum e, desde então, construiu um império de armas ilegais na Europa Oriental, eliminando rivais com a velocidade e de fora implacável que só tinha visto uma vez antes – com Julian Esguerra, o homem que Novak quer que nós matemos.

O único negociante de armas que restou o qual o empreendimento criminal excede o do próprio Novak.

— Então — Diz Novak quando cruzo o olhar fixo dele com o meu próprio. — Você é Sokolov.

Eu assinto friamente, não permitindo minha expressão mudar e sei que os gêmeos parecem bem calmos. Ele não nos vai deixar preocupados com esses joguinhos, é uma coisa que ele vai aprender também.

— Sentem-se. — Ele indica duas cadeiras vazias restantes na sua mesa.

Eu não me movo, nem Yan e Ilya. Esse ainda é um pequeno teste, um jeito de ver quem é o menos importante, menos valioso no grupo. Três de nós, duas cadeiras – a matemática não funciona e ele sabe disso. Alguém vai ter que se levantar, ser o diferente e não irei permitir isso.

Ele não vai semear a semente da discórdia entre nós. Eu não deixarei.

Seus olhos me estudam sem piscar por alguns longos momentos; então, ele gesticula para um dos seus comparsas na outra mesa. — Victor. Outra cadeira para nossos convidados, por favor.

Eu espero até Victor trazer a cadeira e, então, me sento. Os gêmeos me seguem. As feições de Ilya são firmes, mas Yan parece divertir-se. Ele entende a importância desses pequenos jogos de dominância, sabe a necessidade de dar o tom certo já cedo.

O atendente jovem vem para pegar nossos pedidos para bebidas, mas não peço nada. Ilya e Yan fazem o mesmo.

— Não estamos com sede — Digo calmamente e a boca de Novak se curva novamente.

— Não tenho motivo para envená-los — Diz ele e eu dou de ombros, contrapondo sua afirmação pela merda que é. Existem muitas substâncias que se pode usar, de drogas que alteram o cérebro a venenos com atuação tão lenta que os sintomas não aparecem em semanas ou meses. Ele poderia facilmente colocar algo mortal na nossa bebida e eu sairia daqui não notando até depois que fizesse o trabalho para ele.

Até que minha utilidade a ele terminasse.

— Então — Diz Novak quando vê que não vou mudar de opinião. — Esguerra.

Cruzo meus braços sobre meu peito e olho para ele. Finalmente, chegamos ao ponto deste encontro.

— Você trabalhou para ele — Continua Novak quando um dos atendentes traz sua bebida, um High-End Scotch, julgando pelo aroma e cor.

— Trabalhei — Confirmo. Eu esperava que ele soubesse disso, e ele sabe. Ele claramente fez sua diligência necessária em mim. — Isso é um problema?

— Eu não sei. É? — Seus olhos pálidos fixos em mim.

— Não nos separamos muito amigavelmente. De fato, ele prometeu me matar se eu cruzasse seu caminho novamente. Mas você sabe disso, não sabe? — Sorrio friamente para Novak. — Não é por isso que você me escolheu como primeira opção? Porque eu estou na posição singular de já ter estado no círculo pessoal de Esguerra?

O olhar de Novak continua sem piscar. — Sim. É um erro da minha parte? Seu pessoal é capaz de fazer o que estou pedindo?

— Isso depende. — Descruzo meus braços e inclino para frente. — Quais são os ativos em jogo que você mencionou? Os que nos ajudaria a completar nosso trabalho?

— Além de você e sua familiaridade com o complexo de Esguerra? — Os olhos de Novak brilham um pouco quando olha para os gêmeos, que até agora ficaram num silêncio estoico. — Imagino que se pode confiar nos seus homens?

Olho para ele, não me importando a dignificar isso com uma resposta.

Um sorriso estica seus lábios novamente. — Tudo bem. Eu posso ter alguém lá dentro. Você ainda não precisa saber quem é. Basta dizer, certas coisas poderiam ser conseguidas para acontecer em certos momentos, te possibilitando a fazer sua parte.

Uma irritação me atinge. Ele não está me falando nada que eu não suspeitava. Mantendo minha expressão imutável, eu levanto — Nesse caso, você é bem-vindo para achar outro grupo — Digo quando Yan e Ilya seguem minha dica.

Viro-me para me dirigir para a saída, apenas para ser confrontado com uma parede de criminosos, suas armas nas mãos e feições de fera.

— Não tão rápido — Diz Novak com calma. — Ainda temos muito a discutir.

Viro-me para encará-lo, ignorando a artilharia nas

minhas costas. — Não temos nada a discutir — Digo normalmente. —, não confio a segurança do meu pessoal a assertivas vagas de ajuda de fontes não conhecidas. Se formos pegar esse serviço, precisamos saber tudo, até a menor logística. É assim que operamos; é por isso que temos tanto sucesso. Se você quer nossos serviços, você nos fala tudo – ou andamos e você consegue outro para fazer isso.

Sua feições normais ficam firmes. — Você está cometendo um erro, Sokolov. Não sou alguém que você queira se meter.

Mostro meus dentes num sorriso sem graça. — Nem Esguerra, mesmo assim, aqui estamos.

Ele olha para mim, depois, vira a cabeça para um dos ao seu lado. — Deixe-os passar — Ordena ele, e eu viro-me para ver a parede de criminosos se abrir, suas armas abaixadas, mas as posturas tensas. Ele não quer que as coisas fiquem feias e fico feliz. O rifle sniper de Anton abateria provavelmente três ou quatro dos homens de Novak, e nós três poderíamos pegar outros sete ou oito, com facilidade, mas balas voando nunca são uma coisa boa. Os coletes à prova de balas que estamos usando sob nossas roupas não nos protegeriam de um tiro na cabeça, e por mais hábeis que sejamos não somos imune a chumbo.

— Você está cometendo um erro. — Novak levanta a voz enquanto nos encaminhamos para a saída. — Marque minhas palavras, Sokolov. Você está cometendo um grande erro.

Eu não respondo, e andamos para fora para a rua

movimentada, nos misturando com os pedestres quando voltamos ao nosso local de encontro.

— Ele não vai dizer — Diz Anton quando falamos com ele sobre o que aconteceu durante o jantar num restaurante local. — Perdemos nosso tempo. Quaisquer recursos que ele tenha no complexo de Esguerra tem que ser um acordo real, se ele está cuidando disso com tanto cuidado. Ele não vai nos falar o que é, então, devemos esquecer isso também. Você viu algumas das nossas ofertas que recebemos recentemente, certo? Elas também não são ruins. Fazemos alguns dos outros trabalhos e aí estão nossos cem milhões. Não precisamos de Novak e sua merda de segredo.

Eu assinto, cortando meu bife. — Eu concordo. Vamos focar em outros serviços.

Yan levanta suas sobrancelhas. — Verdade? Desse jeito?

Eu olho nos olhos dele. — Não vamos entrar nisso às cegas e Novak não vai revelar, então, terminamos aqui. Isso é um problema? Porque eu tive a impressão que vocês não estavam satisfeitos quando eu quis pegar esse serviço.

Yan olha para mim e eu olho de volta, minha expressão calma. Consigo sentir a tensão crescente entre nós, mas não posso evitar jogar esse jogo.

Até onde posso ver, tem apenas um jeito certo para mim e Sara, e essa é minha melhor aposta.

— Eu acho que Peter e Anton estão certos — Diz Ilya quebrando o silêncio desconfortável —, não precisamos desse serviço. É muito arriscado. Vamos, em vez disso, simplesmente pegar outros trabalhos.

Coloco um pedaço de bife na minha boca, mastigo e engulo. — Está decidido então — Digo e pego minha água —, terminamos aqui. Amanhã de manhã, voamos para casa.

ESTOU DEITADO ACORDADO, OUVINDO E ESPERANDO E ÀS quatro da manhã, eu ouço.

Um *click* quieto na fechadura do quarto do hotel se abrindo e um rangido quando a porta começa a se mover.

Reajo instantaneamente, meu corpo movendo como mola. Num piscar de olhos, tenho o intruso de joelhos, imobilizado no meu braço o estrangulando enquanto me abaixo atrás dele, segurando uma arma na sua têmpora.

Ele está ofegando e se balançando, tentando escapar, mas não tem a firmeza nem para me atingir nem para me empurrar, e cada pulo que dá apenas diminui seu suprimento de ar.

— Quem te enviou? — Pergunto quando seu esforço frenético começa a enfraquecer. — Por que você está aqui?

Afrouxo minha pegada o bastante apenas para deixá-lo ter algum ar. Ele volta a lutar, então, eu aperto meu braço novamente, retirando seu suprimento de ar completamente. Dessa vez, ele apenas dura alguns segundos e eu afrouxo minha pegada pouco antes de ele ficar inconsciente.

— Quem te enviou aqui? — Eu repito e ele finalmente vê a sabedoria em cooperar.

— N-Novak — Ele ofega roucamente.

— Por quê? — Pressiono, não deixando se soltar. Eu já sei o que ele vai dizer, mas quero ouvir isso dele de qualquer modo.

— Ele... quer te ver — Ofega o criminoso. — Só você, ninguém mais.

Aperto minha pegada, como se estivesse preocupado, mas largo e levanto-me, simultaneamente empurrando-o para frente para que caia com o rosto para baixo no piso. Enquanto ele está inalando ar e lutando para ficar de quatro, ligo a luz e coloco a jaqueta e as botas. O resto das roupas já estou usando, como já estava esperando tal visita.

— Você venceu — Digo ao criminoso quando ele olha para mim, ressentidamente esfregando seu pescoço quando se esforça para ficar de pé. — Vá na frente.

Minha estratégia de ficar num hotel em Belgrado deu retorno. É hora de ver o que Novak tem na sua manga.

18

Peter

Uma limusine negra nos está esperando na entrada do hotel e quando entro, vejo Novak lá.

— Não foi uma bela boas-vindas da sua parte — Diz ele quando o criminoso entra e fica perto de nós, ainda esfregando seu pescoço e olhando para mim como se quisesse me incinerar ali mesmo. — Victor só estava te fazendo um convite educado.

— Invadindo meu quarto no meio da noite?

O negociante de armas dá de ombros. — Ele não quis bater e arriscar acordar seus companheiros nos quartos ao lado.

— Entendo. — Sorrio friamente para ele. — Muito bem pensado do Victor.

O sorriso de resposta de Novak se iguala ao meu. —

Estou certo que você não ficou tão desconfortável, dada a sua profissão. Agora, por que não deixamos de lado a maneira do meu convite e focamos no assunto em pauta?

— Certamente — Recosto-me, esticando minhas pernas para cruzá-las nos tornozelos. — Pode continuar.

Novak me estuda por alguns longos momentos, então, diz abruptamente: — Não confio nos seus homens. Sei que *você* tem um passado com Esguerra, mas eles não têm razão para traí-lo.

— Além de cem milhões de euros, você quer dizer?

— Isso *é* muito dinheiro — Ele concorda. — Mas sua equipe não está necessitada de dinheiro, pelo que eu sei. O que foi que você disse? Pegar outros trabalhos e terão seus cem? — Seu olhar de lagartixa brilha na luz da rua.

Mantenho as feições imóveis, nem mostrando surpresa nem decepção. É fácil, porque não sinto nenhum dos dois. Eu sabia que haveria uma chance grande de estarmos sendo escutados no restaurante e aceitei fazer o jogo, todas as minhas palavras calculadas para termos exatamente esse desfecho.

— Então, por que estou aqui? — Pergunto quando Novak simplesmente continua olhando para mim. — Se você não confia em nós ou nas nossas motivações, por que vir até nós... e por que me trazer aqui esta noite?

— Eu não disse que não confiava nas *suas* motivações. — Seus lábios finos se curvam. — Sei toda história do tempo que você trabalhou com Esguerra. Você fez um bom trabalho – salvou sua vida, de fato – e por causa disso, você terminou na sua lista negra. Ninguém gosta disso, tenho certeza. E, agora, você tem a chance de equilibrar os pesos e ganhar um pouco de dinheiro no processo.

Permito meus ombros relaxar um pouco, como se estivesse aliviado. — Muito perspicaz da sua parte.

A expressão de Novak não muda, mas sinto sua satisfação. Sem dúvida ele se orgulha de ser um bom juiz de pessoas e, neste exato momento, ele está se cumprimentando de ter feito sua completa diligência e chegado a conclusões corretas. Ele até deve saber da minha separação com o Kent depois do acidente com Sara, possivelmente por trazer alguém na clínica para fazer escutas ao meu pessoal enquanto estivemos lá. Isso explicaria o porquê da hora certa do seu convite.

Ele agiu tão logo soube que minha última ligação com a organização de Esguerra tinha sido cortada.

Claro, se sua diligência é boa, ele sabe sobre Sara, também. Isso me preocupa, mas espero que ele acredite na história que Sara está dizendo ao FBI: que eu me enjoei dela, que a cicatriz na sua testa de alguma forma a fez menos atrativa para mim. Certamente, o que fiz – deixando-a ir e arriscando não ser capaz de trazê-la novamente – não é algo que um homem no nosso mundo faria quando ainda está interessado na mulher que sequestrou.

Minha relação forçada com Sara não é tão incomum nos círculos de Novak, mas deixando-a ir quando ainda a desejo *é*. É por isso que é mais seguro para ela ficar em casa.

Se Novak soubesse o que eu realmente sinto por Sara, ele a usaria para pressionar-me e eu não posso permitir isso.

— Então — Diz ele quando o silêncio se estica por um desconfortável minuto —, imagino que você realmente queira o serviço.

Inclino minha cabeça. — Quero, mas não importa o que eu quero. Eu ainda não vou entrar às cegas. Não é como eu trabalho, e apesar de querer Esguerra morto, não cometerei um suicídio para que isso aconteça.

Novak me estuda por outro longo minuto, então diz: — Tudo bem. Isso é o que estou disposto a te falar a este ponto. O ativo que tenho no local não pode ser ativado agora. Vai levar cerca de oito meses para eu fazer os arranjos apropriados. Algumas coisas têm que se encaixar primeiro.

— Oito meses? — Apenas meu treinamento possibilita eu manter minha expressão intacta quando minhas entranhas se contorcem ante o choque das suas palavras.

Oito meses até que eu possa resolver isso.

Oito meses agonizantes sem Sara.

Novak assente. — Pode ser um pouco mais breve, mas não tem nenhuma garantia disso. De qualquer modo, isso dá a você e ao seu pessoal tempo para pensar no seu plano de ação.

Eu engulo a raiva borbulhando na minha garganta.

— Não tem plano se não sabemos os detalhes do que

estamos planejando — Digo com normalidade. — Onde está seu ativo? No complexo de Esguerra ou em outro lugar? O que exatamente você está esperando que eu faça que seu ativo não pode fazer ele mesmo? Se é alguém lá dentro, por que você não pede a ele para fazer o serviço? Presumo que ele tem acesso a Esguerra.

— Ainda não, mas ela terá. — Novak registra minha piscadela involuntária de surpresa com evidente prazer. — Sim, isso é outra coisa que estou querendo te falar: que meu ativo é uma mulher. Ela terá acesso a Esguerra, mas nem a habilidade nem a inclinação para executar a tarefa. Contudo, ela pode estar no lugar exato na hora exata, providenciando uma distração, desabilitando certas medidas de segurança, etc. Os detalhes da ajuda terão que esperar até que ela esteja no local e possa acessar a situação, mas tenha certeza, você *terá* alguém lá dentro.

Eu olho para ele, indeciso. Isso não é informação o bastante, mas tenho um sentimento forte que se eu for embora desta vez, Novak não irá se aproximar de mim novamente. Também, dado o que ele revelou até agora, talvez seja uma bala que me ache na próxima vez, não um dos criminosos de Novak. Não estou muito preocupado com essa possibilidade — estou acostumado com as pessoas apontando armas para mim – mas Sara está vulnerável e eu não posso arriscar Novak indo atrás dela em vez de mim.

Não é muito provável, dado o cenário 'ele se enjoou

de mim' que ela pintou para o FBI, mas não posso correr esse risco.

— Então, deixe-me ver se entendi — Digo, me inclinando para frente —, você terá uma mulher lá dentro, mas não muito antes de oito meses a contar de agora. Ela não é capaz de sujar suas próprias mãos, mas dará alguma ajuda, facilitando nosso trabalho. — Quando ele assente, eu pergunto: — Por que você não pode colocá-la no lugar antes? O que mudará nos próximos oito meses?

— Você terá que esperar para saber disso — Diz Novak. — Por enquanto, ainda tem uma chance que eu não possa colocar o ativo como esperado. Se certas coisas não se desenrolarem como deveriam, talvez devamos esperar outra oportunidade – isso ou sua equipe vai sem ajuda. — Ele olha para mim esperando e eu balanço a cabeça.

— Não. Isso não vai acontecer. Esguerra tem camadas em cima de camadas de segurança no seu complexo. Eu sei porque eu o ajudei a instalá-las. E sim, apesar de eu saber quais são, eu ainda assim não posso passar por elas. Elas são projetadas para serem intransponíveis. O único jeito de entrar é com ajuda de dentro e se você não pode prover isso... — Eu dou de ombros mostrando minhas palmas vazias.

Novak assente. — Certo. Eu imaginei isso. Então, você entende o valor do meu recurso. Uma vez ela estando no local, Esguerra *terá* um buraco na sua segurança. Contudo, isso levará tempo.

— Não tem como acelerar esse processo? — Acho

que sei a resposta, mas mesmo assim tenho que perguntar.

— Não. Tentei alcançar a outros lá dentro, mas eles são muito leais – ou têm muito medo de Esguerra. Esse é o único que promete algo. Contudo, a hora certa é o que temos.

Eu digiro isso por um momento, então, pergunto: — Então, por que vir me procurar agora? Por que não esperar até você ter o ativo no lugar?

— Por que se você não aceitar, preciso fazer arranjos alternativos – e leva tempo para achar uma equipe habilidosa e passá-la pela minha verificação. E, neste caso particular, com a reputação de Esguerra... Bem, tenho certeza que você sabe como é.

— Certo. — Mesmo com o incentivo de cem milhões de euros, poucas pessoas estariam dispostas a trair alguém tão perigoso quanto Julian Esguerra. Quase qualquer um tem algo a perder e Esguerra não tem piedade quando se trata dos seus inimigos. Eu sei, porque o ajudei a dizimar os que o traíram, destruindo comunidades inteiras no processo. O negociante de armas colombiano não distingue entre o inocente e o culpado; todos ligados ao seu inimigo pagam.

— Então — Novak inclina-se para frente, seu olhar pálido preso no meu rosto. — Posso contar com você e sua equipe quando chegar a hora?

Eu considero por um momento e assinto. — Sim, você pode. — Meu tom é firme, apesar de, por dentro, ainda estar me revirando. Minha separação de Sara deveria durar poucas semanas – poucos meses no máximo. Não quase um ano. É possível, claro, que o que eu precise virá significativamente mais cedo do que oito meses, mas, neste exato momento, não parece possível.

Novak não dará a identidade do seu ativo antes do que tem que dar.

— Ótimo. — Seu sorriso com lábios finos mostra satisfação. — Eu estava esperando que tivesse o homem certo e parece que tenho. Apenas mais uma coisa...

Eu levanto uma sobrancelha. — Sim?

— Espero que entenda que a informação que compartilhei contigo é altamente delicada e apenas para seus ouvidos. Isso significa não compartilhar com ninguém da sua equipe.

Eu estava esperando isso depois do seu preâmbulo, eu assinto. — Entendido. E da nossa parte, queremos um depósito. Geralmente é metade adiantada, mas dado o tempo estendido, podemos aceitar vinte e cinco mil agora e outros vinte e cinto mais perto do próprio trabalho.

Novak não se move. — Você terá o dinheiro na sua conta amanhã.

Apertamos as mãos e enquanto fazemos, tento ignorar o vazio agonizante expandindo no meu peito ao pensar nos meses à frente. Agora que embarquei nesse caminho, não tem escolha, realmente não.

Eu tenho que fazer isso. Esse é o único jeito à frente.

Se quiser Sara a longo prazo, tenho que dar a ela a vida que ela merece.

PARTE II

19

Sara

O RESTO DE NOVEMBRO SE PASSA NUM ENTRA E SAI DO hospital, interrogatórios esporádicos do FBI, e espera. Espera infindável. Sinto-me constantemente por um triz, esperando Peter aparecer. Cada vez que atravesso o estacionamento do hospital, ando pela rua ou durmo no antigo quarto da casa dos meus pais (minha casa, por pertencer a um criminoso, foi interditada pelo governo), eu espero ser puxada e levada – se não por Peter, por um dos homens contratados por ele para me observar.

E eles estão me observando. Eu sei disso. Eu sinto isso. É o mesmo sentimento estranho de antes, a mesma sensação de paranoia induzida de olhos escondidos e me seguindo. Alguns são devido aos agentes do FBI espionando todos os meus movimentos, mas não todos. Eu fiquei boa em localizar os federais. É sempre um carro comum do outro lado da rua, o pedestre que não pertence ao local, o homem ou a mulher só, no bar.

Os homens de Peter são diferentes. Eu nunca os vejo; apenas sinto a presença deles. Eles são a sombra na esquina, o eco de passos no estacionamento, a pinicar entre minhas omoplatas. Eles estão lá todo o tempo, mas nunca perto o bastante de mim – ou dos federais – para vê-los.

Claro, é realmente possível que eu esteja paranoica desta vez, mas não acho. Eu conheço Peter. Ele não me deixaria aqui sem receber relatórios a meu respeito. Ou é o que fico falando para mim mesma conforme as semanas passam sem uma palavra dele... sem nem uma pista de que ele está voltando para mim.

Eu tento focar no fato de que eu tive que passar todo este tempo com meus pais e estou feliz com isso. Realmente estou. Papai parece que conseguiu uma energia nova na vida desde que voltei, nadando e fazendo seus exercícios recomendados pelo médico com renovado vigor e dedicação. E mamãe está melhorando a cada dia, seus ossos sarando com a velocidade de uma mulher com a metade da sua idade. Ela ainda está presa à cama no momento – um fato que a deixa louca – mas os médicos prometem que ela começará a fisioterapia tão logo seu corpo possa aguentar, possivelmente em meados de janeiro.

Novembro vira dezembro e ainda a espera

interminável continua. É como se existisse num limbo entre minha velha vida e a que comecei a ter com Peter. Estou morando na minha casa de infância, cercada por família e amigos e, mesmo assim, não consigo me livrar da sensação de que sou uma hóspede, uma visitante numa casa que não pertence mais a mim.

Acho que meus pais sentem isso, porque conforme dezembro avança, eles começam a me perguntar por que não estou fazendo certas coisas, como procurar um novo emprego ou achar um lugar para morar. Eu respondo dizendo que eu quero focar em mamãe por enquanto, mas conforme sua saúde continua a melhorar, a desculpa soa cada vez mais vazia.

— Sara, querida... você não tem que estar aqui o tempo todo — Diz mamãe quando venho visitá-la numa manhã fria de dezembro. — Seu pai pode me entreter muito bem e eu sei que você tem adiado algumas coisas por causa disso. — Ela gesticula para a sua mão machucada e o gesso nas pernas que a mantém imóvel.

Sorrindo, eu balanço a cabeça. — Não existe nada que não possa esperar, mãe. Graças à venda da casa, tenho dinheiro no banco e gosto de morar com papai. A não ser que ele esteja cansado de me ter nos seus calcanhares?

— Claro que não — Diz mamãe de pronto, como sabia que diria —, ele adora ter você de volta em casa. Você não tem ideia do alívio que é tê-la de volta. Se você quiser morar conosco para sempre, é mais do que bem-vinda. Eu simplesmente sei que você sempre foi independente e não quero que se sinta obrigada a tomar conta de nós em vez de colocar sua vida de volta nos trilhos.

Vida de volta nos trilhos. Eu seguro a vontade de falar que não sei mais o que isso significa. Que não tem nenhum 'trilho' para mim, nenhum caminho reto que eu possa ver. Meu futuro, cada vez tão claro e linear, está rodeado de escuridão, cheio de curvas que posso apenas imaginar.

— Não se preocupe, mamãe — Digo, colocando o pensamento sombrio para longe —, estou feliz por estar aqui com você e papai.

E sorrindo, eu calmamente mudo a conversa para longe de mim.

Longe do futuro que não posso mais imaginar.

CELEBRAMOS O HANUKKAH COM OS LEVINSONS, E O Natal e Ano Novo no hospital com mamãe. Nas celebrações eu rio, troco presentes e finjo que estou de volta para sempre. Eu digo para o meu pai, sim, procurarei um trabalho em breve e eu converso sobre comprar uma casa nova com Joe Levinson. Ele me recomenda um bom agente imobiliário e eu escrevo o nome, como se isso importasse.

Como se tudo isso importasse quando, a qualquer momento, eu posso desaparecer novamente.

Quando metade de janeiro passa, o peso da espera e do fingimento, de constantemente brincar com todas as meias-verdades e mentiras, começam a cobrar seu preço. A ausência de Peter é uma marca profunda no meu coração e não importa o quão forte eu tente focar na minha família e amigos, sinto falta dele todo o tempo, tanto que ele é tudo que consigo pensar durante o dia. Eu sei o quão errado isso é e me chuto por isso, mas a esta altura, estou tão acostumada à culpa sufocante que isso não parece tão ruim quanto parecia.

Esperar meu carrasco não parece tão pesado quanto uma traição.

Eu ainda não consigo esquecer que Peter matou George e me manteve prisioneira por meses, ou que ele mata pessoas por dinheiro, mas quando penso nele, são os momentos ternos e doces que vêm à minha mente, todas as pequenas coisas que ele demonstrava cada dia o quanto se importa. Eu me pego sonhando acordada sobre como ele massageava meus pés e me trazia café da manhã na cama, como ele tomava conta de mim quando eu não estava me sentindo bem.

Como eu dormia nos seus braços em vez de na minha cama fria e vazia.

As noites são definitivamente piores. E é nessa hora que minha saudade dele é mais profunda, minha necessidade passando para a parte física. Todas as noites, eu me mexo e viro, lutando para dormir enquanto meu corpo queima por um homem que está a milhares de quilômetros de distância. Eu tento brincar com brinquedos, ler histórias eróticas, até assistir pornô, mas nada diminui o vazio doloroso dentro de mim. É como aquela vez que Peter estava longe no seu trabalho no México, só que mil vezes pior, porque naquele tempo, bem no início da nossa relação, ele ainda era um estranho aterrorizador. Agora, contudo, ele é parte de mim, tendo entrado no meu coração e mente ao ponto de que a vida sem ele parece tão vazia quanto minha cama.

É tão ruim que considero desistir das necessidades de meus pais e realmente procurar outro trabalho. Em vez disso, decido voltar ao trabalho voluntário na clínica de mulheres.

Para meu alívio, eles estão mais do que felizes em ter-me de volta.

— Sentimos muita a sua falta — Diz Lydia, a recepcionista — Nem percebemos o quanto precisávamos de você até que você se foi. Está tudo bem agora? O FBI apareceu, fazendo perguntas a todos nós, e...

— Sim, está tudo bem. Foi apenas um mal-entendido sobre um cara com quem eu saí de férias — Digo, não querendo repetir toda a cantilena aqui também. — Tudo está resolvido agora, não se preocupe.

Posso dizer que Lydia está morrendo de curiosidade, mas ela segura a língua, sentindo minha relutância em falar mais. Eu não tenho ideia de que rumores se passaram aqui, mas, para a minha sorte, o pessoal da clínica e os voluntários lidam com situações sensíveis todo o tempo e eles sabem quando perguntar e quando deixar as coisas quietas. Depois de uma rodada de 'o que aconteceu' e 'onde você esteve', todos me deixam em paz para focar nos pacientes – o que faço em tempo integral e um pouco mais.

Basicamente, quando não estou com meus pais.

— Como diabos você consegue se sobrecarregar ainda estando desempregada? — Queixa-se Marsha um mês depois quando eu ligo novamente declinando do convite dela para sair, dizendo que estou exausta do turno da noite na clínica. — Sério, querida, eu não te vejo fora dos corredores do hospital há semanas. Primeiro, foi a sua mãe que precisava de você vinte e quatro por sete, agora é isso. Não saímos nenhuma vez depois daquela vez no Patty.

— Eu sei, eu sei. — Eu suspiro no telefone, apertando o meu nariz. — Desculpe-me, Marsha. Talvez na próxima semana seja mais fácil.

Não será – estou escalada para a clínica por mais de sessenta horas na próxima semana, incluindo dois turnos da noite – mas vou arranjar tempo para Marsha de qualquer jeito. Eu a tenho evitado depois de saber do seu envolvimento com o FBI e estou começando a me sentir mal por causa disso. O que ela fez pareceu traição, mas essa não é uma reação totalmente racional. Ela estava provavelmente fazendo o que achava que fosse o mais certo, talvez até imaginando que estava me ajudando. De qualquer modo, cooperar com os federais é geralmente a estratégia mais certa para o cidadão normal que obedece as leis – o que é algo que eu não posso mais me considerar como sendo.

Agora que estou escondendo meus sentimentos verdadeiros sobre um criminoso procurado.

Acho que o Agente Ryson pressente que não estou falando a verdade, porque ele continua me levando ao escritório do FBI no centro. A esta altura, já aguentei a pelo menos dez interrogatórios e cada vez eu me ative à minha história, dizendo aos agentes apenas o que revelei no início e nada mais. Ajuda que sempre que eles investigam mais fundo, o ritmo do meu coração aumenta e meu corpo entra em modo de pânico total.

É como meu TEPT ou o que quer que seja do lado de Peter.

— Você está vendo um terapeuta, Dra. Cobakis? — Pergunta Ryson depois que eles têm que trazer Karen, sua agente com treinamento médico, para me acalmar após uma sessão de perguntas particularmente minuciosa. — Se não, eu posso recomendar alguém.

Minha respiração ainda é rasa e irregular por causa do ataque de pânico, mas eu consigo balançar a cabeça. — Eu tenho alguém, obrigada.

Eu ainda não vi meu terapeuta, Dr. Evans, desde que retornei. Ele me ajudou antes, quando não conseguia lidar com os pesadelos e a ansiedade resultantes do ataque de Peter na minha cozinha. Eu deveria ir vê-lo novamente, mas não consigo entrar no seu consultório e falar para ele a mesma mistura de verdades e mentiras que tenho regurgitado para o FBI.

Eu prefiro lidar com meus problemas sozinha enquanto espero por Peter.

Ele retornará para mim um dia.

20

Peter

EU CONTO OS DIAS NO CALENDÁRIO, MARCANDO-OS como um homem esperando sair da prisão. Meu dia de livramento – o dia em que eu me unirei novamente a Sara – pode apenas ser estimado, então, eu pego um dia oito meses à frente da minha reunião com Novak e faço contagem regressiva, porque descobrir os detalhes do ativo de Novak é o primeiro passo para assegurar um futuro real com Sara.

Com nosso esconderijo no Japão presumidamente comprometido, passamos de esconderijo a esconderijo, nunca ficando num lugar mais do que poucas semanas. Nesse tempo, fazemos vários trabalhos, alguns mais desafiadores do que outros, mas nenhum tão complicado ou perigoso como o acordado com nosso Novak.

Meus companheiros – até Yan – aceitaram minha decisão de pegar o ataque a Esguerra, assim como o fato de que nós descobriremos mais sobre o ativo quando chegar o tempo certo. Como eu prometi a Novak, não falei para eles quaisquer detalhes do que discutimos. Parcialmente, isso porque não tem realmente nada para falar ainda, mas mais importante, é porque eu preciso que Novak confie em mim. Meus homens podem representar tão bem como qualquer um em Hollywood, mas ao se lidar com alguém com os vastos recursos de Novak, nunca se sabe quem está ouvindo e quando. Nosso esconderijo é seguro, mas nos aventuramos e um microfone parabólico pode ser usado de distâncias surpreendentes.

Por causa disso, mais do que qualquer coisa, Sara não é mais o assunto de conversa entre nós. Até onde qualquer um na minha equipe sabe, ela poderia também não existir.

— Não quero ouvir seu nome, nem mesmo o pronome *ela*— Digo a eles. — Não a mencionem para mim e jamais discutam sobre ela entre vocês. Ela se foi, e é isso. Entenderam?

Todos assentem, entendendo minha preocupação e eu coloco mais e mais camadas de segurança à minha comunicação com o hackers e os homens que contratamos para observar Sara nos EUA. Eu não posso *não* observar minha ptichka, mas para sua segurança, ninguém pode saber da minha continuada obsessão por ela.

E eu *estou* obcecado. É uma doença piorada por sua ausência. Eu sonho com Sara todas as noites. Às vezes é sobre algo inócuo como a segurando e escovando seu cabelo sedoso, mas com frequência, os sonhos são sombrios e violentos. Em alguns, estou a perdendo; noutros, sou a causa da sua dor. Nosso primeiro encontro, onde a droguei e torturei com água, tem me assombrado nas recentes semanas, as lembranças invadindo minha mente com detalhes estranhamente brutais. Pior de tudo, eu saio dos sonhos em que a machuco com meu pau duro e doendo e sei que tanto sinto a sua falta – quanto a amo de todo o meu coração – meus sentimentos por Sara nunca serão simples e doces, desligados pelo lado sombrio do nosso passado.

Pelas coisas que fiz a ela... e posso fazê-lo novamente.

Se as noites são ruins, os dias são piores ainda. A primeira coisa que faço toda manhã é ver os relatórios sobre Sara, tanto de hackers como dos americanos a espionando. Foi assim que fiquei sabendo que ela voltou ao trabalho voluntário na clínica e que sua mãe começou a fisioterapia. Ocasionalmente, os americanos conseguem um vídeo de longa distância de Sara também e nesses dias, eu assisto as gravações várias vezes antes do café da manhã e uma dúzia mais de noite antes de dormir. Entre essas coisas, eu treino com minha equipe e cuido dos negócios, mas minha mente não está em nenhum deles.

Está nela.

Minha bela ptichka, a quem sinto falta como um membro amputado.

Penso em pegá-la constantemente. Graças à história de Sara sobre eu ter me enjoado dela, os federais não tentaram escondê-la de mim. Eles ainda a vigiam no caso de eu voltar, mas ele não acharam necessário colocá-la no programa de proteção à testemunha ou qualquer coisa nesse sentido. Eu acho que eles estão *esperando* que eu retorne.

Ela é uma isca, apesar de eles não admitirem isso.

E estou tentado. Porra, estou tentado. Agora que seus pais não precisam mais tanto dela, eu fantasio sobre trazê-la de volta diariamente, ao ponto de mapear toda a operação na minha mente. Sei exatamente como contornar o controle aéreo e onde aterrissaríamos, como criaríamos distrações para iludir os federais para longe de Sara e como colocaríamos pistas falsas para tirá-los do nosso encalço enquanto escapamos.

Poderíamos fazer isso amanhã, se quiséssemos.

Cerca de vinte horas a partir de agora, eu poderia estar segurando Sara.

Na maioria das vezes, eu consigo espantar a fantasia, reinterando para mim mesmo as razões por que estou fazendo isso, lembrando-me que ela está mais segura onde está. Contudo, tem dias quando a fantasia é tudo o que eu posso pensar e eu me vejo a segundos de ceder e ordenar Anton para preparar o avião.

Para manter minha sanidade, eu intensifico a busca a Henderson, que na minha lista, é a última pessoa e mais evasiva. O fato de ainda não termos achado-o, e sua família, reforça o rumor de seus conhecimentos dentro da CIA. O filho da mãe é bom nisso – tão bom quanto alguém na minha profissão.

Pode ser a hora de aumentar a pressão.

— Estamos indo para a Carolina do Norte — Falo na mesa do café da manhã na manhã seguinte. — Vamos chacoalhar as coisas em Asheville, ver se podemos achar o filho da puta de um jeito mais forte.

Meus colegas olham dos seus pratos para mim com idênticas expressões sem surpresa. Esse tem sido nosso plano de emergência o tempo todo. Seria melhor se não envolvêssemos inocentes – os amigos de Henderson e membros de família distantes que não tinham nada a ver com o massacre de Daryevo – mas dado ao fato do alvo ser tão evasivo, é a única opção que resta.

— Ele estará esperando por nós — Diz Anton, empurrando seu prato. — Isso se parece muito com uma armadilha.

Eu sorrio severamente. — Eu sei.

A dificuldade dessa operação é o que eu tenho desejado muito. Teremos não apenas que entrar e sair do país indetectáveis, mas Henderson, sem dúvida, terá os federais de olho nas suas conexões. Logisticamente, será similar a roubar Sara de volta, apenas em vez de sequestrar uma mulher, estaremos interrogando meia dúzia de pessoas, todas estarão provavelmente sendo observadas pelos colegas do FBI e talvez até mesmo da CIA.

— Deve ser divertido — Diz Yan, seus olhos brilhando. — Melhor do que ficar por aqui. — Ele gesticula para mostrar a cabana rústica onde temos ficado na última semana – nosso esconderijo na Polônia Oriental.

Ilya olha para ele e continua comendo. Ele tem estado brigado com seu irmão desde a última semana, quando Yan fodeu uma garçonete de Budapeste que Ilya também queria. Não é a primeira vez que a situação acontece – os gêmeos têm um gosto por mulher parecido – mas no passado, eles apenas compartilhavam amigavelmente, tanto por irem juntos ou alternadamente. Não tenho ideia do que fez essa garçonete diferente, mas Ilya está furioso com Yan desde que chegou aqui.

Não pretendo ficar no meio dessa briga, então, eu apenas finjo não notar a tensão na mesa. — Preparem-se — Digo aos caras —, quero estar em Asheville antes do final de semana, então, precisamos ter um plano viável até amanhã.

E levantando-me, vou enviar emails aos meus contatos nos EUA.

ara

EU ENCONTRO MARSHA NUM CLUBE NA VIZINHANÇA DE West Loop, em Chicago. É novo, moderno e tão barulhento que meus ouvidos latejam pela música gritando das caixas de som. Marsha já está na pista de dança, se roçando em dois jovens tipo banqueiros, assim, vou ao bar e peço um gin com tônica. Espero que o álcool acalme a tensão sempre presente na minha barriga.

Qualquer dia agora. Qualquer dia. Tenho falado para mim mesma por semanas, ainda assim, continuo aqui, ainda neste limbo deslocada. Cinco dias atrás, mamãe andou toda a distância da sua cama para o banheiro com apenas as muletas como assistência, apesar disso, ainda estou aqui, morando na casa dos meus pais sem a mínima ideia de quando – ou se – Peter voltará para mim.

Poderia ser? Será que as mentiras que falei para o FBI tornaram-se verdade? Talvez meu assassino russo realmente se enjoou de mim. Talvez meu apego a ele na clínica o fez perder o interesse. Eu sei que ele ganha no perigo e desafios de toda a sorte, e talvez isso foi tudo o que eu signifiquei para ele: um desafio. Além do mais, que maior conquista há em se ganhar a afeição da viúva do seu inimigo, uma mulher que tem todos os motivos de te odiar profundamente?

O pensamento continua invadindo minha mente e eu o afasto, lembrando-me do olhar no rosto de Peter quando ele prometeu voltar para mim. "Enquanto houver respiração no meu corpo", disse ele, e eu não duvidei dele por um momento – não depois do que ele fez para fazer-me dele.

Eu ainda não duvido dele – realmente não – e isso significa apenas uma coisa.

Se Peter não voltou, é porque ele não pode.

É porque algo aconteceu.

Tenho tentado não pensar nisso, forçar a possibilidade terrível da minha mente, mas não posso mais deixar de ignorar isso. A vida de Peter é de um jeito que ele poderia muito bem ser um soldado em zona de guerra. Entre as autoridades perseguindo-o pelo mundo todo e os criminosos poderosos com quem ele lida todo o tempo, ele desafia a sorte apenas sobrevivendo dia a dia. E quando seus 'trabalhos' juntam-se aos dois fatores anteriores, as chances de que ele seja machucado, ou pior, não são insignificantes.

De fato, elas são tão altas que minhas entranhas estão permanentemente com um nó nestes dias.

A única coisa que me dá consolo é que ainda estou sendo observada, tanto pelo FBI como pelas sombras dos homens de Peter. Aquele sentimento de coceira nos meus ombros nunca diminui quando estou em público. De fato, neste exato momento, tenho certeza que tem pelo menos dois dos meus espiões no clube – e os federais à paisana que me seguiam, estão com uma cerveja no outro lado do bar e alguém mais, alguém que não consigo identificar, mas que a presença eu sinto.

Se Peter estivesse morto ou capturado e o FBI soubesse disso, eles parariam de me seguir. O mesmo se aplica a quem quer que seja que Peter contratou.

Não é muito alívio – ele poderia ainda estar muito machucado em algum lugar – mas isso é outra coisa.

É isso que me faz levantar todas as manhãs e seguir com o meu dia, apesar do buraco consumindo meu estômago.

— Aqui está você! — Marsha aparece perto de mim, com um sorriso aberto e o brilho que apenas o álcool e a dança proporcionam. — Eu estava começando a pensar que você não apareceria.

— Estou aqui — Eu confirmo quando o barman me dá minha bebida. —, só me atrasei na clínica, você sabe como isso funciona.

Ela assente com simpatia e diz para o barman: — Uma Corona, por favor.

Ele dá a garrafa para ela, que brinda com a garrafa no meu copo. — Ao fato de você ter finalmente saído — Diz ela e eu rio quando minha amiga toma um gole grande.

— Então — Diz ela —, como você tem estado? Não acredito que estamos quase em março e não saímos desde sua primeira semana de volta.

— Ui, eu sei. — Faço uma careta. — Desculpe-me por isso. É só porque com minha mãe e tudo ...

Marsha me corta agitando a mão com a cerveja. — Não precisa falar mais. Eu entendo, realmente. Apenas me diz uma coisa... — Ela olha em volta, então, se inclina mais perto, colocando uma mão no meu braço. — Você está bem, querida? — Sua voz é suave apesar da música alta, seu olhar passando pela cicatriz desaparecendo na minha testa. — Nós nunca realmente conversamos sobre... bem, sobre o que aconteceu.

Minha garganta se aperta. — Eu te falei o que aconteceu.

Ela assente séria. — Eu sei. Não estou falando disso. Como você está lidando com isso?

— Eu estou — *totalmente estressada, incapaz de comer ou dormir, tendo pesadelos com Peter ferido ou morto* — bem.

— Uh-huh. — Marsha olha para o meu braço, que parece particularmente fino e pálido sob seus dedos bronzeados e unhas bem-feitas. — É por isso que você está imitando um esqueleto de laboratório de anatomia.

Eu puxo meu braço. — Estou de dieta.

Ela suspira e se inclina para trás. — Entendo.

Eu tomo minha bebida, desejando poder falar a verdade para ela: que não estou sofrendo de trauma patológico, mas com saudades do homem que fez isso comigo, que estou esperando-o voltar e me reivindicar novamente. Exceto que se eu falar isso para ela, posso também assinar minha sentença de prisão.

— Estou bem — Repito. Colocando um sorriso largo, eu digo: — E se pararmos de falar sobre coisas que deprimem e formos dançar?

Marsha hesita, então sorri. — Tudo bem. Vamos dançar.

Pego a mão dela e vamos para a pista de dança cheia. Eles acabaram de colocar um dos últimos sucessos de Nicki Minaj e eu rio ao lembrar ter feito minha própria versão dessa música para os caras no Japão.

Marsha também ri, inclinando a cabeça para trás para tomar sua cerveja e começamos a dançar. Eu canto junto, substituindo pela minha própria letra em certas partes e, logo depois, estamos realmente nos divertindo. A batida vibrando pelos meus ossos, fazendo meus pés se moverem com o ritmo e eu dou risadinhas quando parte da minha bebida derrama na minha mão.

— Aguente aí — Digo a Marsha e tomo o resto do meu gin e tônica para evitar outro acidente.

Colocando o copo vazio numa mesa perto, abro caminho pelo público para o bar e peço uma garrafa de cerveja – bem mais amiga da pista de dança. Quando volto, Marsha já está dançando com dois novos caras e quando me aproximo, ela pega minha mão, me puxando para eles.

— Estes são Bill e Rob — Grita ela mais alto que a música e eu sorrio desconfortável. Isso não era o que eu tinha em mente quando concordei com essa saída com Marsha.

— Vou ao banheiro — Digo, inclinando para que Marsha ouça. — Volto logo.

— Espere, vou com você. — Marsha abandona seus companheiros sem uma segunda olhada e me segue através do público.

Ainda é cedo na noite, então, a fila do banheiro das mulheres não está tão ruim. Enquanto esperamos, Marsha me fala sobre o clube que foi com Tonya na semana passada e os caras bonitos que encontrou lá. Eu ouço, sorrio e assinto, me maravilhando todo o tempo de quão diferente a vida da minha amiga é, quão simples e descomplicada. Quando foi a última vez que minha maior preocupação era se um cara iria me ligar? Na faculdade, talvez? Quando conheci George, minha vida de encontros parou e eu voltei a ela depois da sua morte.

Peter me reivindicou antes que eu tivesse chance.

Finalmente chegamos no banheiro, fizemos tudo e voltamos para a pista de dança. Está até mais cheia agora, depois de meia hora sendo empurrada e tendo bebida derramada em nós, Marsha grita nos meus ouvidos: — Vamos sair daqui.

Eu a sigo agradecida e vamos a um bar a dois quarteirões naquela rua, onde nos sentamos e ouvimos uma banda ao vivo tocando rock dos anos oitenta misturado com os top cem sucessos recentes. — Você canta, certo? — Pergunta após bebermos uns dois copos e eu assinto, minha cabeça rodando pelo álcool.

— Tudo bem. — Marsha dá um sorriso aberto. — Vamos lá. — Ela sai do banco do bar e pega meu pulso, levantando minha mão para o ar. — Ei, todos — Ela grita mais alto que a música. —, minha amiga pode cantar uma. Todos querem ouvir?

Eu quero me afundar num buraco, mas algumas pessoas no público – caras bêbados – respondem em coro: — Legal, sim.

— Vem. — Marsha me puxa para o palco, onde os membros da banda parecem não muito contentes de lidar com uma amadora.

Normalmente, eu sairia de fininho e gritaria com Marsha depois, mas entre o álcool afrouxando minha inibição e minhas pequenas apresentações para Peter e seus homens no Japão, eu, de alguma forma, achei a coragem para ficar no palco.

— Vocês conhecem 'Karma', de Alicia Keys? — Perguntei ao guitarrista, esperando não arrastar as palavras.

O guitarrista – um cara com bochechas vermelhas com início de calvície – me dá um olhar desconfiado. — Talvez. Você vai cantar enquanto tocamos?

— Vocês se importam? — Dou meu sorriso mais bonito para ele. — Só uma música e caio fora.

Ele troca olhares com os outros músicos, então, joga um microfone nas minhas mãos e diz: — Oh, que inferno. Vai, garota. Mostre-nos o que você tem.

Eles tocam as primeiras notas e eu viro para o público, meu pulso mais rápido quando vejo no que me meti. A última vez que me representei para tantas pessoas foi lá atrás no colegial, quando tinha o papel principal num musical da escola. E como daquela vez, sinto minha barriga pulando, uma excitação me tremendo toda.

Aproveite, digo a mim mesma e, respirando fundo, começo a cantar, deixando minhas próprias palavras se misturarem com as palavras familiares da música. Apesar de toda bebida, minha voz vem forte e pura, tão poderosa que posso sentir a vibração do som. Todos os outros barulhos no salão desaparecem e vejo tanto surpresa quanto admiração nos rostos me olhando – incluindo os federais à paisana que nos seguiram do clube e estão agora enrolando com uma bebida no canto.

Marsha também está boquiaberta, e me dou conta de que ela nunca me viu cantar. Cantamos feliz aniversário para duas enfermeiras como grupo e ela provavelmente me ouviu cantar com a seleção de DJ na saída para um clube alguns meses atrás, mas nunca desse modo.

Nunca me apresentando... especialmente com minha própria letra.

Eu quase engasgo ao pensar. Nunca compartilhei minhas letras com ninguém além de Peter e sua equipe. No entanto, eu consigo continuar e quando canto minha versão do refrão, noto que o público está começando a cantar junto, batendo nas mesas e batendo o pé junto com a batida da música. A reviravolta na minha barriga aumenta, preenchendo cada fenda no meu peito até que sinto que vou flutuar nas asas do ritmo e continuo cantando enquanto meu corpo segue a música, meu treinamento de dança vindo à tona.

Não estou ciente de estar flutuando até que a música para e aplausos estrondosos rompem. Voltando do meu torpor, vejo Marsha batendo palmas e gritando loucamente na parte da frente e eu abro um sorriso largo quando me viro, querendo agradecer à banda. Exceto que eles também estão batendo palmas e sinto-me como numa fantasia, como algo que meu lado adolescente conjuraria num desses sonhos acordada.

— Foi incrível. Você tem mais músicas como essa? — Pergunta o guitarrista e eu assinto, apesar do formigamento na barriga ter aumentado e subido ao peito. No Japão, eu compus e gravei dúzias de músicas, algumas já existentes e outras, meus próprios remixes, e eu os apresentei para meus sequestradores como parte do ritual da noite. Peter sempre me disse que eu sou boa, mas eu atribuí isso à lisonja e falta de outros entretenimentos. Essas pessoas, entretanto, são completos estranhos; não têm razão de me bajular.

Se qualquer coisa, os músicos deveriam me espantar do palco para que voltem à música de verdade.

— Tenho essa e aquela — Falo ao guitarrista sem fôlego quando a fantasia não parece se dissipar. — Você conhece a de Bruno Mars, 'Just the Way You Are?'

Ele dá um sorriso largo. — Com certeza, vamos lá... qual seu nome?

— Sara — Digo e instantaneamente arrependo-me. Meu nome é além de comum e esta noite merece outra coisa. Algo como Madonna ou Rihanna ou SZA...

— Vamos dar uma salva de palmas para Sara! — Grita o guitarrista e eu esqueço tudo sobre meu nome ordinário quando as pessoas no público aplaudem e gritam.

A banda começa tocando "Just the Way You Are," e eu respiro fundo para me preparar. Quando chega a hora da letra, eu novamente uso a minha própria letra e o sentimento de flutuação volta quando vejo a reação da audiência. Eles estão adorando. Eles realmente estão amando.

Rápido demais, a música acaba e eu retorno à Terra, apenas para subir novamente quando a plateia exige mais músicas, então, outra e outra. Eu canto sete músicas das minhas melhores uma atrás da outra e minha voz começa a se cansar.

— Já deu — Digo à banda, dando o microfone de volta ao guitarrista. — Muitíssimo obrigada por me darem esse prazer.

— Garota, você pode cantar conosco a qualquer hora — Diz ele. — Na verdade... — Ele se vira e troca

olhares com seus colegas da banda, e volta a me olhar.
— Tocaremos aqui todo final de semana e adoraríamos que você se juntasse a nós.

— Oh, eu...

— Obviamente dividiríamos os ganhos contigo — Diz ele, como se eu estivesse quase rejeitando por causa do ganho — É um serviço muito legal aqui.

— Vocês não podem pagá-la. — Marsha diz, e eu me viro para vê-la subindo no palco, balançando os quadris — Ela é médica, sabe.

— De verdade? — O guitarrista me olha rapidamente. — Talentosa, bela *e* inteligente, hein?

Eu ruborizo quando Marsha diz : — Com certeza. Então, se você quiser contratá-la, tem que falar comigo primeiro. Aqui. — Ela pega o pulso dele, retira uma caneta e escreve seu número no antebraço dele, bem perto de uma tatuagem de um coração espetado com uma fecha. Piscando, ela acrescenta: — Estou à disposição a qualquer hora.

Eu rio, vendo o que Marsha está fazendo e a puxo para fora do palco antes que minha amiga comece a dar um amasso no músico ali mesmo. Segundo os rumores no hospital, ela já fez coisas piores quando bêbada.

Passamos pelo público ainda batendo palmas e saímos rapidamente, o ar frio de fevereiro fazendo pouco para esfriar nossa excitação. Ainda estou tonta pelo álcool e a apresentação excitante, e Marsha também está excitada, rindo e tagarelando sobre o que acabara de acontecer, como ela pode ser minha agente e como ambas podemos ficar ricas e fazer isso crescer.

Estamos nos divertindo tanto que me esqueço de que nada disso é real, que minha vida agora é apenas um grande jogo de espera. No entanto, quando entro no táxi para ir para casa, eu me lembro, e minha excitação desaparece sem deixar vestígio.

Enquanto eu estava lá fora cantando e bêbada, outra noite se passou.

Outro dia terminou sem Peter voltar.

 *eter*

PENSO EM CONTATAR SARA QUANDO ATERRISSAMOS numa pequena pista particular na base das Montanhas Great Smoky, cerca de noventa quilômetros de Asheville e apenas alguns estados longe dela. É além de tentador pegar o telefone e ligar para ela, assim posso ouvir sua voz. Mas se fizer isso, os federais – que ainda a estão seguindo e ouvindo suas ligações – iriam para cima dela, mais uma vez duvidando da sua história e a espremeriam.

Não é a primeira vez que considero falar com ela. Penso nisso todo o tempo. Devido ao grande cuidado dos federais, eu poderia apenas alcançar um dos homens que contratei para segui-la para cuidadosamente entregar uma carta a ela. Seria arriscado, mas poderia fazê-lo.

O que me impede não é a logística, mas o fato de eu não saber o que falar – e qual seria a reação de Sara ao receber tal carta. Apesar de eu gostar de pensar que ela sente minha falta, sei que existe uma possibilidade real que a conexão frágil que construímos no final do seu aprisionamento terminou, que estar de volta em casa a fez me odiar e temer novamente.

Ela estar com esperança de que eu me fui para sempre e pegar minha carta, a deixaria transtornada.

Além do mais, o que eu posso falar com ela do motivo de eu estar longe? Não posso falar nada sobre Novak e Esguerra – então, isso me deixa a opção básica de que ainda estou vivo e indo para ela.

Garantias que ela poderia facilmente interpretar como ameaça se ela estiver feliz por estar em casa sem mim.

Posso dizer que meus homens estão morrendo de vontade de falar algo sobre a situação, mas a regra 'Sem Falar na Sara' continua e eles entendem exatamente o resultado de infringi-la. Então, fico quieto e foco em passar os dias sem Sara, confiando nos relatórios diários dela para alimentar minha obsessão.

Dois dias atrás, ela saiu com sua amiga Marsha e acabou cantando num bar, apresentando uma das suas canções em público. O simples fato de eu ler sobre isso encheu meu peito com um calor e eu instruí aos americanos a gravarem da próxima vez, daí, eu poderia ouvi-la e assistir a reação do público. Fico absurdamente orgulhoso do meu pequeno pássaro cantador se mostrando dessa forma, espantando suas inibições e mostrando o talento que eu sempre soube que estava lá.

Claro, o orgulho não foi minha única reação ao relatório. A ideia de ela sair para lugares onde outros homens possam se aproximar dela é como um carvão em brasa ao meu lado. Sara é minha. A distância física entre nós não muda esse fato. Até agora, os relatórios não indicaram ninguém seriamente farejando ao redor dela, mas isso não significa que não tenha acontecido. Com o FBI constantemente na cola de Sara, meus homens têm que ser extras cuidadosos e tem ocasiões que eles simplesmente não podem ficar perto o bastante para certificar-se que algum bastardo não esteja pedindo o número do seu telefone ou se oferecendo para pagar um café para ela.

Se eu pudesse colocar um mecanismo de escuta em Sara, eu faria isso na mesma hora.

Eu colocaria um chip no seu cérebro se pudesse.

— Você está pronto? — Diz Yan, e vejo que estou limpando minha arma sem pensar nos últimos dez minutos em vez de pegar minha bolsa e sair do avião.

— Sim. — Digo, montando a arma novamente e colocando na minha cintura. — Vamos lá.

Lyle Bolton, primo em primeiro grau de Wally Henderson, tem uma pequena loja de vegetais orgânicos em Asheville. Até onde seus amigos e vizinhos sabem, ele é um homem educado e pacífico, com os necessários dois filhos e meio – dois na pré-escola e um bebê a caminho. Sua esposa grávida é do lar, e para os de fora, eles parecem um casal suburbano perfeito.

Péssimo que eles não saibam o que nossos hackers descobriram.

Nós o esperamos na cabana de montanha da puta, nosso SUV estacionado fora da vista atrás de um galpão. Tecnicamente, a garota é uma acompanhante, mas sexo por dinheiro é tudo o mesmo até onde eu sei. Bolton vem aqui todas as terças e quintas no seu caminho de volta das fazendas locais, onde ele consegue os alimentos para a loja. Sua esposa não tem a mínima ideia, assim como todos na comunidade.

Ninguém imaginaria que o quieto, frequentador de igreja Sr. Bolton, apaixonado pelo bem-estar de animais e do meio ambiente, pagaria uma 'acompanhante' à beira da legalidade para deixá-lo defecar nela duas vezes por semana – após ele surrá-la.

Henderson providencia que seus amigos façam relatórios da casa e trabalho de Bolton, sendo esse o motivo desta cabana ser o lugar perfeito para interrogar o filho da puta. Seu pequeno hábito sujo é um segredo para todos, seu primo incluído, e graças a todos os cuidados que ele toma para compensar esse alongamento de tempo, ninguém virá procurá-lo até que ele apareça na loja umas quatro horas mais tarde.

Podemos fazer muita coisa em quatro horas.

A cabana está vazia exceto por nós. Yan enganou a puta nesta manhã fingindo ser um cliente rico. Quando ele a pegou no quarto de hotel, ele a amarrou e deixou lá. Se tivermos tempo, ele vai desamarrá-la, mais tarde hoje; se não, as arrumadeiras a acharão amanhã de manhã. De qualquer modo, a garota não vai aos tiras, especialmente quando achar o pagamento na mesa de cabeceira.

Lyle Bolton é rápido, como sempre, chegando às quinze para as dez. Seu caminhão fazendo o barulho na rua de pedras e gesticulo para os caras ficarem prontos.

Prender nossa presa é brincadeira de criança. Ele não tem ideia do que o espera. O filho da puta entra com um sorriso aberto de comedor de merda na sua cara rechonchuda e Ilya sai de trás da porta e o soca no estômago. Ele faz de leve – tão de leve quanto alguém tão massivo pode – mas Bolton ainda assim cai de quatro, ofegando e silvando tentando desajeitadamente fugir.

Yan o chuta nas costelas e, então, eu entro, levantando o desgraçado pela parte de trás da sua camisa quando ele começa a gaguejar e pedir por misericórdia.

— Seu primo — Digo com calma, colocando-o na cadeira da cozinha. — Onde ele está?

Ele nos olha de boca aberta e eu vejo um novo tipo de medo no seu olhar. Ele vê agora que não é um erro, que não somos ladrões que apenas estávamos lá por acaso.

— Eu n-não sei — Ele gagueja e eu suspiro antes de pegar minha arma.

— Mais uma chance — Digo, colocando o cano na sua testa. — Onde está a porra do Wally?

Ele se urina. Uma mancha escura sai da virilha da sua calça de veludo e sinto o ácido cheiro de urina. Isso me irrita tanto quanto as lágrimas e baba descendo do seu rosto.

— Eu juro para você, eu não sei! — Ele geme e eu abaixo a arma, apertando o gatilho duas vezes rapidamente.

Seus gritos são ensurdecedores quando ele cai da cadeira e se enrola como uma bola pequena no chão. Eu apenas coloquei duas balas – uma em cada pé – e espero um minuto para os gritos pararem antes de repetir: — Onde está a porra do seu primo?

— Eu não sei, não sei, não sei! — Ele está histérico agora, segurando seus pés sangrando com ambas as mãos. — Por favor, eu juro, eu não sei. Ele desapareceu há mais de dois anos e não ouvi dele desde então.

— Nada? Sem ligação, sem email, sem cartas?

Eu já sei a resposta graças aos nossos hackers, então, não estou surpreso quando o idiota gordo balança a cabeça como um brinquedo de corda. — Não, não eu juro! Nada! Ninguém ouviu falar nele desde que ele foi embora.

Eu viro para Yan. — O que você acha? — Pergunto em russo. — Você acredita nesse merda?

Ele estuda o cara, e assente. — Sim, eu acho que sim. Henderson é muito cuidadoso para contatar este.

— Ok, então, vamos.

Abaixando-me, eu pego o telefone de Bolton do seu bolso e o deixo babando e sangrando no chão enquanto saímos da cabana. Antes de irmos, eu danifico seu veículo para ter certeza de que ele não possa sair por um tempo.

Temos mais cinco idiotas para interrogar antes de descobrirem este.

 eter

As próximas duas pessoas da nossa lista são um desafio igual ao Bolton. O primeiro, Ian Wyles, é professor aposentado de ensino fundamental e tio-avô de Henderson. Os dois costumavam trocar emails regularmente antes do desaparecimento de Henderson e é possível que Henderson possa ainda estar em contato com ele de algum modo.

Contudo, no minuto que seguramos o velho a caminho de casa após ter saído da agência de correios, torna-se óbvio que ele não sabe de nada. Ele não tem nenhuma ideia e está tão surpreso com nossas perguntas que nem perdemos nosso tempo torturando-o. Apenas o amarramos e o deixamos com seu carro quebrado na floresta, onde será achado em algumas horas quando sua mulher chegar e vir que ele desapareceu.

A segunda pessoa, Jennifer Lows, é amiga da esposa de Henderson. Uma mulher de meia-idade gorda, ela literalmente faz merda quando a pegamos fora da casa de repouso dos seus pais. No primeiro minuto de interrogatório, torna-se claro que ela não tem a mínima ideia também e, então, a deixamos amarrada atrás de uma caçamba de lixo num beco, amordaçada e aterrorizada quase fora de si, mas sem ter sido machucada.

— Zero a três — Ressalta Anton quando saímos do beco, mas eu apenas dou de ombros. Isso não era uma coisa não esperada. Se Henderson entrou em contato com essas pessoas, nós teríamos descoberto até agora. Também, a segurança em volta deles teria sido mais reforçada. O fato de que eles eram relativamente fáceis de se capturar diz-nos que eles não estão no círculo próximo de Henderson.

As pessoas que importam para eles – a mulher e filhos – estão tão bem escondidos como tesouro.

De qualquer modo, conseguir informação do paradeiro de Henderson não é nosso primeiro objetivo. Isso tem a ver com enviar uma mensagem, dizendo-lhe que ninguém na sua vida – não importa quão distante a conexão – está seguro.

Queremos causar ira e medo nele, porque um homem irado e com medo comete erros.

A próxima pessoa que vamos atrás é um policial que parece ter sido amigo de infância de Henderson. Jimmy

Gander, cinquenta e cinco anos de idade, é um dos tiras mais velhos na força e quando o pegamos fora do seu bar favorito, ele consegue dar um soco no rosto de Anton antes que consigamos nocauteá-lo.

— Porra, vou matá-lo — Resmunga Anton enquanto o arrastamos para a floresta onde pretendemos interrogá-lo como nosso prisioneiro. — O bastardo vai sofrer.

— Sem mortes desnecessárias — Lembro a ele —, apenas daremos um corretivo se ele não cooperar.

Anton resmunga irado. — Que merda. Vou ficar com um o olho roxo.

— Você não deveria ter deixado nosso vovô ter te acertado — Diz Yan, com um sorriso sarcástico. — Talvez devêssemos trocar vocês de lugar na equipe. Ele certamente parece mais habilidoso.

— Calados — Falo para eles dois quando nosso SUV para numa clareira na floresta. — Vocês podem se acertar depois.

Levamos o tira para fora e esperamos até que ele volte a si antes de começarmos a interrogá-lo. Como os outros, ele parece genuinamente espantado pela situação. Contudo, diferente dos outros alvos hoje, ele se recusa a responder nossas perguntas de início. Para satisfação de Anton, temos que socá-lo algumas vezes antes do comum 'eu não sei de nada' e 'não ouvi nada sobre ele'. Sob outras circunstâncias, eu admiraria a lealdade de Gander ao seu amigo, mas dado o fato de termos menos de duas horas restantes para interrogar as duas pessoas restantes na nossa lista, a demora apenas me frustra.

— Coloca uma porra de bala nele — Digo a Anton quando o tira não se mostra disposto a falar sobre a última vez que viu Henderson, e Anton obedece feliz. Atirando em Gander no ombro direito.

Depois disso, não segura mais as respostas, apenas vômito verbal e súplica por um hospital.

— Vamos — Falo aos caras quando estou confiante de que conseguimos tudo que podemos do tira. — Amarre-o e deixe-o aqui.

Quando saímos de carro, faço uma anotação mental de ligar para 911 e dizer-lhes a localização do homem quando estivermos seguros no ar.

Amigo de Henderson ou não, não tem motivo do tira morrer.

ESTAMOS NO APURO DO TEMPO AGORA, ENTÃO, agilizamos o processo por interrogá-los juntos. Deixamos por último porque eles são conexões até mais distante de Henderson; se não os tivéssemos pegos por alguma razão, não seria uma perda relevante.

O primeiro é um ex-namorado da filha de Henderson, Bobby Carston. Ele tem vinte anos, cerca de três anos mais velho do que a filha e, segundo nossos arquivos, eles se separaram quando ele dormiu com sua melhor amiga na festa de fim de ano do Ensino Médio.

Eu odeio traidores, então, somos duros com o garoto quando o interrogamos – algo que assegura que o nosso último prisioneiro, o filho do professor favorito de Henderson, coopere desde o início.

De fato, Sam Briars é tão tagarela nas suas respostas sobre Jimmy Henderson que conseguimos algo que não esperávamos.

Uma possível pista.

— ... e, então eles saíram de férias na Tailândia cinco anos atrás e Jimmy estava dizendo o quanto ele adorava morar lá. Tinha uma família local que eles ficaram bem íntimos em Phuket. Não numa das áreas turísticas, vejam só, mas mais para dentro do país, longe de toda a civilização. Jimmy estava falando com todos os seus amigos na sala. E havia Singapura, ao qual a mãe de Jimmy sempre amou porque era bem limpa, e tem Islândia onde os pais de Jimmy estavam indo no aniversário de casamento, e tem Maryland onde a irmã de Jimmy irá estudar e eu posso pensar em mais se vocês me derem tempo.

O professor está falando tão rápido que ele está praticamente balbuciando, o deixamos falar, anotando os lugares que ele menciona para que possamos checar mais tarde. Já olhamos na maioria desses lugares antes, incluindo Tailândia, mas Hendersons tem mudado de local para evitar ser detectado e não sabíamos sobre aquela família em Phuket.

Certamente é uma pista a ser explorada.

Dez minutos se passam e o professor não mostra sinais de parar, sua verborragia sem dúvida motivada pelos gritos de dor do ex-namorado cheio de hematomas. Nesse ponto ele apenas está se repetindo, rodando em círculos com tudo que sabe sobre os Hendersons, eu bato a cabeça para Ilya e ele bate de leve nas costelas dele.

— Já basta — Digo quando Briars começa a gritar como se a batida de leve tivesse quebrado suas costelas. — Amarre-os e deixe-os aqui. Temos que ir.

Enquanto guiamos para o avião, eu vigio por sinais de perseguição, mas fizemos tudo sem incidentes.

A operação é oficialmente um sucesso: enviamos uma mensagem para Henderson e obtivemos uma pista possível no processo.

Eu deveria me sentir bem, mas quando as rodas do avião levantam voo, tudo o que posso pensar é que não estou mais perto do que eu realmente quero.

De que ainda faltam meses para eu recuperar Sara.

— Ele fez o quê? — Eu olho para Ryson, minhas palmas úmidas com suor e meu coração martelando. Minha primeira reação – felicidade de que Peter está vivo e bem – está sendo rapidamente trocada por um nó doloroso na minha barriga.

— Ele agrediu seis pessoas na Carolina do Norte — Repete o agente. — Dois estão no hospital com ferimentos à bala e outros quatro estão com hematomas e traumatizados pelo interrogatório violento. Cidadãos inocentes, todos. Alguma coisa que você possa nos falar sobre o incidente?

— Eu... o quê? — Balanço minha cabeça para limpá-la de imagens tenebrosas. — Por que ele faria isso?

— Segundo as vítimas, ele queria saber a localização

de um dos seus conhecidos, um Walter Henderson III. Ele tem a infelicidade de estar na mesma lista do seu falecido marido. — Ryson cruza seus braços musculosos. Alguma coisa que você possa nos falar sobre isso? Sobre o que ele está procurando?

Eu engulo, bile subindo na minha garganta. Nos últimos dois meses, eu consegui de alguma maneira esquecer a realidade brutal do homem que estou sentindo falta, evitando pensar nas partes mais sombrias das minhas memórias. — Você não sabe?

— Eu te disse que a maioria dos seus arquivos foi removida. — Ryson descruza seus braços e se inclina mais para perto. — Dra. Cobakis, você sabe tão bem quanto eu que esse homem é letal. Ele precisa ser parado antes que mais pessoas inocentes se machuquem. É importante que você nos fale tudo sobre ele, para que possamos ter uma ideia melhor de onde ele pode atacar novamente.

Eu olho para ele, sentindo-me alternadamente com calor e frio. — Ele não me falou muito de qualquer coisa. — Isso é o que eu tenho falado aos agentes e tenho que me ater à história, não importa quão mal eu me sinta em saber que Peter está ferindo pessoas inocentes na sua busca por vingança.

De qualquer modo, mesmo se Ryson soubesse do massacre do filho e mulher de Peter, não mudaria nada. Peter não vai parar até que ele ache Henderson e o risque da sua lista, e como ele mostrou claramente na Carolina do Norte, os federais ainda não são páreos para ele e sua equipe.

Peter e seus homens entraram nos EUA sem serem detectados, atacaram seis pessoas e saíram.

Ele estava no mesmo país que eu e se Ryson não tivesse decidido me interrogar, eu nem saberia.

Meu estômago se aperta mais ainda e, para meu horror, vejo que não estou apenas preocupada com a dor e o sofrimento que aquelas pessoas passarem.

Também estou sofrendo e com raiva que Peter não veio por mim.

Estávamos apenas alguns estados separados e ele não veio por mim.

— Dra. Cobakis. — Ryson me olha com muita atenção. — Você está bem?

— Eu... sim. — Fecho minha mão sob a mesa, deixando minhas unhas cravarem nas minhas palmas. A passagem da dor me deixando estática, deixando-me falar num tom quase normal: — Desculpe-me. É demais para mim.

E é. É demais. Até este momento, eu não entendia completamente o quão confusa estava, como aqueles meses com Peter me deixaram conturbada, torcendo meu sentido do certo e errado. Aqui estou, tendo acabado de saber que o assassino a quem estou obcecada feriu seis pessoas inocentes e estou chateada pelo motivo de ele as ter escolhido em vez de a mim? Que ele não me sequestrou quando teve a chance?

Sou doente.

Fica óbvio para mim agora – como é o fato de que Peter pode nunca voltar para mim. O tempo todo, a vingança foi seu real amor, sua real obsessão e o que quer que ele tenha sentido por mim, não durou... se é que estava lá no início. Eu não sei por que estou sendo tão vigiada, ou se até estou – aquele sentimento estranho pode muito bem ser paranoia – mas é claro que não sou mais sua prioridade.

Eu, de algum modo, aguento o resto do interrogatório de Ryson, respondendo suas perguntas no piloto automático e quando chego em casa, pego o telefone e ligo para o Dr. Evans, o terapeuta que me ajudou antes.

É hora de reconstruir minha vida dilacerada.

É hora de aceitar que tudo o que eu e Peter tivemos pode ter terminado.

PARTE III

 eter

Passamos os dois próximos meses seguindo a pista do tailandês – não é fácil imaginar qual família local os Hendersons tornaram-se amigos – e quando isso não nos leva nem um pouco mais perto do nosso alvo, pegamos um trabalho na Rússia, onde um oligarca quer eliminar um dos seus rivais no negócio. Não é um trabalho tão lucrativo como os outros, mas a localização faz valer a pena.

Faz anos que não vamos ao nosso país natal.

— Você se sente tão estranho como eu? — Pergunta Anton quando passamos pela Praça Vermelha e eu assinto, sabendo exatamente o que ele quer dizer. Andando por essas ruas e ouvindo russo sendo falado em toda volta parece muito como retornar no tempo. A última vez que eu estive em Moscou foi quando matei meu superior, Ivan Polonsky, por ter ajudado a encobrir o massacre de Daryevo – parece uma vida atrás.

— Você sente saudade? — Pergunto a Anton e ele dá de ombros.

— Não. Quero dizer, não é exatamente divertido sempre ser o estrangeiro, mas me acostumei a isso. E graças a Sara, meu inglês melhorou, então.... — Ele para, seu olhar desconfiado quando vê o que acabou de dizer. — Quero dizer, quando nós estávamos...

— Já basta. — Os músculos do meu pescoço estão dolorosamente tensos e minhas mãos fechadas num punho, mas minha voz é suave e controlada até quando eu repito: — Isso já basta.

Anton fecha a boca sabiamente e andamos o resto do caminho em silêncio. Ele sabe que está proibido de falar nela e não é mais sobre sua segurança. Sara é um gatilho para mim nesses dias, tanto que a mera menção do seu nome é o bastante para me tornar homicida. O espaço da ferida deixada pela sua ausência não está sarando; está infeccionado.

Eu sinto por ela cada segundo de cada dia e eu odeio essa porra.

Os relatórios diários apenas pioram a situação, porque parece que ela esqueceu de mim. No mês passado, ela conseguiu outro trabalho, juntando-se a outras duas obstetras e ginecologistas e ela se mudou da casa dos pais para um novo apartamento. Estou feliz com isso tudo – eu quero que ela seja feliz – mas pelas últimas seis semanas, ela também saiu todos os finais de semana, bebendo e dançando com suas amigas. Além disso tudo, ela começou a cantar com uma banda nas noites de sexta – um avanço que gostei até que eu vi uma gravação dela se apresentando num vestido sexy e vi que cada homem no público estava babando por ela.

Eles a assistiam como uma alcateia babando sobre uma lebre.

Se eu estivesse com ela, eu poderia ter parado aquilo – consertado certos rostos, se fosse necessário – mas estou meio mundo longe e isso me consome. Mais do que isso, levanta a possibilidade de que Sara possa ter me esquecido tão completamente que ela poderia se apaixonar por outro homem... talvez até um dos idiotas que vêm atrás dela depois de cada apresentação para elogiá-la e implorar pelo seu telefone.

A única coisa que me previne de ordenar uma surra nesses idiotas é que até agora ela não saiu com nenhum deles.

Mas é apenas uma questão de tempo. Eu sei disso. Quanto mais tempo tiver passado da minha partida, mais provável isso se torna. E é por isso, pouco antes que pegarmos este trabalho, que finalmente mandei uma mensagem para ela.

Ela deve recebê-la em breve.

Enquanto isso, temos um homem muito rico – e muito corrupto – para matar.

ara

— Sara! Sara! Sara!

O público cantando combinado com os aplausos ensurdecedores são como uma injeção de heroína nas minhas veias. Estou tão excitada que parece que estou voando e eu me curvo, rindo, quando o canto aumenta.

Meus companheiros de banda – Phil, Simon, e Rory – também estão se curvando. O público contudo parece focado em mim. Provavelmente porque os caras mudaram o nome da banda de *The Rocker Boys* para *Sara & the Rocker Boys* no mês passado, completamente ignorando minhas objeções. Qualquer que tenha sido a razão, Phil decidiu que a banda é muito mais comercial comigo como a cantora principal e cada pôster agora mostra meu rosto junto com meu nome. Na semana passada, eu até tive um paciente na clínica que me reconheceu como 'aquela Sara' e me pediu um autógrafo – um incidente altamente embaraçoso que resultou no pessoal da clínica me apelidar de 'A Celeb'.

Esta é a primeira vez que fizemos uma apresentação ao ar livre e eu não estava certa se conseguiríamos fazer o show. Apesar de ser quase maio, o tempo ainda está instável e até dois dias atrás, não sabíamos se daria dez graus e chuvoso ou vinte e um e ensolarado. Acabou sendo algo no meio – dezenove e parcialmente nublado – e tivemos um comparecimento maravilhoso. Nosso objetivo era vender pelo menos cem ingressos para cobrir os custos com o local, mas a julgar pelo número de espectadores aplaudindo entusiasticamente, vendemos perto de quatro vezes esse número.

Terminamos nos curvando e tocando mais uma música como pedido de bis antes de sairmos do palco. Como sempre acontece depois de uma apresentação de sucesso, é difícil deixar de ficar excitada, então, vamos a um bar por perto para celebrar e esfriar.

Como eu, meus colegas de banda fazem isso como hobby. Phil, nosso guitarrista, é professor de matemática; Simon, o baterista, é um escritor freelance; e Rory, nosso baixista, trabalha num call center. Diferente de mim, contudo, todos os três gostariam de fazer disso uma carreira e como sempre acontece depois de grandes apresentações, eles imediatamente começam a falar em fazer uma turnê.

— Poderíamos começar em Seattle, então, descermos para a Costa Oeste — Diz Phil, pegando sua cerveja. Seus olhos azuis brilham febrilmente no seu rosto vermelho. — De lá, poderíamos passar por todo o sudoeste e...

— Foda-se Seattle. — Rory engole uma dose de tequila e desliza o copo para um barman cabeludo. — Vamos direto para a Califórnia. São Francisco, então, L.A. É o melhor para artistas como nós, sem mencionar o clima e a cultura e a comida...

Ele continua, gesticulando bastante enquanto fala e eu abro um sorriso quando noto várias mulheres olhando direto para ele. Com seu rosto cheio de pintas, cabelos ruivos desajeitados e um corpo de academia, Rory parece com uma mistura de a Pequena Órfã Annie e um modelo da Abercrombie cheio de esteroides. É uma combinação que não deveria ter dado certo, mas deu – e eu suspeito que o sucesso da banda deve-se muito à sua aparência, assim como o talento combinado da gente.

Não que Phil e Simon sejam feios. Simon, em particular, lembra-me do jovem Denzel Washington, apenas com uma batida punk-rock. Phil tem aparência mais comum, com um pouco de calvície e uma pequena barriga de chope, mas sua personalidade extrovertida mais do que compensa as desvantagens físicas. Todos os meus três amigos de banda são atraentes no seu próprio modo – e cada um deu uma dica, uma hora ou outra, que gostaria de me levar para sair.

É péssimo que tudo que posso ver quando olho para um homem nestes dias é que ele não é Peter.

Os caras não sabem disso, claro. Eles não têm ideia do meu passado aterradoramente conturbado e os agentes do FBI que ainda obstinadamente me seguem por toda parte. Tudo o que os meus colegas da banda sabem é que sou viúva e eles acham que o pesar pelo meu marido morto é a razão de eu não namorar.

— Há quanto tempo que isso aconteceu? — Perguntou Phil com empatia quando eu me juntei à banda em fevereiro e eu falei que meu marido faleceu cerca de um ano e meio antes, nunca tendo acordado de um acidente de carro que o deixou em coma. Phil prestou suas condolências e, com tato, evitou falar no assunto desde então, assim como Simon e Rory.

De fato, depois que cuidadosamente me falaram que estão interessados, e igualmente com cuidado foram rejeitados, eles se afastaram completamente e passaram a me tratar como um tipo de figura santa, uma Madonna intocável dentro de uma bolha de pesar.

Eles não estão muito longe, apenas que a perda que estou sentindo tem pouco a ver com George, que está apagando mais da minha memória a cada dia. Até esse ponto, já se passou três anos desde o acidente e até mais desde que nosso amor foi sufocado sob o peso do seu vício. Cada vez que penso nele agora, tudo o que me lembro é de como me senti quando descobri sobre sua vida dupla como agente da CIA... sobre os segredos e mentiras que trouxeram Peter à minha porta.

Eu gostaria de poder *esquecê-lo* também, mas é impossível. Apesar de se passar quase seis meses desde que meu sequestrador me trouxe para casa, eu penso nele cada noite quando me deito para dormir. Às vezes, estou convencida de que posso senti-lo. Não perto de mim, mas em algum lugar lá fora, passando pelos continentes para me atormentar, sua atração tanto magnética quanto letal, como a força gravitacional do sol.

Eu também sonho com ele. Do modo terno que ele me segurava quando eu chorava e do jeito brutal que me fodia, todas as coisas grandes e pequenas que fazem a contradição que é Peter. Às vezes, acordo desses sonhos com tesão e frustrada, vejo meu travesseiro ensopado em lágrimas e meus braços enrolados no cobertor para espantar a solidão agonizante que me congela por dentro.

Preciso continuar, eu sei. E tento. Saio com Marsha e as garotas todos os finais de semana e quando um cara particularmente atraente pede meu número, eu dou com mais frequência. Mas é aí que isso termina para mim. Eu não posso dar o próximo passo e realmente concordar com um namoro quando eles ligam ou me enviam mensagens.

— Por que se preocupar em dar, então? — Perguntou Marsha na semana passada, quando ela soube que fiz novamente. — Por que simplesmente não rejeitá-lo logo de cara?

Eu dou de ombros, não sabendo o que falar e ela deixa para lá, não querendo me estressar. Como a maioria dos meus conhecidos que ouviram a versão do FBI da história de Peter, Marsha tem me tratado como se eu fosse de cristal e posso ser despedaçada ante a menor pressão. Acho que ela – junto com os outros no hospital – acham que meu sofrimento é até pior do que falei. Certa vez, quando mamãe ainda estava no hospital, eu ouvi duas enfermeiras conversando sobre como eu escapei de um 'círculo de prostituição' e ainda estou lidando com as consequências de ter sido forçada a me prostituir.

Isso piora as coisas, mas a única forma de eu lidar com esses rumores seria falar a verdade e não estou disposta a fazer isso.

Felizmente, meus novos colegas de trabalho não sabem nada além do que meus colegas de banda. Doutores Wendy e Bill Otterman, o casal que é dono do pequeno consultório de obstetrícia e ginecologia, ficaram tão surpresos com meu currículo e credenciais acadêmicas que eles quase não fizeram perguntas sobre os nove meses vazios no histórico de trabalho. Falei-lhes que usei o período para viajar pelo mundo e eles me contrataram na hora, com o acordo de que eu começasse imediatamente para que eles pudessem fazer o cruzeiro tão esperado para o Alasca pelo quadragésimo aniversário de casamento.

Eu poderia ter procurado oportunidades com melhor salário e mais prestígio, mas eu aceitei a oferta imediatamente e comecei no dia seguinte. Com mamãe quase saindo do hospital, eu queria algo bem modesto, para que, assim, eu pudesse ficar de olho nela e em papai. Mas o que facilitou meu acordo foi a localização do consultório a quinze minutos de carro da casa dos meus pais e a um pequena caminhada do meu apartamento.

— Terra para Rory. — Simon abana sua cerveja na frente do rosto de Rory, interrompendo sua oratória das maravilhas de Califórnia. — Sejamos simplesmente realistas. Sara, você vai na turnê com a gente?

Eu sorrio e balanço a cabeça. — Não posso, desculpem-me. O trabalho não vai deixar que eu me ausente por muito tempo.

— Vê? — Simon examina triunfantemente seus colegas, como se tivesse ganhado uma aposta. — Ela não vai. Não vai acontecer.

— Oh, vamos lá. — Phil pega a cerveja de Simon e esvazia o copo em dois goles antes de gesticular para o barman trazer mais. Virando-se para me encarar, ele me dá a dose completa de charme igual ao famoso Phil Hudson. — Sara, amorzinho — Sua voz vira uma súplica. — Todos temos trabalho e outras responsabilidades, mas oportunidades como essa vêm uma vez na vida. Estamos pegando fogo, eu sinto isso e temos que aproveitar a oportunidade. *Você* tem que aproveitar a oportunidade, porque quem sabe o que acontecerá amanhã?

Eu balanço a cabeça, com um sorriso aberto. Já ouvi versões desse sermão dele antes e ele fica mais criativo a cada vez. — Não, o quê?

— Exatamente. — Ele balança seu dedo indicador, estilo professor. — Você não sabe e nem ninguém sabe. A vida é nada mais do que uma série de eventos soltos, um que parece ter lógica, mas não tem. Você pode achar que sabe o que o amanhã trará, mas precisa-se de apenas uma mudança pequena e bum! La vai você numa direção totalmente diferente.

— Como numa turnê? — Digo secamente e tanto Rory quanto Simon riem.

— Uma turnê, sim – essa poderia ser uma nova variante — Diz Phil, irredutível. — Mas é uma que *você* introduziria. Na maioria das vezes, a nova variante vem de onde você menos espera e, daí, todos os seus planos cuidadosamente traçados vão por água abaixo.

— Porra – esse é um termo de álgebra oficial? Eu acabei de aprender matemática? — Pergunta Rory, coçando seus cachos e todos caímos na gargalhada quando Phil rola os olhos, murmurando baixo sobre ignorantes e idiotas.

— Tenho que ir — Digo aos caras desculpando-me quando as risadas acabam. — Tenho trabalho cedo amanhã de manhã.

— Não se preocupe, nós sabemos. — Simon dá um tapinha no meu ombro. — Vai fazer o que você tem que fazer e deixe esses idiotas sonharem com a fama.

Eu rio, balançando a cabeça enquanto ando para fora do bar e me direciono para o estacionamento nos fundos. Eu tive minhas dúvidas sobre juntar-me à banda, mas vejo que foi a melhor decisão que já tomei. Não apenas eu me sinto com se tivesse nascido para fazer isso toda vez que estou no palco, mas meus colegas de banda são bem divertidos. Eu, na verdade, prefiro ficar com eles em vez de Marsha e as garotas; de alguma forma é menos pressão.

Estou abrindo a porta do carro quando noto.

Um pedaço de algo grosso – um papel dobrado, talvez? – colado na parte interna da maçaneta da porta.

Minha reação inicial é pegar e olhar imediatamente, mas algum sexto sentido me diz para parar. A sensação de coceira entre minhas escápulas – a que é tão onipresente que quase não noto mais – é bem maior de repente e, em vez de pegar o objeto e olhá-lo, eu o solto lentamente, seguro-o na minha mão fechada e entro no carro.

Colocando o objeto – agora definitivamente identificado como um pedaço de papel dobrado – dentro do bolso da minha jaqueta, eu saio com o carro do estacionamento e vou para casa. Atrás de mim está o rastro inevitável do FBI e enquanto dirijo, sinto que o papel parece estar queimado no meu bolso.

Preciso de tudo que tenho para estacionar em frente ao meu apartamento e passar pela entrada para o elevador com calma, sem me apressar. É possível que seja algum tipo de propaganda que foi colocada de forma estranha, mas, de alguma forma, tenho certeza de que não é.

Entrando no apartamento, eu tranco a porta e olho em volta. Eu acho que não tem nenhuma câmera ou aparelhos de escuta aqui; depois de todos os equipamentos de alta tecnologia achados na minha casa e meses depois na casa dos meus pais, os federais varrem meu apartamento em bases semirregulares e eles próprios precisariam de um mandado para fazer esse tipo de espionagem invasiva. Contudo, apenas para ficar do lado seguro, eu retiro meus sapatos e vou para o closet do quarto, mantendo minha aparência calma o tempo todo.

Se alguém estiver me observando, não vou dar razão para eles suspeitarem.

Meu apartamento de um quarto é bem pequeno, com uma cozinha minúscula e uma sala de estar amontoada, mas tem uma coisa legal: um closet espaçoso no meu quarto em que posso entrar. Eu entro nele com se fosse me despir normalmente, mas em vez disso, tão logo estou fora da vista de quaisquer potenciais câmeras, pego o papel do meu bolso e desdobro, minhas mãos tremendo.

São apenas duas linhas, garranchadas num papel grosso, com escrita masculina.

Lembre-se, ptichka. Pelo tempo que ambos estivermos vivos.

eter

O TRABALHO EM MOSCOU PASSA TRANQUILAMENTE – eliminamos o alvo numa semana – e voltamos a caçar Henderson enquanto esperamos um contato de Novak. No mês passado, o negociante de armas sérvio confirmou que tudo está nos trilhos do tempo inicial de oito meses, mas ele ainda está de boca fechada sobre seu ativo dentro da organização de Esguerra – a informação chave que preciso para implementar meu plano.

Infelizmente, Henderson continua tão sumido como sempre, então, conforme maio passa, fazemos outra remexida em seus conhecidos por alguma pista. Dessa vez, focamos nas conexões da sua esposa na sua cidade natal de Charleston, só para mudar as coisas.

— Nada novamente — Diz Ilya com desgosto quando entramos no avião, tendo interrogado nossos cinco alvos —, os idiotas não sabiam de nada.

Eu dou de ombros e me sento. — Era esperado.

Eu ainda considero a operação um sucesso. Saímos sem nenhuma perseguição de carros e nós novamente mostramos a Henderson que ninguém na sua vida, não interessa quão remota a conexão, está seguro. Mais cedo ou mais tarde, ele vai ver isso e cometerá um erro. Talvez sua esposa fique preocupada com uma das amigas e se comunique para checar, ou talvez a filha adolescente irá ficar excitada e ligará para o seu ex.

Não importa o que aconteça, quando eles deslizarem, estaremos prontos e minha esposa e filho mortos serão vingados.

~

É O INÍCIO DE JUNHO QUANDO FINALMENTE ACONTECE.

Recebo um email de Novak em que ele quer se reunir comigo na próxima quarta.

Só você, diz o email. *Mais ninguém.*

Eu seguro o desejo da felicidade selvagem e começo a fazer os preparativos.

~

PELAS ÚLTIMAS DUAS SEMANAS, FICAMOS NO NOSSO esconderijo polonês, esperando que Novak nos contate, então, na quarta de manhã, os meus homens me deixam em Belgrado e tomam suas posições.

Eles não estarão comigo, mas certamente estarão por perto.

Eu encontro Novak no mesmo café de antes. Quando entro, noto que seus criminosos estão visivelmente ausentes – assim como os baristas bonitos. O próprio Novak está sentado numa pequena mesa no meio do café, sem nada além de uma pasta de couro na sua frente.

— Sozinho? — Tentando não demonstrar minha surpresa, e os lábios finos de Novak se curvam quando ele se levanta e contorna a mesa para me cumprimentar.

— Achei que pudéssemos dispensar toda aquela besteira. — Seus olhos pálidos brilham quando ele aperta minha mão. — Precisamos um do outro e acho que é hora de termos confiança.

Eu acho que *isso* é besteira – seus homens provavelmente estão tão estrategicamente posicionados quanto os meus – mas deixo minha expressão firme suavizar um pouco quando apertamos as mãos. — Não poderia estar mais de acordo.

— Bom. — Ele se senta à mesa e gesticula para eu sentar também. — Por favor.

Sento-me e assumo uma expressão impassiva. — Então, o ativo está no lugar?

Novak assente, mantendo seu sorriso de satisfação. — Ela está a caminho do complexo de Esguerra enquanto falamos.

Meu pulso se acelera. Hora e data do transporte do ativo – isso é algo que posso usar. — Parabéns. É uma boa conquista — Digo, mantendo a voz normal.

Novak aceita o elogio como merecido. — Obrigado. Deu muito trabalho, mas consegui.

— Então, me fale sobre ela, esse seu misterioso ativo — Digo.

Ele bate seus dedos pálidos na mesa várias vezes, então diz: — Você está familiarizado com a estrutura financeira da organização de Esguerra?

Eu olho para ele. — Não. Não especificamente. Eu era seu consultor de segurança, não conselheiro financeiro. — Não é por esse caminho que eu estava esperando que Novak fosse. Poderia o ativo ser alguém ligado ao gerente de portfólio de Esguerra? Sei que o cara mora em algum lugar de Chicago, mas não vejo...

— Então, você não sabe que de forma legal e prática a esposa de Esguerra é sua sócia nos negócios, na posição de herdar tudo no caso da sua morte?

— Não, mas isso não me surpreenderia — Digo vagarosamente. Mesmo lá atrás quando ainda estava trabalhando para Esguerra, Nora, a garota americana que ele sequestrou e então se casou, apresentou uma aptidão incomum pelos negócios do marido.

Novak sorri novamente e abre a pasta à sua frente. — Sim. A jovem mulher Sra. Esguerra é muito boa, não é? Terminou Stanford como a primeira da turma. — Ele pega uma foto e coloca na minha frente. Ela mostra Nora num traje de formatura volumoso aceitando um diploma do oficial da universidade. Suas feições sorridentes estão um pouco de lado, olhando para outro lugar, mas mesmo deste ângulo, é óbvio que ela está muito feliz.

— Quando isso foi tirado? — Pergunto, surpreso. Se o pessoal de Novak estava tão perto para tirar essa foto, eles devem ter estado perto do próprio Esguerra também.

O negociante de armas colombiano não deveria deixar sua esposa fora da sua vista um minuto.

— Alguns meses atrás, na formatura de primavera — Responde Novak. — Bonita, não? Pequena e tão forte...

Sua voz é estranhamente suave quando fala isso, seu toque quase acariciando quando ele pega a foto de volta e coloca na pasta. Eu levanto minhas sobrancelhas, esperando para ver onde ele vai com isso. Será que ele, de alguma forma, desenvolveu uma atração pela esposa baixinha de Esguerra?

É diferente, mas coisas estranhas aconteceram.

Fechando a pasta, ele olha para mim. — Sei o que você está pensando — Diz ele. — Por que eu não o alvejei naquela hora e lá, na cerimônia? Por que chamar você quando eu poderia pegá-lo lá atrás, completamente sozinho?

Inclino minha cabeça. — Essa pergunta veio à minha mente, mas eu achei que a segurança de Esguerra estivesse mais reforçada do que sua foto indica.

Os lábios dele se esticam em mais um sorriso. —

Você tem razão – a segurança estava impressionante. Mesmo assim, se eu realmente quisesse, eu poderia ter tentado. Eu teria tido muitas perdas, mas haveria uma pequena chance que pudesse ter tido êxito.

— Mas você não quis arriscar?

— Oh, eu arriscaria... se a morte de Esguerra fosse tudo o que eu quisesse.

Agora estamos chegando ao cerne da questão. — Você também a deseja. — Gesticulo a cabeça para a pasta. — Isso é parte do trabalho?

O olhar pálido de Novak fica firme. — Sim... mas não do jeito que você pensa. Note bem, Nora Esguerra não é apenas um rosto bonito – ela tem a chave para o reino de Esguerra. Se eu matá-lo, ela simplesmente fica no lugar e eu tenho um novo inimigo para combater – um com recursos quase ilimitados e algo especificamente pessoal contra mim.

Isso está ficando interessante. — Então, você quer ambos eliminados?

— Esse foi meu plano original, mas não. Entenda, Esguerra é inteligente – muito mais inteligente do que a maioria no nosso ramo. Quase todas as suas empresas de holding são legalizadas e tudo é escondido atrás de camadas e mais camadas de empresas de fachada. Se os dois Esguerras morrerem, levará anos para eu desembaraçar a bagunça, e apesar de eu ter conseguido a eliminação de um rival, não terei acesso ao que realmente quero.

— Sua carteira de holdings.

— Sim. Está certíssimo. — Ele inclina-se para frente. — Eu não quero apenas o fim de Esguerra – eu quero o que ele tem... sua esposa incluído.

Tombo minha cabeça para trás. — Então, você quer Julian Esguerra morto e sua esposa sequestrada?

— Sim, e não apenas sua esposa. — Seu sorriso dá calafrios. — Você entende, ela não tem valor para mim sem um tipo de contrapartida.

— Contrapartida? Você quer dizer algo como um membro da família?

— Sim, precisamente. E não apenas qualquer membro de família. Eu preciso de alguém por quem ela fizesse qualquer coisa... até abraçar o assassino do seu marido.

Minhas feições permanecem imutáveis, mas meu sangue congela. Seria isso uma dica de que ele sabe algo sobre minha obsessão por Sara? Se for, eu o matarei aqui mesmo, que se danem seus criminosos escondidos. Se ele a ameaçar, eu tiro o couro dele e...

— Veja só — Continua Novak, não notando minha ira aumentando —, eu preciso de Nora, e preciso dela sob meu total controle. Eu pensei em usar seus pais para isso, mas pode não ser o bastante. Apesar de tudo, pais geralmente se sacrificam pelos seus filhos, não o contrário.

Fico controlando meus pensamentos sedentos de sangue. — O que você está pensando então? — Ele pode não estar falando sobre Sara; pelo menos é melhor que não esteja. Assumindo-se que ele não seja tão estúpido para me ameaçar dessa forma indireta, decidi aceitar exatamente o que ele estava falando e dizer: — Até onde eu sei, além dos seus pais, Nora não tem...

— Sim, exatamente. Até onde você sabe. — Novak se recosta, claramente desfrutando do seu momento de superioridade. — Você e o resto do mundo, um seleto grupo foi excluído.

Olho pare ele, meus pensamentos pulando de um fato para o outro. — Seu ativo — Digo devagar. —, o período de oito meses... Você está falando que Esguerra tem um...

— Filho? Sim. — Seu rosto comum se anima. — Uma filha, na verdade, que nasceu na última terça-feira na Suíça, cerca de duas semanas antes do planejado. Elizabeth Esguerra – Lizzie, mais fácil. Belo nome, não?

— Sim, muito — Consigo dizer. Meu coração ameaçando pular do tórax e sob a mesa, minhas mãos formam um punho.

Um bebê. Uma porra de recém-nascido. Esse é seu plano, seu ativo. Ele está certo de que isso seria a forma perfeita de controlar Nora. Uma mãe faria qualquer coisa pelo seu filho; ela daria um império e sua própria vida se fosse necessário.

Isso não deveria me importar - Esguerra não é meu amigo - mas por alguma razão, o envolvimento de uma criança faz o plano de Novak totalmente obsceno para mim.

Faz-me feliz por eu trair o filho da puta desde o início.

Mas, espera. Ele mencionou que seu ativo seria capaz de ajudar no ataque. Isso significa que não é a criança. Contudo... — É uma babá? — Pergunto com normalidade — Seu ativo, ela está ligada à criança, certo?

Novak assente, sua mão relaxada na mesa à sua frente. — Sim, mas não uma babá — Diz ele, sua expressão se acalmando. — Uma pediatra, uma que é altamente recomendada pelos médicos da clínica que Esguerra gosta.

Claro. Eu suspeitei que Novak poderia ter alguma ligação com aquele lugar. — Você deu propina ao pessoal da clínica?

— Eu tentei, mas tristemente, não. — Ele suspira. — Eles têm muito medo dos pacientes o que torna quase impossível suborná-los. Em vez disso, tive que *hackear* seus computadores.

— Entendo. — Todas as peças estão se encaixando. — Foi assim que você soube da gravidez de Nora tão cedo.

Ele assente. — Esguerra a levou lá para ser examinada tão logo a menstruação falhou. E tão logo souberam, eu soube – e te contatei.

Eu seguro a vontade de pegá-lo e quebrar seu pescoço. Talvez porque eu conheça Nora, ou talvez porque quando penso em crianças vejo meu filho naquela idade, a mera noção de usar um recém-nascido desse modo me dá enjoo.

Mantendo meu tom normal, digo: — Então, você quer que eu mate Esguerra, sequestre Nora e sua filha e as traga para você, assim de uma tacada, você eliminaria seu maior rival e ganharia controle sobre suas empresas de holdings.

O sorriso de Novak é só dentes. — Exatamente.

— Muito engenhoso. — Coloco uma nota de admiração na minha voz. — Se você simplesmente pegasse Nora e a filha para controlar Esguerra, ele acharia um jeito de te foder e pegá-las de volta – ele já fez isso antes. Mas sua esposa – sua viúva, eu diria – será mais fácil de lidar, especialmente com uma filha para mantê-la na linha. Você está planejando fazer isso na legalidade com ela?

— Sim, claro. O casamento é o modo mais fácil de contornar todos os entraves de posse. Vou adotar a filha também.

— E criá-la como sua própria?

Ele dá de ombros. — Mais ou menos. Qualquer filho que eu tenha com Nora será prioridade, mas enquanto sua mãe se comportar, não tenho intenção de ferir a criança.

— Muito generoso da sua parte.

Ou ele não vê o sarcasmo na minha voz, ou ignora. — Sim. Acho que todos serão beneficiados a longo prazo – assim como você. Cem milhões irão te ajudar muito com sua pequena vingança.

Não estou nem um pouco surpreso de ele saber sobre isso. — Sim, irão — Digo sem piscar.

— Bom. Você já tem uma ideia de como agirá para entrar no composto de Esguerra?

— Sim — Digo e olho direto nos olhos dele. — Vou entrar em contato com Lucas Kent e fazê-lo levar-me a Esguerra. Vou falar-lhe que quero fazer as pazes e estou pronto para revelar um traidor para que isso aconteça.

28

Sara

EU NOVAMENTE NÃO DURMO A NOITE TODA E DE MANHÃ estou tão exausta que me arrasto para a cozinha para um café. Se hoje fosse um dia de trabalho, eu teria que faltar por motivo de doença. No entanto, é um daqueles dias bem raros.

Um sábado em que não tenho absolutamente nada para fazer.

Se fosse um pré-NP (Nota do Peter), eu poderia ter ido para a clínica para ajudar por algumas horas, ou surpreender meus pais aparecendo para o café. Mas é um pós-NP e entre a falta de dormir e a ansiedade da espera sempre presente, tudo o que posso fazer é me jogar no sofá e ligar no programa de como cozinhar.

Tenho assistido muitos deles ultimamente. Eles me lembram Peter.

Como sempre, quando penso nele, minha mente começa a andar em círculos. Já se passaram oito meses desde que ele me trouxe para casa – oito meses durante os quais a única palavra vinda dele foi aquela nota. Dois meses atrás, pré-NP, eu estava mais ou menos convencida de que sua obsessão por mim acabara e que apesar da sua promessa, ele nunca deve voltar para mim. Agora, contudo, eu não sei o que pensar.

Se ele ainda me quer, por que estou aqui?

O que ele está esperando?

Mamãe está completamente boa agora – ou, pelo menos, tão bem quanto sempre estará. Seu braço esquerdo ainda está fraco, mas ela é capaz de mover os dedos e pode usar a mão para pegar objetos leves – um resultado bem melhor do que se temia inicialmente. Ela também está andando sem ajuda e tem feito coisas leves e devagar no jardim sempre que o tempo está bom. Papai está muito feliz com sua recuperação e ambos estão ansiosos pelo cruzeiro de aniversário de casamento em setembro – um presente que fui finalmente capaz de dá-los.

Como a saúde de mamãe melhorou e a novidade da minha volta acabou, minhas visitas a eles passaram de diárias para semanais. Meus pais sempre estão felizes de me ver, claro, mas eles também valorizam sua independência. Meu pai, em particular, se orgulha em ser autossuficiente e eu não quero tirar isso dele por estar constantemente por perto como uma enfermeira.

Meus pais me amam, mas eles não precisam de mim tanto quanto eu achava certa vez – ou assim eu falo para mim mesma para diminuir a culpa que inevitavelmente acompanha meu desejo por Peter.

Meu desejo perverso de que ele virá e me levará com ele.

Tenho pensado nisso com tanta frequência que posso ver como um filme na minha cabeça. Eu entrarei no apartamento um dia e ele estará lá, grande e perigoso, tão letal e belo como sempre. Ele estará lá apesar das patrulhas das polícias do lado de fora, apesar de todas as precauções dos federais.

Ele estará esperando para me roubar e nada que eu diga vai importar.

Essa é provavelmente a parte mais vergonhosa dessas fantasias: de que eu nunca tive uma escolha nelas... e que gosto disso. Eu quero que Peter me roube, que simplesmente venha e me leve apesar das minhas objeções. Assim, somente assim, serei capaz de viver sabendo que eu desapareci das vidas das pessoas que me amam e precisam de mim, que eu abandonei minha família, meus pacientes, meus colegas de banda e meus amigos.

Preciso que Peter seja mau, para que eu possa ser, de alguma forma, boa.

Preciso odiá-lo para poder amá-lo.

Estou começando a entender isso sobre mim mesma, abraçar a perversidade dentro de mim, mas o que eu não entendo é por que eu ainda estou aqui se ele me quer. Não pode ser por causa dos meus pais, então, deve ser outra coisa – algo que ele não me disse.

Tenho vasculhado meu cérebro sobre o que poderia ser e a melhor resposta que acho é algo que ele falou quando estávamos nos separando. Eu o perguntei se eu ficaria em casa até que mamãe se recuperasse e ele começou a falar que ele primeiro tinha que terminar algo. Mas não falou o que era, nem ao menos deu uma pista de quanto tempo aquilo levaria. A única coisa que eu posso imaginar sendo tão importante para ele é sua vingança, mas eu não sei por que isso o manteria longe de mim por tanto tempo.

Ele estava caçando Henderson quando estávamos juntos e, segundo o FBI, isso é o que ele ainda está fazendo.

Dois meses atrás, logo depois que eu recebi a nota de Peter, Ryson me levou ao seu escritório no centro novamente. Eu quase tive um ataque de pânico achando que os federais de alguma forma souberam da nota, mas como vi, Ryson queria me interrogar por que Peter havia atacado novamente, 'interrogando' mais cinco cidadãos americanos na sua busca para descobrir o paradeiro de Henderson.

— Todos eles estavam em Charleston, Carolina do Sul — Disse-me Ryson. — Mais uma vez, Sokolov entrou e saiu do país sem ser detectado. Precisamos saber como ele está fazendo isso, para que possamos pará-lo de aterrorizar a vida das pessoas.

— Desculpe-me, eu não sei nada sobre isso — Disse de verdade. Peter nunca falou muito sobre suas conexões e como ele faz as coisas impossíveis que faz. Apesar de me sentir péssima pelas pessoas que ele aterroriza e tortura, eu não sei nada que possa ajudar os federais nesse assunto.

Entendendo-se que eu queira ajudar, claro. Se Peter não fosse capaz de entrar nos EUA, ele não seria capaz de ferir mais pessoas. Contudo, ele também não seria capaz de me pegar e essa parte perversa e contraditória de mim – a que me mantém acordada à noite, pensando naquela nota com uma mistura de alegria e trepidação – não consegue aceitar essa possibilidade.

Eu preciso dele.

Eu o desejo tanto que dói.

Antes daquela nota, eu era capaz de aguentar a dor, ser forte e falei para mim mesma que tinha terminado, mas ao saber de Peter – sabendo que ele voltará – retirou minha nova defesa frágil, me jogando de volta no infindável modo de espera.

— Volta — Sussurro, abraçando um travesseiro no peito quando olho para a tela da TV. — Por favor, Peter, eu preciso de você. Volta para mim e leve-me para casa.

29

*P*eter

— Você o quê? — Yan olha para mim como se eu tivesse um par de tentáculos.

— Eu contatei Lucas Kent para arranjar um encontro com Esguerra — Repito, mexendo o molho do macarrão. — Me passa o manjericão?

Yan não se move, então, Ilya silenciosamente empurra o manjericão picado para mim e eu salpico sobre a massa. Estou preparando comida italiana hoje – uma comida que meus homens são neutros no seu gosto, mas Sara adora.

Para você, ptichka. Assim eu sinto que você está aqui comigo.

Eu comecei a fazer isso essa semana, conversar com ela na minha mente. Provavelmente não é saudável, mas me faz sentir mais perto dela, como se ela estivesse aqui comigo em vez de a um oceano de distância.

Talvez seja porque eu sei que poderei vê-la em breve, mas eu tenho sentido mais falta dela do que o normal. Cada dia sem ela é um porra de tortura.

— Eu achei que você fosse matar Kent — Diz Yan, franzindo o cenho, confuso. — Por ter deixado Sara se acidentar.

— E talvez ainda o faça, mas não dessa vez. — Eu coloco uma colher longa no molho e provo antes de colocar mais um pouco de sal. — Eu preciso dele para entrar no complexo de Esguerra.

Anton chega e fica em pé perto de Yan. — Então, esse é seu grande plano? Fazer Kent dar você ao Esguerra numa bandeja de prata? Você ainda se lembra que o cara jurou te matar, certo?

Olho para ele com determinação. — Ele não vai me matar se ele quer o nome do ativo de Novak.

— Ah. — As feições de Yan se acalmam. — Então, você vai fingir trair Novak para ter acesso ao complexo de Esguerra.

— Precisamente. — *E, então, vou traí-lo de verdade,* eu penso, mas não falo. Apesar de confiar nos meus homens, tenho que agir com a presunção de que Novak tem olhos e ouvidos em nós o tempo todo. É altamente improvável na privacidade deste esconderijo, mas eu não posso arriscar.

Como esperado, eu quase não consegui convencer o sérvio a prosseguir com meu plano.

— Você vai o quê? — Ele levantou-se, e quase

derrubou a mesa quando falei das minhas intenções no café. Num instante, seus criminosos apareceram dos seus esconderijos nos fundos, o cercando como uma parede humana, com suas M16s preparados e apontando para mim.

— Tanta coisa para estabelecer confiança, hein? — Eu disse, divertindo-me e Novak me deu um olhar sombrio ordenando-os a saírem.

Eu me sentei e esperei que ele fizesse o mesmo antes de explicar os pontos mais importantes do meu plano. Levou um tempo, mas ele finalmente entendeu por que aquela era a única opção. Por que, mesmo com seu ativo preparado, nós não seríamos capazes de entrar no complexo de Esguerra à força.

— Mesmo que sua pediatra seja uma especialista em tecnologia que consiga desabilitar os drones e as cercas elétricas que protegem o complexo, ainda teremos as torres dos guardas para combatermos. O que não seria um problema para a minha equipe exceto se Esguerra tiver geradores e drones de backup que entrariam online em um minuto depois que os principais fossem desabilitados. E, então, enquanto estamos lidando com os drones atirando em nós do ar, os guardas de apoio – mais de cem deles – aparecerão e nos abaterão. O único jeito de passar por eles seria com uma força ainda maior – como uns duzentos mercenários do nosso lado – mas um grupo desse tamanho não tem chance de chegar perto do complexo sem ser detectado. Nem seríamos capazes de entrar na Colômbia sem que Esguerra saiba e nos intercepte bem antes de chegarmos perto do seu local.

— Então, você planeja sacrificar meu ativo para ganhar a confiança de Esguerra? — Perguntou Novak, franzindo e eu assenti, explicando que uma vez dentro, não seria tão difícil ficar a uma distância de pegar Nora – e uma vez que a tenha como minha refém, terei igualdade sobre Esguerra.

Ele dará sua vida para salvá-la.

— Meus homens estarão bem do lado de fora do complexo, e assim que eu estiver em poder de Nora e o bebê, eu mesmo irei desabilitar as defesas do perímetro e usar a confusão da morte de Esguerra para escapar — Eu disse a Novak. — Não será fácil, mas é a única chance que temos.

O molho da massa finalmente está pronto, quando sentamos para jantar, eu passo o mesmo plano para os caras.

— Porra nenhuma — Diz Anton quando termino. — Com ou sem reféns, você não vai sair do complexo vivo. Você está falando de uma missão suicida.

— Não necessariamente — Diz Yan com calma, enrolando seu garfo na massa. Seus olhos verdes com um brilho estranho. — Esguerra tem uma fraqueza agora: sua mulher e filha. E iramos usá-la. Certo?

— Sim, exatamente — Digo e me lembro de ficar de olho em Yan durante a missão.

Com tudo sob um controle tão precário, o menor elemento imprevisto – como a traição de um dos meus próprios – poderia levar tudo a perder.

30

A RESPOSTA DE LUCAS KENT VEM QUASE QUE imediatamente. Ele está desejoso de me encontrar, que é o primeiro passo para eu chegar perto de Esguerra.

Ele propõe o novo restaurante da sua esposa em Londres como um potencial local para a reunião. Não é um local exatamente neutro, mas eu concordo. Eu sei o que ele está pensando: que isso pode ser uma trama para seduzi-lo, para que eu possa puni-lo e sua esposa de terem prejudicado Sara.

Sob outras circunstâncias, ele não estaria errado. A imagem da minha ptichka naquele hospital, seu rosto delicado pálido e com hematomas, ainda estão nos meus pesadelos. E, algum dia, Kent *irá* pagar por deixá-la escapar e bater com o carro, mas por enquanto, eu preciso dele.

Ele é minha melhor aposta para chegar a Esguerra.

Claro, se ele me negasse, eu teria um plano substituto. Eu conheço o email de Nora Esguerra, tendo me comunicado com ela no passado sobre minha lista. Contudo, Esguerra não é exatamente racional sobre sua esposa e poderia não entender o fato de eu contatá-la depois de todos esses anos.

É melhor usar Kent – Esguerra estaria mais propenso a ouvir nesse caso.

A MULHER DE KENT, A BELA YULIA, NÃO ESTÁ EM LUGAR algum que possamos vê-la quando eu entro no restaurante chique e tomo meu caminho para a mesa no canto, onde a cabeça loira de Kent é visível acima das divisórias.

Ele se levanta e me cumprimenta, suas feiçõcs desconfiadas quando oferece sua mão. — Sokolov.

Aperto sua mão, apertando seus dedos com uma força um pouco maior. — Kent.

Seus olhos se estreitam, mas ele retira a mão sem retaliar. — Não esperava ouvir de você novamente — Diz ele quando nos sentamos e abrimos o cardápio. — Como Sara tem passado ultimamente?

— Quem? Oh, aquilo. — Eu pego o garçom e falo para que me traga uma garrafa fechada de Guinness com o abridor ao seu lado. Kent pede uma xícara de

Earl Grey para ele. Eu espero o garçom sair antes de dizer a Kent: — Não tenho a menor ideia de como ela está. Eu a deixei ir no ano passado e não a vi desde então.

Suas sobrancelhas se levantam. — Verdade?

Eu dou de ombros. — O que posso falar? Já era a hora.

— Certo. — Ele parece não acreditar em mim, mas passa sua atenção para o cardápio e dá uma olhada antes de olhar para mim e perguntar: — Você sabe o que quer?

— Não estou com fome, obrigado. — Dado ao que aconteceu com Sara e ao que irei falar com ele, não confio mais em Kent ou na comida do restaurante da sua esposa.

Sua boca se vira num sorriso seco. — Entendo. — Fechando o cardápio, ele espera o garçom colocar nossas bebidas na mesa e então fala: — Por que você quer se encontrar com Esguerra? Ele ainda não te perdoou pelo incidente com Nora, você sabe.

— Sim, sei disso. — Usei sua esposa como isca, deixando-a ser sequestrada para achar onde o grupo terrorista estava mantendo-o naquele tempo. Naquela época, eu sabia que ele ficaria irado com o envolvimento de Nora, sua raiva realmente não fez sentido para mim – apesar de tudo, aquele era o único jeito de salvar sua vida.

Agora, contudo, entendo melhor sua reação. Se qualquer um colocasse Sara em perigo daquele jeito, eu não me importaria com a razão por trás disso.

Minha vida pela dela nunca seria uma troca justa.

— Tive uma oferta muito lucrativa — Digo a Kent, abrindo minha Guinness. —, como resultado tenho algumas informações que Esguerra deve apreciar.

Kent franze e pega sua xícara de chá. — Oh? E que informação é essa?

— Que tem um traidor no complexo dele — Digo e tomo um gole grande quando a franzida de Kent aumenta. — Um traidor que iria me ajudar na minha tarefa.

Kent coloca seu chá na mesa. — Alguém te contratou para atacar Esguerra? — Quando eu assinto, ele pergunta rapidamente: — Quem?

Abro minha boca para dizer-lhe, mas ele chega à correta conclusão sozinho.

— Novak — Ele fala rápido, empurrando seu chá. Suas mandíbulas se flexionam violentamente. — Claro. Quem mais teria a porra da coragem de ousar?

Tomo outro gole da minha cerveja. — Cem milhões é sua oferta, mas estou disposto a deixar Esguerra bater o valor – se você me levar à Colômbia para falar com ele. Eu quero que o passado seja esquecido. Bem, isso e os cem milhões. — Eu esclareço, no caso de ele pensar que quero apenas fazer as pazes.

Kent olha para mim, olhos estreitos. — Você sabe que ele pode não aceitar, certo? Agora que sabemos que tem um traidor, descobriremos quem é. É só uma questão de tempo.

— Com certeza. Mas o tempo conta –

especialmente quando um recém-nascido está envolvido.

As feições de Kent e petrificam. — Que merda você sabe sobre recém-nascidos? — Sua voz perigosamente calma. — Porque se você está tentando sugerir que...

— Lizzie esteja em perigo? Não estou sugerindo, estou falando. Novak sabe tudo sobre o acréscimo recente na família de Esguerra e tem planos para ela. — Estou correndo o risco por revelar tanto, mas não posso me dar ao luxo de ir com muito cuidado.

Tenho que conseguir que Esguerra me ouça.

Meu futuro com Sara depende disso.

O garçom se aproxima para pegar nossos pedidos, mas Kent o espanta com um gesto rápido da mão. — E se Esguerra simplesmente te transferir os cem milhões? — Ele pergunta pegando seu chá novamente. — Cem milhões por um nome, tudo com zero de risco para você.

— Sem trato — Digo e termino minha cerveja. — Não preciso gastar o resto da minha vida olhando por sobre meu ombro, esperando que Esguerra conclua sua vingança contra mim. Ou ele me ouve em pessoa, ou eu pego o serviço. É com ele.

Levantando-me, saio do restaurante, meu estômago dando pulos aos deliciosos cheiros saindo da cozinha.

Se tudo der certo, comerei aqui de verdade um dia... com Sara ao meu lado.

eter

Não tenho que esperar muito pela resposta de Esguerra. Seu email está na minha caixa quando volto ao hotel.

Hoje à noite às sete diz a mensagem. *Lucas vai te pegar.*

Sete é apenas daqui a meia hora, então, eu rapidamente falo para meus homens se prepararem.

Kent chega ao meu quarto de hotel exatamente às sete. Não estou nem um pouco surpreso por ele saber onde estou; eu sabia que estava sendo seguido no segundo em que saí do restaurante.

O rosto de Kent também deve ter sido esculpido em granito. — Sem armas — Diz ele e eu levanto meus braços, deixando-o me revistar dos pés à cabeça.

Ele acha a faca na minha bota, as duas facas nos

meus bolsos e um pequeno revólver no meu bolso interno da minha jaqueta de couro. Contudo, ele não nota a lâmina na bainha do meu jeans ou o fio enrolado costurando a gola da minha jaqueta.

Camp Larko me ensinou bem.

— Vamos — Diz ele quando está satisfeito que estou limpo e eu o sigo para fora do hotel numa limusine blindada.

A viagem para o aeroporto se passa em silêncio. Eu espero Kent me entregar no avião particular de Esguerra e levantar voo, mas ele vai comigo.

— Você vai pilotar? — Pergunto e ele assente brevemente.

— Esguerra pediu que eu te levasse pessoalmente.

Ele não parece muito contente com isso e eu sorrio quando me sento no sofá de couro cor de creme da cabine. Kent puto pelo transtorno na sua rotina é um bônus até onde sei.

Eu não posso matá-lo ainda por deixar Sara ter se machucado, mas posso ficar feliz atrapalhando seus planos.

EU PASSO PARTE DAS ONZE HORAS DE VOO DORMINDO E O resto enviando email para o meu pessoal. Eles estão a caminho da Colômbia também e estarão me esperando do lado de fora do complexo conforme nosso plano aprovado por Novak. Se tudo for bem, não precisarei deles, mas se as coisas derem errado, eles podem ser capazes de me ajudar a sair.

Isto é, considerando que eu ainda esteja vivo para sair.

A enorme propriedade de Esguerra é na parte sudeste da Colômbia, bem na beirada da floresta Amazônica. É noite quando aterrissamos na pequena pista dentro do complexo e o ar úmido é quente e completamente silencioso quando saímos do avião.

Eu reconheço o motorista do carro esperando por nós. Ele era um dos guardas aqui quando eu era empregado de Esguerra.

— Ei, Diego — Eu o cumprimento e ele abre um sorriso, dentes brancos brilhando.

— Sokolov. Nunca achei que fosse te ver novamente, cara. — Seu sotaque espanhol não está tão forte como me lembro, mas ainda bem presente. — O que tem feito? — Então, ele nota o homem loiro ao meu lado. — Ei, Lucas. Onde está Yu...

— Só dirige — Diz Kent rispidamente, entrando no carro e eu sigo.

Parece que estamos dispensando delicadezas. Oh, bem.

Em vez de nos levar para a mansão onde Esguerra e sua esposa moram, Diego nos leva a um galpão no canto de fora do complexo. Eu reconheço o lugar – é onde eu costumava ajudar Esguerra a interrogar seus inimigos – e apesar de tudo, um arrepio atinge a minha pele.

Não tem nada que impeça o colombiano negociante

de armas a me amarrar e tentar me torturar para revelar o nome do traidor.

Nada além do fato de que Esguerra me conhece – e espero que veja que não serei fácil de dobrar.

Ele sai do galpão quando Kent e eu saímos do carro e quando os faróis do carro iluminam seu rosto, vejo que ele ainda está com aparência de estrela de cinema, mesmo com o olho artificial substituído pelo arrancado pelos seus inimigos. Não o vejo desde aquela época – eu sei que ele estaria puto pelo jeito que o resgatei, então, eu saí antes que ele pudesse me matar – mas ele é o mesmo até onde me lembro.

Ainda porra de perigoso e sem qualquer empatia... exceto quando se trata da sua esposa.

E, agora, possivelmente sua filha pequena.

— Você tem coragem — Diz ele calmamente, parando em frente a mim. Seu inglês é da variedade americana, sem um traço de sotaque espanhol. Sua mãe era americana, que me lembre – um modelo de alguma coisa.

— Eu quis falar contigo num lugar seguro — Digo, contrapondo seu olhar penetrante azul sem piscar. Não estou com medo, apesar de que deveria. Julian Esguerra é um dos homens mais cruéis que conheço, um verdadeiro sádico. Já o vi retirar a pele de homens vivos e derivar grande prazer nisso, e com frequência imagino como sua jovem esposa lida com esse aspecto da natureza do seu marido.

Ele a ama, a deixe de fora.

— Por quê? — Ele pergunta com o mesmo tom letal

e suave. — Por que você iria querer vir aqui em vez de a outros lugares?

— Porque quero fazer um acordo com você — Digo calmamente quando Kent caminha para ficar perto de Esguerra. — E tenho certeza de que Novak não tem olhos ou ouvidos aqui. — Quando falo isso, vejo que Diego está sentado no carro com o motor ainda ligado – provavelmente para produzir barulho o bastante para abafar nossa conversa.

Parece que Kent é a única pessoa que meu ex-empregador ainda confia totalmente.

— Você acha que Novak não sabe que você fez contato com Lucas? — Diz Esguerra, sua boca curvando-se com sarcasmo. — Que ele não foi informado no momento que meu avião decolou com você dentro?

— Oh, sim ele foi. — Sorrio friamente. — De fato, ele sabia do meu plano o tempo todo.

Nem Kent nem Esguerra piscam, mas posso sentir sua surpresa. — Ele sabia que você iria traí-lo? — Pergunta Kent, franzindo.

— Sim. Eu falei a ele tão logo ele falou o nome do ativo.

As mandíbulas de Esguerra flexionam. — Você disse a ele que o iria trair?

— Não exatamente. Eu disse a ele que iria fingir traí-lo para conseguir acesso ao seu complexo. Ele sabe sobre o acordo que eu disse a Kent que quero fazer: paz com você e cem milhões pelo nome do ativo de Novak.

A franzida de Kent aumenta, mas Esguerra inclina a

cabeça, me olhando pensativo. — O acordo que você quer fazer — Ele fala devagar. — Que presumo, não é o acordo real que você está atrás.

— Correto. — Noto a dor da tensão no meu pescoço e ombros e conscientemente relaxo esses músculos. — Ou pelo menos, não é o acordo completo.

Esguerra cruza os braços no peito. — Qual o acordo completo, então?

— Te darei o ativo de Novak dentro do seu complexo... e te entrego o próprio Novak, assim, você nunca mais terá que se preocupar com ele novamente.

Os olhos de Esguerra se estreitam. — Em troca de quê?

— A paz e os cem milhões já mencionados, e apenas mais outra coisa.

— Que coisa? — Pergunta Kent, não se importando em esconder sua curiosidade.

— Anistia — Digo, olhando do negociante de armas colombiano para seu sócio, e de volta. — Quero anistia global por todos os crimes que sou acusado, assim como imunidade de processos futuros. Quero ser retirado de todas as listas de procurado – e quero que você aja isso.

Eu sonho com ele novamente naquela noite. Ele vem para mim como um fantasma, cobrindo-me na sua escuridão, segurando-me forte quando eu choro e luto para me libertar. Não sei se estou lutando contra ele ou contra meu próprio desejo, mas de qualquer forma, não muito depois, eu perco.

Eu me desmancho dentro dele, deixo sua escuridão me envolver, espantando toda solidão e luz.

Então, ele me possui, entrando em mim com fúria punitiva e eu o abraço, gritando seu nome enquanto meu corpo convulsiona com prazer tórrido, com uma felicidade tão agonizante e bela que ameaça me rasgar no meio. Fazemos amor vez após vez, até que eu estou drenada e machucada.

Até que eu não tenha nada mais para dar e ele se vai.

Vai porque não me quer mais.

Porque ele se enjoou de mim.

Eu acordo com meu travesseiro ensopado com lágrimas e meu sexo escorregadio e pulsando com necessidade. Sei que o sonho foi apenas uma manifestação dos meus medos, que nada foi real, mas ainda sinto-me abalada, destruída pela rejeição de Peter.

Pelo retorno da minha terrível solidão que é minha companheira à noite.

Levantando-me, acho minha bolsa de mão e procuro a nota que Peter deixou para mim. Está ficando gasta nas beiradas, então, eu a estico enquanto abro e leio as palavras, repetindo-as para mim vez após vez.

Lembre-se, ptichka. Pelo tempo que ambos vivermos.

Trago a nota comigo e coloco sob o travesseiro antes de voltar a dormir.

Peter está vindo. Eu tenho que acreditar nisso.

De um jeito ou de outro, ele voltará para mim.

33

Esguerra olha para mim, como se não pudesse acreditar nos seus ouvidos, então, dá uma risada alta.

— Anistia e imunidade? Para você?

Kent continua em silêncio ao seu lado, mas noto o entendimento no seu olhar.

Ele sabe o que isso significa.

Ele e Yulia me viram com Sara.

— Na verdade, para mim e meus homens — Digo a Esguerra. — Eles não são tão populares no que tange às leis, mas mesmo assim estão nas suas listas de procurados. Você fala com seus amigos da CIA para nos tirar daquelas listas e pode esquecer Novak para sempre.

— Verdade? — Diz ele, ainda rindo. — Assumindo

que eu pudesse fazer esse milagre para você, desde quando você dá a mínima que está sendo caçado?

Kent poderia responder isso, mas para meu alívio, ele mantém a boca fechada quando digo: — Isso não é da sua conta. Esse é o acordo que estou oferecendo. É pegar ou largar.

Todos os traços de humor desaparecem das feições de Esguerra. — Foda-se. Você vai me dizer quem é o traidor e vai dizer agora.

É minha vez de rir. — E em troca, você vai me dar uma morte rápida e misericordiosa?

O sorriso de Esguerra é afiado como uma lâmina. — Esse é o melhor acordo que você vai ter. Você sabe que vou tirar esse nome de você de um jeito ou de outro.

— Sei que vai tentar – e eventualmente, você pode conseguir. Mas isso vai te custar.

Seus olhos se estreitam. — Como assim?

— Bem antes que você consiga de mim o nome — digo calmamente —, minha equipe vai mandar o ativo agir. Talvez eles tenham sucesso na tarefa sem mim, ou talvez não tenham, mas esse é um risco que você correrá. Qual a idade de Lizzie agora? Oito, dez dias? Talvez você não esteja tão apegado a ela ainda, mas Novak tem planos para Nora, também. Grandes planos.

Esguerra chega em mim antes que eu termine de falar, suas feições perfeitas torcidas numa máscara feroz de fúria. Ele treina com frequência com seus guardas, ele é rápido e letal, mas eu estava esperando o ataque. No último instante, eu me viro e seu punho arrasta na maçã do meu rosto em vez de estourar no meu nariz. Contudo, não tem como evitar o outro punho e o soco reverbera pela boca do meu estômago, retirando ar dos meus pulmões.

Se eu não fosse treinado para isso, eu me curvaria, ofegando. Mas eu sei como resistir à dor. Em vez de lutar por ar como meu corpo exige, eu fecho toda a consciência de desconforto e continuo o ataque, retornando a ele com minha série de socos.

Somos iguais em tamanho e força e ele é bom nisso – talvez tão bom quanto os meus homens. Mas eu tenho a cabeça mais fria nesta luta. Cada um dos meus golpes é calculado para desativar e desviar, enquanto ele está agindo por instinto, deixando sua raiva guiá-lo.

Eu saio da maioria dos seus golpes, mas uns poucos acertam e doem como o inferno. Ignorando a dor, eu o soco de volta e depois de um minuto, consigo desequilibrá-lo. Mas o filho da mãe não desiste. Em vez de tentar se levantar, ele pega meu pé e puxa, me derrubando em cima dele.

No último segundo, eu me viro, meu cotovelo pousa no seu tórax. Meu braço explode com dor, mas ele geme, eu devo ter quebrado uma costela. No próximo momento, contudo, algo brilha na minha visão periférica e eu reajo por instinto, pegando seu pulso para segurar a lâmina vindo para mim. Ele usa o momento de distração para me dar um soco no lado do meu rosto, mas mantenho o foco na faca e viro seu pulso, determinado a...

— Já chega. — Mãos fortes me seguram por trás, puxando-me de Esguerra antes que eu possa quebrar seu pulso. Meu instinto é rechaçar o novo atacante, mas eu consigo presença de espírito o bastante para não lutar.

Matar tanto Kent como Esguerra seria contraprodutivo para o meu objetivo.

Esguerra está em pé antes de Kent me soltar, mas ele não me ataca novamente. Em vez disso, ele limpa o sangue saindo do seu nariz e diz com voz gutural: — Que porra de planos?

Claro. Ele quer saber coisas específicas da ameaça à Nora.

— Novak quer usá-la para controlar todos os seus ativos — Digo quando Kent me larga e fica perto de Esguerra. Meu rosto e cotovelo estão latejando como um filho da puta e minha boca tem gosto de cobre, mas ignoro.

Pela faca que Esguerra produziu de porra de lugar nenhum, poderia ter sido bem pior.

— Como? — Exige Esguerra e gosto de ver que um lado do seu rosto já está inchando. — Como ele acha que vai conseguir essa porra?

— Por se casar com ela. Como mais? — Eu cuspo o sangue se juntando sob minha língua. — Ele esperou até que sua filha nascesse, assim teria vantagem infalível sobre Nora. Ele quer ambas, entende – sua esposa para ele e sua filha como uma forma de controlar sua esposa. Que a esse ponto seria a esposa *dele*, mas você consegue visualizar.

Por um momento, estou convencido que Esguerra vai voar em cima de mim novamente. Quase. Não que eu o culpe.

Se alguém tentasse levar Sara de mim, eu picotaria seu saco e daria a um animal da selva.

Eu tenho uma forte suspeita que Esguerra esteja tentado a fazer exatamente isso comigo, então digo: — Posso pegar Novak para você, e posso fazer isso rapidamente. Sei que pode fazer isso sozinho, mas levará tempo para você segui-lo e passar pelas suas defesas – assim como levará tempo para você pegar o nome do seu ativo de mim... entendendo-se que você conseguiria fazer isso. Enquanto isso, sua esposa e filha estão em perigo. Se meu pessoal falhar, Novak achará outro para vir atrás de você, algum outro jeito de chegar a Nora e o bebê. Eu encontrei o cara – ele não vai parar. Ele quer o que você tem – tudo o que você tem, incluindo Nora – e ele continuará vindo até que você o mate. Ou até que eu faça isso para você – algo que pode acontecer até o final desta semana.

Esguerra está nada mais do que vibrando de raiva, mas ele deve estar vendo a sabedoria nas minhas palavras porque ele fica no lugar, as mãos se flexionando convulsivamente nos lados. Consigo sentir a guerra dentro dele, mas finalmente ele diz com grossura: — Cinquenta milhões. E eu quero que Novak seja trazido para mim vivo.

Meu pulso pula, mas mantenho meu tom normal. — Setenta e cinco. É o melhor que posso fazer.

Na verdade, eu aceitaria zero – a felicidade de Sara

vale tudo para mim – mas pelo menos desse jeito, eu posso compensar meus companheiros pela vindoura divisão do nosso negócio.

Quando eu não for mais um fugitivo, não estaremos mais fazendo esses ataques.

— Fechado — Diz Esguerra entre os dentes cerrados. — Setenta e cinco milhões e farei meu melhor para conseguir imunidade para você e seus homens em troca de Novak e o traidor.

— Você consegue a imunidade — Corrijo. — Sem imunidade, sem trato.

— Você foi a porra de um assassino global por anos. Eu não posso garantir...

— Sim, você pode. Nossos crimes não são piores do que você e Kent — Indico o homem loiro silenciosamente observando — fazem todos os dias e ninguém toca em vocês. Faça acontecer, Julian. Peça quaisquer favores que precisar e vou te dar Novak numa bandeja de prata.

Esguerra olha para mim, os dedos ainda se contorcendo. — Tudo bem — Diz ele depois de um momento, seu tom notadamente mais calmo. — Você tem um trato. Agora me diga quem é o traidor.

Eu olho sua expressão e tomo uma decisão num piscar de olhos. — Traga-me Nora, e eu direi.

As feições de Esguerra se endurecem e Kent fica notadamente tenso – como se preparando para segurá-lo.

— Por quê? — Esguerra range. — Que porra ela tem a ver com isso?

— Nada... exceto que ela deve gostar de saber — Digo normalmente. — E quando ela souber, acho que ela terá um problema com você me matando apesar do acordo que fizemos.

Suas narinas se abrem. — Você está me chamando de mentiroso?

Eu dou de ombros. — Você faria qualquer coisa para proteger sua família, como eu faria com a minha. De qualquer modo, eu não me esqueci que foi sua esposa que me deu a lista, não você. Leve-me a Nora, e falarei para vocês dois o que sei. Nisso, você tem minha palavra.

E eu espero, músculos preparados para o combate, enquanto Esguerra toma sua decisão.

34

Sou revistado dos pés à cabeça mais cinco vezes, duas por Kent e Diego, e mais uma pelo próprio Esguerra. Na terceira busca, eles acham a lâmina e o fio, então, sou deixado verdadeiramente desarmado – isto é, ignorando meu corpo e sua capacidade.

A ida para a mansão de Esguerra se passa num silêncio explosivo e eu sei que bastaria a menor fagulha para detonar meu anfitrião. Ele está por um triz, como nunca vi, a violência dentro dele à beira da fervura.

O contingente de vinte e alguma coisa de guardas nos encontra na mansão branca de estilo colonial e nos segue para dentro da sala decorada com muito bom gosto. Esguerra deixa a mim e Kent com eles e desaparece escada acima – presumivelmente para acordar a esposa que acabou de dar à luz.

Com um traidor à solta, ele não poderia esperar até de manhã.

Por alguns minutos tudo o que ouço são os guardas respirando e mudando de pé. Então, um choro de bebê quebra o silêncio, o som forte e doce e tão familiar que meu coração se aperta no meu peito.

Pasha costumava chorar assim quando era bebê. Era seu choro de fome – uma exigência por comida que sempre era respondido em minutos.

A dor que me atinge é tão aguda quanto no início, durante aqueles dias sombrios quando a ira era a única coisa que me sustentava. Por um segundo, não consigo respirar por causa da dor, da agonia tão forte que parece uma lâmina atravessando minha espinha.

Meu filho. Meu pequeno menino que nunca teve a chance de crescer, de passar de carrinhos de brinquedo para os reais.

Se eu tivesse qualquer escrúpulo do que estou fazendo, eles evaporariam neste momento. Estou traindo meu cliente, mas vale a pena. Mesmo sem o acordo que fiz com Esguerra, eu nunca feriria aquele bebê indefeso.

Não com o rosto de Pasha fresco na minha mente.

Leva alguns minutos antes do choro parar e quase meia hora até Esguerra voltar, seu braço em volta de uma garota baixinha, de cabelos escuros, vestindo roupão grosso felpudo que a cobre da cabeça aos pés.

A própria obsessão de Esguerra.

Nora, sua esposa.

Seu rosto pequeno se ilumina quando me vê. Diferente do seu marido, ela não tem nenhum rancor contra mim pelo resgate que a pôs em perigo – nem deveria, pois, foi ideia dela.

— Peter! — Ela faz como se fosse vir para me cumprimentar, apenas para ser parada pela pegada possessiva do marido. Encabulada, ela para e, em vez disso, sorri. — Como tem estado?

— Bem, obrigado. — Apesar dos guardas todos em volta de nós e meu rosto doendo como se fosse um hematoma gigante dos ataques de Esguerra, eu não consigo evitar de sorrir de volta. É difícil acreditar que alguém tão jovem e parecendo tão delicada pudesse ser mãe – ou sobreviver a alguém tão implacável como Esguerra. — Parabéns pela recente adição à família.

Seu sorriso aumenta. — Obrigada. Eu te apresentaria, mas você sabe... — Ela olha para o marido, a quem a expressão tortuosa ficou até mais proibida durante nossas trocas.

Certamente, ele chega ao fim da sua paciência. Puxando sua esposa com força para seu lado, ele pergunta com suavidade letal: — Você vai me dizer quem é ou não?

Então, é isso. Hora de eu jogar minha cartada. Apesar da presença de Nora e do acordo que fizemos, ele ainda poderia ordenar que eu fosse morto tão logo soubesse do nome.

Oh, bem. Sem risco, sem recompensa.

Encarando o olhar frio de Esguerra, digo calmamente: — Não sei seu nome, mas é sua pediatra. Ela é o ativo de Novak.

35

S*ara*

— Você sabe, Joe tem perguntado por você. — Diz mamãe, passando o mel que comprei na mercearia na sua torrada — Você não tem ouvido falar nele recentemente, tem?

— Mãe, por favor. — Luto contra a vontade de rolar meus olhos como uma adolescente super crescida. Por alguma razão, nosso café da manhã de sábado é quando o tópico inevitavelmente vem à tona. — Ele só está sendo gentil, isso é tudo. Não tem nada entre nós, eu prometo.

— Mas por que não, querida? — Traços de preocupação brotam na testa de mamãe enquanto papai suspira no seu café. — Você voltou há quase nove meses e tem que ficar com alguém. Você não deve nada àquele criminoso. Você sabe disso, certo? Claramente o que quer que vocês tiveram acabou e você tem que continuar. Ele não voltará.

Ele vai, julgando por aquela nota, mas não posso falar com meus pais sobre isso. Apesar dos meus melhores esforços para convencê-los de que eu estava com meu sequestrador voluntariamente e que toda a caçada humana do FBI foi um grande mal-entendido, Peter sempre será 'aquele criminoso' para eles. Eu não sei se é porque de algum modo eles ficaram sabendo da minha história oficial do FBI, ou se simplesmente têm a desconfiança normal dos cidadãos que obedecem as leis dos que não estão de acordo com as autoridades, mas eles estão convencidos de que Peter é mau e qualquer sentimento que eu tive por ele foi da variedade 'Síndrome de Estocolmo'.

Não que eles estejam de todo errados – pelo menos, eles não estariam errados nove meses atrás. Minha atração por Peter *nada* natural e tóxica e eu lutei contra ela com tudo que tinha. Lutei até o finalzinho quando eu quase perdi minha vida no acidente.

Não. Isso não é totalmente verdade.

Foi apenas quando ele colocou minhas necessidades acima das dele e deixou-me ir. Esse foi o real ponto de decisão para mim, apesar de que apenas recentemente eu me deixei pensar nisso... sobre o fato de que eu, de alguma forma, consegui aceitar os sentimentos que desenvolvi pelo assassino do meu marido, e quando eu penso nele agora, ele é "Peter" na minha mente.

O homem que me ama, não o homem que matou George.

Meus pais não sabem dessa última parte – pelo menos eu espero que eles não saibam – mas eles ainda odeiam Peter por ter me mantido longe por tanto tempo. Eles acham que ele é tão perigoso quanto o FBI diz e passo mal de pensar o quão nervosos ficarão quando Peter roubar-me deles novamente.

Mesmo assim, não posso parar de esperar por isso.

De desejá-lo e tudo o que ele é.

— Ainda não estou pronta, mãe — Digo a ela e levanto-me para pegar mais café. — Por favor, entenda. Ainda estou apaixonada por Peter, e quando tudo estiver resolvido, ele *vai* voltar. Você verá.

E com isso, eu mudo o assunto, trazendo uma história sobre minha última apresentação com a banda.

É melhor do que continuar uma mentira. Nada jamais se resolverá porque não tem nenhum mal-entendido.

Peter *é* um criminoso e quando ele voltar será para levar-me com ele.

Levar-me para longe para sempre.

36

EU PASSO A NOITE NO GALPÃO ONDE ESGUERRA MANTÉM seus prisioneiros, com um tornozelo acorrentado numa argola de metal no meio do piso.

— Apenas uma precaução — Explica Kent quando os guardas prendem a corrente no lugar. — Não que não confiemos em você...

— Certo. — A corrente tem cerca de dois metros, o que significa que eu posso deitar-me na cama que os guardas trouxeram para o galpão. Então, no geral, não é tão ruim. Eu obviamente não gostaria de ser acorrentado, mas considerando o que eu acabei de ver Esguerra fazer com a pediatra, não estou me queixando.

Vai demorar um pouco para tirar os gritos da mulher da minha mente.

Ela cedeu quase que instantaneamente, praticamente na hora em que os Esguerras, acompanhados por mim e os guardas, entraram no quarto dela. Eu não sei o que ela esperava – ganhar pontos por sua honestidade?, mas ela admitiu sua culpa na hora, profusamente se desculpando tanto com Esguerra quanto com sua esposa, jurando que não desejava nenhum mal real, que ela não os conhecia ou Lizzie quando aceitou a propina.

É como se ela achasse que uma vez confessado, tudo seria perdoado e esquecido, que ser despedida sem uma carta de referência seria o pior que aconteceria a ela.

Talvez porque eu vi Esguerra literalmente cortar a idiota em filé quando Nora saiu para alimentar o bebê, ou porque estou tão perto do meu objetivo, mas meu sono é novamente turbulento, cheio de pesadelos. Duas vezes eu sonho que estou achando o corpo do meu filho numa pilha de corpos e pelo menos duas vezes mais, esse corpo mostra-se ser de Sara.

Mesmo assim, de manhã, estou com os olhos vermelhos, mas cuidadosamente otimista. O fato de que ainda estou vivo é encorajador – um sinal de que Esguerra deve manter seu lado da barganha. Não tem nenhuma garantia, claro, mas eu suspeito que Nora tem uma boa quantidade de persuasão nesses dias – ainda, ele me deve pela pediatra.

De qualquer forma, não fico surpreso quando Esguerra e Kent aparecem juntos para me soltar.

— Qual o seu plano? — Pergunta Esguerra enquanto Kent abre a algema no meu tornozelo. — Como você vai pegá-lo? Você sabe que na hora que chegar sem Nora e o bebê na cidade, ele saberá que você o traiu. Isso ou falhou – de qualquer modo, ele não ficará satisfeito.

Eu respiro fundo. Aqui vem outra parte difícil. — Sim. Eu considerei isso. E é por isso que eu preciso emprestar sua esposa para essa parte da operação. Ela não estará...

— Absolutamente não. — Os músculos de Esguerra se contorcem. — Nora não dará um passo para fora deste complexo.

Desapontador mas não inesperado. — Ok, então você acha que pode encontrar alguém que se pareça com Nora? Pelo menos um pouco?

Esguerra franze e eu sinto que ele está quase dizendo que não quando Kent diz: — Não tem na propriedade, mas eu posso mandar os guardas procurar pelos assentamentos próximos por uma candidata em potencial. Não deve ser tão difícil achar uma garota de cabelos escuros com mais ou menos o tamanho de Nora. Sua cor não é tão incomum neste lugar.

É verdade. Se precisássemos de uma dublê de corpo que fingisse ser a esposa de olhos azuis e loira de Kent, teríamos problemas, mas Nora é parte mexicana, com olhos escuros e uma pele bronzeada. — Você deve procurar alguém realmente jovem — Sugiro —, talvez uma garota de escola de algum tipo, para combinar com o corpo de Nora. Como eu comecei a dizer, ela não ficará em perigo – eu só preciso que Novak descubra que eu saí do avião com uma mulher parecida com Nora e uma criança junto. Um boneco servirá para o último; a garota só precisa manter ele bem enrolado.

Kent olha para Esguerra, e ele assente. — Faça isso. E se possível, ache um bebê também – não queremos que isso dê errado por causa de uma boneca.

Abro minha boca para recusar, mas decido não fazê-lo.

Eu não menti sobre a ausência de perigo para "Nora", então podemos usar uma criança de verdade.

O que for necessário para que morda a isca e terminemos com Novak para sempre.

Oito horas depois, eu deixo o complexo a pé, armado com uma M16 que 'roubei' de um guarda e uma menina de dezesseis anos horrorizada e sua irmã juntos. A família da menina será bem compensada pelo seu trabalho de atriz, mas a ideia de roupas bonitas e dinheiro para a faculdade não é o bastante para manter a garota calma.

Ela está completamente assustada e isso é perfeito.

A Nora real também estaria.

Os guardas de Kent acharam uma adolescente que se parece com a Sra. Esguerra num grau intrigante – pelo menos por trás e de lado. Pela frente, a rosto da garota é mais redondo, com um nariz mais grosso e menor, um conjunto de olhos mais profundo, então, usamos maquiagem para disfarçar as feições.

Graças à sombra, blush, batom e uma base de tonalidade escura habilmente aplicados, a sósia de Nora agora apresenta dois olhos roxos, um lábio cortado e vários hematomas amarelados que disfarçam a altura das suas bochechas.

Ela fala um pouco de inglês também, mas seu sotaque é pesado, então, dissemos a ela para não falar em nenhuma circunstância. — Você pode ou chorar ou ficar em silêncio — Instrui a ela Esguerra e a garota assente, o queixo se contorcendo.

— Sí, señor. Eu fico calada.

Até agora ela manteve sua palavra. Estamos andando pela floresta por mais de duas horas, com ela segurando sua irmã bebê chorando todo o tempo e ela não falou uma palavra reclamando – apesar de haver muita coisa para se reclamar.

Ainda não choveu hoje e o calor úmido é sufocante, o ar é pesado e parece que um cobertor molhado está sobre a pele. Fizemos que a garota vestisse uma das roupas comuns de Nora – vestido casual de verão e um par de sandálias – e posso ver os vergões dolorosos nos seus pés onde ela pisou num formigueiro três quilômetros atrás. Ambos estamos pingando de suor e mosquitos pequenos voam à nossa volta, picando cada centímetro de carne exposta.

Isso é a miséria completa, e é bom.

Parece mais autêntico desse jeito.

Depois de outra hora tortuosa, nos encontramos com meus homens no ponto de encontro acertado. Posso ver o choque nas suas feições quando passo a garota para frente, com um bebê chorando bem seguro no seu peito.

— Você conseguiu. — O olhar de Yan de quem não está acreditando passa de mim para a minha refém. — Você realmente fez essa porra.

— Sim. Não foi fácil, mas aqui estamos.

Minha substituta de Nora fica em silêncio, dando uma boa imitação de prisioneira traumatizada e aterrorizada. Sua maquiagem à prova d'água escorreu um pouco durante a caminhada, mas ela ainda consegue passar bem a ideia de que tem hematomas e apanhou, seu olhar sombrio atenuado pela desidratação e exaustão. Nenhum dos meus homens viu a verdadeira Sra. Esguerra, apenas fotos dela, então, eles não têm razão de duvidar da sua autenticidade.

Os 'hematomas' estão fazendo seu trabalho.

O bebê continua chorando e faço uma nota mental de dar-lhe uma mamadeira da fórmula que pedi que meus homens comprassem para o avião, apenas no caso de 'Nora' ter problemas em amamentar. Temos fraldas no avião também, junto com outras coisas de bebê.

— Ele está morto? — Pergunta Anton em russo e eu assinto, olhando para a garota como se estivesse preocupado com sua reação.

— Sim, peguei o bastardo. Ela pode não saber ainda,

mas continuem quietos. Ela lutou como uma bruxa pelo bebê como veem.

Ilya parece revoltado, mas não fala nada quando vamos para o avião. Ele não gosta do que estou fazendo e eu não o posso culpar. Roubar um recém-nascido e sua mãe que acabou de ter um parto parece errado, até para os assassinos mais sem remorso como nós. E é exatamente com isso que estou contando. A súbita desaprovação emanando dos meus homens dará a aparência de autenticidade que precisa.

Quero que Novak sinta o desacordo entre nós.

Quero que ele sinta a relutância dos meus homens de entregar uma jovem mulher traumatizada e seu bebê às suas garras gananciosas e cruéis.

37

*P*eter

DOU A FÓRMULA PARA A GAROTA TÃO LOGO ENTRAMOS no avião e ela alimenta sua irmã bebê, nos olhando assustada o tempo todo. Ela está exagerando um pouco – a Sra. Esguerra não mostraria seu medo – mas como meus homens não conhecem Nora e tudo que tem passado, isso funciona.

— Como você fez isso? — Pergunta Yan baixo quando o bebê finalmente dorme e a garota se acalma o bastante para olhar pela janela em vez de para o sofá onde estou sentado com os gêmeos. — Como você pegou Esguerra?

— Atirei nele. — Minha resposta é curta e prática, mas não vou elaborar uma história para ele. — Estourei sua cabeça.

— Você pegou a prova? — Pergunta Ilya, franzindo.
— Porque Novak vai precisar...

— Aqui. — Mostro um telefone que também 'roubei' de um guarda e mostro a foto de um homem de cabelos negros estirado no chão numa poça de sangue. Metade do seu crânio parece faltar, mas a outra é sem dúvida Esguerra.

Levou uma hora para conseguir uma foto boa; apesar da sua aparência de modelo masculino, meu ex-empregador odeia posar.

Yan olha para mim, daí, para a foto e de novo para mim. Eu olho para ele petrificado. Ele consegue ver que o 'sangue' é ketchup misturado com sujeira, ou que a metade faltante do crânio é um Photoshop habilidoso de Nora? Eu sei que a foto é falsa, então, é difícil para mim ser objetivo.

Para meu alívio, Yan me devolve o telefone sem falar nada e Ilya vira para o outro lado, focando em transferir a propina para a conta particular do banco na Suíça do controlador de voo sérvio. É assim que entramos e saímos naquele país – e em muitos outros, incluindo os EUA.

É tentador falar com meus homens e dizer-lhes o plano real, mas me refreio. Não posso me arriscar que eles possam hesitar no último minuto. Construímos um negócio lucrativo na força da nossa reputação e o que estou perto de fazer – trair um cliente pagante – assegura mais ou menos que não haverá ofertas futuras de trabalho.

Falamos em nos aposentar um dia, mas não sei se eles estão prontos para esse dia agora.

De qualquer modo, se tudo der certo, minha equipe não sofrerá financeiramente. Além disso, com os cem milhões de Novak – metade já está na nossa conta bancária – teremos os setenta e cinco milhões do pagamento de Esguerra. Mesmo se não conseguirmos a outra metade de Novak antes de pegá-lo, teremos o bastante pelo resto das nossas vidas.

Tudo o que precisamos é terminar isso.

Mais alguns dias e eu terei Sara.

Porra, mal consigo esperar.

Ilya e eu encontramos com Novak no seu armazém fora de Belgrado – conforme sua solicitação. Como sempre, ele chega com um contingente completo de mercenários e poder de fogo o bastante para colocar um prédio pequeno no chão.

— Onde elas estão? — Exige ele tão logo nos vê em pé lá. — Você disse que as tinha. Onde estão?

— Seguras e protegidas com meu pessoal — Digo e pego o telefone do guarda para mostrar-lhe as fotos que tiramos uma hora atrás. São da sósia de Nora e sua filha, cercados pelos meus homens e parecendo cheia de hematomas e frágil.

Ele pega o telefone de mim e as estuda sem esconder o desejo antes de olhar para mim. — Esguerra está...

— Aqui. — Pego o telefone dele e passo as fotos de 'Nora' para a de Esguerra numa poça de ketchup. — Cabeça estourada.

Os olhos pálidos de Novak brilham. — Bom trabalho. Eu sabia que poderia contar com você. Agora leve-me para Nora e a criança.

Eu cruzo meus braços. — Pagamento primeiro.

Os cinquenta milhões poderiam não ser necessários, estritamente falando, mas definitivamente seria legal tê-los.

A boca de Novak se estreita, mas ele pega seu telefone e liga para o contador. — Faça a transferência — Ordena em sérvio e eu espero até que ele assente para mim, então, checo a conta no meu telefone.

— Tudo certo — Falo para ele e olho para Ilya, que está sem expressão ainda, de alguma forma mostrando desaprovação.

Novak deve notar isso também, porque ele sorri novamente. Ele gosta da ideia de nós não estarmos nos entendendo; ele acha que isso nos faz vulneráveis, fáceis de controlar.

— Vamos — Digo a ele, fingindo não estar ciente dos perigos. — Te levarei a Nora e o bebê.

Ilya e eu nos dirigimos para a saída e Novak se apressa em nos seguir. Seus guardas se apressam em formar o círculo protetor de praxe, mas nós três saímos primeiro.

É por alguns segundos, mas é todo o tempo que preciso.

— Segurando Novak pelo braço, eu grito: — Se

abaixa! — E me jogo atrás de uma caçamba, empurrando Ilya na minha frente.

Batemos forte na calçada, deslizando nas nossas barrigas quando os homens de Esguerra abrem fogo, atingindo o armazém e todos os guardas de Novak com centenas de balas de metralhadora.

38

O RESTO DO ABATE É COMO UM RELÂMPAGO. EM questão de segundos, estamos cercados de dúzias dos homens de Esguerra e digo ao surpreso Ilya para abaixar suas armas quando faço o mesmo. Novak bateu a cabeça na lata de lixo e parece um pouco tonto quando o agarro e coloco em pé enquanto nossos captores o algemam e sistematicamente o revistam.

Enquanto estou passando Novak para eles, Ilya se levanta com dificuldade atrás de mim. Seu olhar incrédulo passando dos homens levando Novak e de volta para mim. — Você acabou de...

— Sim. Explico tudo em um momento. Por agora, ligue para Yan e diga que estamos chegando.

Certifique-se de que ele e Anton fiquem calmos – não queremos ninguém ferido.

Ilya hesita, claramente confuso, depois, pega seu telefone. Eu o deixo fazendo isso e sigo Novak para o SUV preto.

O sérvio está saindo da sua tontura e começando a ver o que aconteceu. Seu olhar para em mim começando a compreender; a fúria contorce suas feições pálidas. — Seu filho...

O guarda mais perto dele dá um soco na sua boca. — Cala a boca, *pendejo* — Grita ele em inglês com sotaque em espanhol.

Olho para a sua cabeça coberta pelo capacete. — Diego?

Seu capacete balança para frente e para trás. — Ei, Peter. Como está? — Enquanto fala, ele empurra o agora tonto Novak no carro e fecha a porta.

— Muito bem — Digo secamente quando Ilya se aproxima. —, sempre num bom dia de trabalho.

Meu companheiro não parece contente – provavelmente porque ambos ainda estamos desarmados. — Eles estão esperando — Diz ele formalmente. — E não tomarão posição de ataque.

— Ótimo. — Bato no seu ombro. — Vamos.

YAN E ANTON ESTÃO NUM TERRENO EM CONSTRUÇÃO perto, guardando a substituta de Nora e sua irmã bebê. Suas armas estão ao lado deles quando nos aproximamos com os guardas de Esguerra, mas seus olhos estão focados e atentos.

— Você tem uma explicação a dar — Anton me fala quando os guardas nos passam para pegar 'Nora' e o bebê. — Muito a explicar, na verdade.

— Eu sei. — Ilya e eu olhamos os guardas conduzirem a garota – que ainda está petrificada – para outro SUV preto. — Explicarei tudo.

— O que tem a ser explicado? — Diz Yan, vindo para perto de nós. Seus olhos verdes brilham com uma luz fria e sarcástica. — Essa não é a Nora real, é?

— Não — Digo, encarando-o. — Esguerra nunca poria sua mulher e filha num perigo como esse – não que elas estivessem realmente em perigo, imagina.

— Certo. — O sorriso de Yan não tem o mínimo humor. — Então, esse era o plano desde o início? Fisgar Novak, descobrir quem é seu ativo, e colocar Esguerra no circuito?

Eu assinto minha cabeça. — Acertou.

As sobrancelhas negras de Anton se juntam. — Eu não entendo. Por que você faria isso – e por que não nos falou?

— Porque ele não confia totalmente em nós. — A voz de Yan enganosamente suave. — Certo, Peter? Tanto porque...

Eu o corto com uma abanada rápida de mão. — Confio em vocês três com minha vida. Mas essa operação era muito delicada, uma que se desdobrou por meses. Eu precisava ganhar a confiança de Novak e, para isso, todas as nossas reações e interações teriam que ser tão genuínas quanto possível. Ele não é estúpido. Se ele pressentisse algo errado – apenas o menor deslize que o estávamos traindo – tudo isso teria sido para nada.

— É por causa dela, não é? — Ilya fala pela primeira vez. Eu abro minha boca, pronto para responder quando ele diz: — Sem problemas. Claro que é. O que você quer de Esguerra? Mais dinheiro, assim você pode desaparecer para sempre?

— Não — Yan diz ao seu irmão. — Não é isso. — Ele olha para mim. — É isso, Peter?

— Não, apesar de dinheiro extra ser uma vantagem — Digo, olhando de um para o outro. — A parte de vocês está sendo depositada enquanto falamos. — A sua também.

— Fala logo essa porra — Rosna Anton. — Sério, para com o mistério. O que Esguerra te prometeu para isso?

— Uma vida — E olho para o SUV saindo da calçada. — O tipo de vida que as pessoas como nós não têm.

— Ah. — A franzida de Anton diminui. — Anistia.

Eu assinto. — Anistia para processos futuros. Para todos nós.

As feições de Ilya se iluminam, mas Yan cruza os braços no seu peito. — Quem disse que queremos isso? Você acha que saímos da Spetsnaz e nos juntamos a você para que nos tornássemos consultores e professores?

— Não, eu acho que vocês fizeram isso para que

pudessem ficar podres de rico — Digo, com o mesmo tom de sarcasmo. — O que vocês são, parabéns. Oh, e no caso de eu não ter mencionado ainda, o extra vindo de Esguerra é setenta e cinco milhões.

Anton assovia baixo sob a respiração. — Caramba.

Yan olha para mim. — Um trabalho de cento e setenta e cinco milhões? Tudo depositado?

— Isso e a liberdade para fazer o que quiserem. Se vocês quiserem continuar com o negócio, continuem – mas vocês devem ter que recomeçar com nova identidade, no caso de tudo isso — Circulo meu indicador no ar — ser descoberto. Alternativamente, vocês podem se tornar legítimos – abrirem uma firma de segurança ou algo parecido.

— E você? — Pergunta Ilya, inclinando a cabeça. — O que você vai fazer, Peter?

— Tão logo consiga ficar limpo, vou aos Estados Unidos — Digo e abro um sorriso ante as expressões deles. — Sim, isso mesmo, para Sara. Desta vez, vamos brincar de verdade de casinha.

eter

ESGUERRA ME QUER DE VOLTA AO SEU COMPLEXO, ENTÃO, depois que termino com meus homens, entro no seu Boeing C-17 e acompanho Novak e os guardas para a Colômbia. Ilya, Yan, e Anton vão separadamente no nosso avião. Eu ainda não confio completamente no meu ex-empregador, meus companheiros concordam em prover suporte no caso das coisas darem errado no último minuto. Eu não espero uma traição de Esguerra a essa altura – por um motivo, os setenta e cinco milhões já estão nas nossas contas – mas não custa ser cuidadoso.

Eu também consegui que minha equipe concordasse em me ajudar a procurar por Henderson. Como o último nome na minha lista, ele é um negócio não terminado e eu tenho toda a intenção de lidar com ele no devido tempo.

Mas primeiro, eu tenho que pegar Sara.

Ela é mais importante do que qualquer coisa.

O PRÓPRIO ESGUERRA NOS CUMPRIMENTA QUANDO aterrissamos, suas feições duras e selvagens enquanto olha seus guardas arrastarem Novak para fora do avião. O sérvio quase não consegue andar – eles não se preocuparam em alimentá-lo ou tratar seus ferimentos durante o voo – mas isso não importa. Ele não dura muito nessa terra.

Esguerra não irá apenas matá-lo – ele irá despedaçá-lo.

Vagarosamente.

Pedaço por pedaço.

Sinto-me mal pelo bastardo, mas ele trouxe isso para si próprio. Se ele tivesse se conformado em fazer incursões nos negócios de Esguerra, ele teria vivido muito mais – pelo menos outro ano ou dois. Mas ele foi atrás da família de Esguerra... atrás de Nora e sua filha.

Não há amor perdido entre mim e Esguerra, mas eu gosto de Nora.

— Onde está Kent? — pergunto quando Esguerra vem atrás de nós depois de ordenar aos seus guardas a levarem Novak ao galpão. — Ele voltou ao Chipre?

Ele assente. — Ele saiu logo depois de você. — Ele

não elabora e decido não perguntar mais. Eu ainda não perdoei Kent pelo que aconteceu com Sara, mas no momento, eu tenho um peixe maior para fritar.

— Você falou com eles? — Diminuo meus passos para ficar ao lado de Esguerra enquanto vamos para a limusine. — Seus contatos na CIA?

Ele me olha de lado. — Falei.

— E? — Eu passo para a frente dele forçando-o a parar. — Eles concordaram?

Suas mandíbulas flexionam. — Vamos conversar sobre isso no carro.

Merda. Não parece bom. — Vamos falar sobre isso agora.

Seus olhos brilham perigosamente. — Tá. Esse é o acordo – o único acordo que farão. Você e sua equipe terão anistia pelos seus crimes e imunidade por mais processos, conquanto que não sejam cometidos mais crimes. Quem quer que cometa um deslize será preso e processado por *todos* os crimes, passados e presente.

Eu considero isso e assinto. — Parece justo. — Estou quase certo de que eu possa viver como um cidadão obediente às leis – ou, pelo menos, dar a aparência de um. Precisaremos ser cuidadosos para não sermos pegos quando finalmente localizar Henderson, mas tenho certeza que não sou o único inimigo que o ex-general tem. Alternativamente, podemos fazer isso parecer um acidente; tem vários modos de se atacar sem que se pareça um ataque...

— E tem mais uma coisa — Diz Esguerra. — Outra condição que não é negociável.

— O quê? — Pergunto, meu estômago se apertando com uma premonição quando minhas mãos se fecham nos meus lados. É melhor que não seja o que...

— O general aposentado que você está caçando. — Diz Esguerra, confirmando meu palpite. — Você tem que deixar isso para lá. Para sempre. Sua imunidade é ligada a ele continuar bem e com saúde. Se ele ou qualquer um ligado a ele até comer alimento envenenado, o trato está desfeito e todos os quatro estarão na lista dos Mais Procurados novamente.

Caralho. Caralho, merda, porra!

Suponho que eu deveria ter sabido disso dadas as conexões de Henderson, mas de algum modo eu bloqueei isso da minha mente. Eu estava tão focado em eliminar os obstáculos principais para uma vida com Sara – meu status de fugitivo – que nem considerei que isso viria por um preço.

Bem, um preço além do fim do meu negócio e o risco que corri por me aproximar de Esguerra. Esses eu conhecia e estava disposto a pagar. Mas isso? De todos na minha lista, Henderson é o mais diretamente responsável pela tragédia ocorrida com minha esposa e filho. Ele foi o que deu as ordens que resultaram no massacre da vila.

Se alguém merece pagar pelas mortes de Tamila e Pasha, esse é Henderson.

Não se pode permitir que ele volte a ter sua vida normal, vida feliz depois do que fez.

— Não posso aceitar esse acordo. — Minha voz forte e gutural. — Você sabe que não posso.

Pela primeira vez um semblante de emoção humana acalora os olhos azuis de Esguerra. — Eu sei — Diz ele em voz baixa. — Imaginei isso. Mas eles não cederão nesse aspecto, Peter. Eu tentei.

Viro-me para andar para a limusine, a ira e pesar que pensei ter enterrado borbulhando como um magma na minha garganta. Eu inspiro, tentando acalmar-me, mas em vez da vegetação tropical, cheiro morte e cinzas, carne torrada e sangue seco. Sinto gosto de metal na minha língua e vejo uma pilha de corpos, de pedaços de corpos de dois metros de altura.

E aquela mãozinha agarrando um carrinho.

Eu quase não lembro os poucos dias depois do massacre. Sei que fugi da força tarefa dos soldados que me retiraram à força da vila, mas não me lembro de quando ou como – ou se feri alguém quando fugi. Presumo que tenha, porque meu próprio pessoal começou a me caçar logo depois, mesmo antes de eu ter matado meus superiores por terem terminado a investigação no período de semanas.

A vingança era tudo que me mantinha naqueles dias – e nos meses e anos que se seguiram. Eu prometi ao meu filho e esposa mortos que seus assassinos pagariam com suas vidas e mantive a promessa.

Peguei a todos, exceto Henderson.

— Você poderia simplesmente tomá-la novamente — Diz Esguerra, apressando-se para se juntar a mim e eu olho para ele, não surpreso de que ele saiba sobre Sara. Kent deve ter lhe falado sobre ela – isso ou ele ouviu sobre o sequestro da sua fonte da CIA. E ao saber disso, só precisava colocar dois mais dois juntos.

Apesar disso, meu primeiro instinto é de ameaçá-lo e a todos os que ele sente apreço se ele apenas cruzar o caminho dela. Mas se ele sabe que Sara é minha fraqueza, então, ele deve saber o que eu faria se alguém viesse atrás dela.

É a mesma coisa que ele faria se alguém fosse atrás de Nora.

De fato, o que ele está prestes a fazer com Novak.

— Ela tem uma vida lá — Respondo em vez disso —, pais, carreira, amigos.

Ele dá de ombros. — Ela se ajustaria. Nora se ajustou.

Entro no banco de trás da limusine e ele junta-se a mim, sentando-se à minha frente.

— Sara não é Nora — Digo quando a limusine começa a andar. — Suas raízes são bem profundas. Ela não será feliz desse jeito. — Não sei se estou tentando convencer a mim ou a Esguerra - ou essa parte obscura e insensível de mim que tem desejado isso há meses.

Que me tem falado para esquecer esse plano louco e pegar o que me pertence.

— E você será? — Esguerra inclina a cabeça, olhando-me com curiosidade peculiar. — Você acha que será feliz nessa meia vida? Sobreviver na gaiola de todas essas regras e leis?

Eu dou de ombros. — Talvez. — Não é uma das

minhas preocupações, mas se algum dia tornar-se um problema, então, lidarei com ele.

Uma coisa por vez.

— Então, o quê? — Pergunta Esguerra quando fico em silêncio. — Você vai deixá-la ir para sempre? Ou aceitar o acordo?

— Não a deixarei ir. — As palavras são instintivas, automáticas. A vida sem Sara não é nem uma possibilidade na minha mente. Os últimos oito meses têm sido um inferno, quase tão ruim do seu modo quanto as semanas sombrias depois das mortes da minha família.

Eu morreria logo depois que deixasse minha ptichka ir para sempre.

Ela é minha e continuará minha.

Um sorriso sarcástico curva-se na boca de Esguerra. — Bem, então — Ele diz calmamente. —, parece que você não tem muita escolha.

Sufoca-me admitir, mas ele está certo.

Ou eu pego Sara, ou aceito o acordo. Sua felicidade ou minha vingança.

Não posso ter ambos.

PARTE IV

EU PRIMEIRO SINTO QUE ALGO ESTÁ ESTRANHO QUANDO dirijo para casa sozinha depois do meu turno da noite na clínica.

Nenhum carro relacionado ao governo me segue para casa e ninguém sorrateiramente me observa quando estaciono na frente do meu prédio e entro.

Falo para mim mesma que estou ficando louca – que só estou cansada e não consigo registrar as coisas propriamente – tomo banho e caio na cama. Não tem motivo para me preocupar com isso. Mesmo se eu não estiver tendo algum tipo de paranoia reversa estranha, talvez os federais tenham folga esta noite – tomar conta dos seus filhos ou algo parecido. Isso não aconteceu desde que voltei, mas não significa que seja impossível.

Os agentes do FBI também são humanos.

Mesmo assim, eu mexo e me viro, incapaz de dormir apesar da total exaustão. Tento pensar quando me senti observada durante o dia todo, mas não consigo. Ou meus espiões invisíveis tornaram-se bem melhores no seu trabalho, ou eu me acostumei tanto com a presença deles que não noto mais.

A última vez que realmente senti essa coisa estranha foi quando recebi a nota de Peter dois meses atrás.

Poderia ser?

Não estou mais sendo observada?

Meu estômago aperta acentuadamente. Pela nota de Peter, só há uma razão por que eu de repente não mais seria de interesse tanto para os federais como para os contratados por Peter.

Não. Bato a porta ante o pensamento terrível.

Peter não está morto ou capturado.

Não pode ser.

Fecho meus olhos e forço-me a respirar devagar e profundamente. Uma noite não forma um padrão e tem muita chance de que quando eu acordar de manhã e for trabalhar – menos de cinco horas a partir de agora – os federais estarão circulando meu quarteirão no seu sedan cinza.

Eu só tenho que acreditar.

~

MAS OS FEDERAIS NÃO ESTÃO LÁ QUANDO DIRIJO PARA O trabalho e mesmo tentando bastante, não consigo ver se estou sendo observada por alguém.

Passo meu dia num estado de pânico quase não suprimido. Felizmente, tudo o que tenho hoje são consultas de pacientes, como estamos em dois, não tenho muito tempo para pensar, só passo de paciente para paciente, fazendo exames, anotando receitas de controle de natalidade e discutindo cuidados pré-natal – sempre lembrando a mim mesma a continuar respirando, a ficar calma e ignorar o fato de que os federais se foram.

Pela primeira vez, desde o meu retorno, estou sozinha.

Na hora que estou quase saindo para casa, Phil, nosso guitarrista, me liga informando sobre uma apresentação e eu impulsivamente pergunto se ele quer reunir os caras para uma bebida. É terça-feira de noite e eu tanto tenho um dia cheio de trabalho amanhã como um turno na clínica, mas não quero estar sozinha com meus pensamentos.

Para meu alívio, Phil concorda e nos encontramos em um bar em Uptown Chicago. Apenas Rory pode se juntar a nós – Simon está participando de uma sessão de autógrafos de um livro – mas depois que cada um de nós pede uma cerveja, iniciamos a mesma dinâmica confortável de sempre, com Phil lançando-se no seu discurso semanal de persuasão para a turnê.

— Você não quer jogar tudo para o ar? — Diz ele,

girando sua cerveja no ar. — Ter mais dessa vida? Algo revigorante e excitante?

— Cara, você soa como um desses comerciais informativos longos — Rory diz para ele e todos rimos. Eu posso sentir a parte desesperada da minha risada, mas para meu alívio, parece que é só comigo. Meus colegas de banda não sabem do meu terremoto crescente, tagarelando e continuando como se o mundo não tivesse para acabar.

Como se fosse apenas mais uma terça à noite.

E para eles é – o tipo de terça à noite normal e previsível da qual Phil quer fugir. Do tipo que não tenho há muito tempo, porque desde o momento que encontrei Peter, nada na minha vida tem sido normal ou previsível.

Eu imagino o que Phil pensaria se soubesse disso – de como o assassino do meu marido forçou-me a 'jogar tudo pelos ares' por manter-me prisioneira no Japão. Será que ele acharia meu romance relutante com um assassino excitante? Revigorante de modo conturbado?

Essa saída significou ser uma distração dos meus pensamentos cheios de ansiedade, mas não consigo parar de pensar em Peter, e percebo meus olhos passando de uma pessoa a outra, procurando aquele cara que não se encaixa... por qualquer pista de que ainda sou de interesse para o federais.

— Você está esperando alguém? — Pergunta Rory, notando minhas viradas de cabeça persistentes.

Forço um sorriso e paro de olhar em volta como

uma idiota. — Não, desculpe. Só achei que vi um velho amigo.

Phil logo se excita. — Ooh, um velho amigo. Da variedade masculina ou feminina? Porque eu tenho que dizer, Marsha, aquela sua amiga, é *muah!* — Ele dramaticamente beija as pontas dos seus dedos e todos rimos novamente.

Marsha, Andy, e Tonya vieram a uma das nossas apresentações algumas semanas atrás e todos saímos depois. Naturalmente, Marsha deu em cima dos meus colegas, como ela sempre faz com os homens.

Um dias desses, adoraria encontrar um cara que não desse cambalhota pelo seu porte atraente – ou que, pelo menos, não tentasse entrar nas suas calças logo de cara.

— Sua Tonya também não é ruim — Diz Rory quando a risada diminui um pouco. — Ela é solteira?

Eu sorrio. — Sim, com certeza. — Não conheço a jovem enfermeira tão bem, mas tenho quase certeza de que ela não tem um namorado – ou se tem, ele não tem problema de ela sair com Marsha a noite toda.

— Cara, você tem certeza que não quer as ruivas? — Diz Phil com feições normais. — Pense só quão bonitos seus filhos seriam. Um monte de cabeças de cenoura.

— Oh, vai se foder. Você só está com ciúmes que eu ainda tenho isso. — Rory afofa sua juba dramática e eu quase engasgo com minha cerveja quando Phil toca instintivamente sua cabeça calva antes de mostrar o dedo do meio para Rory.

— Já basta, caras — Eu ofego quando consigo parar de rir. — Andy tem namorado, e...

Eu congelo, as palavras morrendo na minha garganta quando noto um homem vindo na direção de Phil.

Eu pisco, incapaz de acreditar nos meus olhos, mas a aparição não vai embora.

Em vez disso, seus lábios esculpidos curvam-se num sorriso magnético. — Olá, Sara — Diz ele com a voz profunda e sotaque fracamente acentuado que assombra meus sonhos. — Você não vai me apresentar seus amigos?

O ROSTO EM FORMATO DE CORAÇÃO DE SARA PERDE TODA a cor. Não parece que ela seja capaz de falar tão cedo. Então, eu olho para os dois me olhando de boca aberta.

— Peter Garin — Digo, usando minha nova identidade e estendendo a mão. — E vocês dois são?

Eu sei quem eles são, claro, mas se entrarei na vida de Sara para sempre, eu preciso agir como um cidadão normal, não alguém com um passado cheio de verificação em cada pessoa próxima à minha ptichka. Isso também significa que não posso colocar minha lâmina nos seus pescoços com uma profundidade tal que eles nunca mais salivarão novamente.

Não no meio de um bar, pelo menos.

O rechonchudo se recupera primeiro, esticando a mão e apertando a minha. — Oi, sou Phil Hudson.

— Prazer em te conhecer — Digo e resisto à vontade de esmagar os ossos daquela palma ridiculamente macia.

— Rory O'Rourke. — A pegada do ruivo é mais firme, sua mão com quase tanto calo quanto a minha – áspera por motivos totalmente diferentes.

Ele levanta peso na academia para ganhar troféus, enquanto eu, para ficar vivo.

Treinado para ficar vivo, me corrijo. Se tudo for como planejado, não precisarei fazer tanto isso.

Sara toca meu braço, levando minha atenção para ela. — O que... — Sua voz melodiosa para. — O que você está fazendo aqui, Peter?

Eu evitei deliberadamente olhar para ela, porque estando tão perto sem agarrá-la e fodê-la ali mesmo é um tipo especial de tortura. Seu toque no meu braço, leve como sempre, é como ser atingido por um Taser. Todo o meu corpo vibrando com atenção, todos os meus sentidos supercarregando. Ela está a meio metro de mim e estamos totalmente vestidos, mesmo assim, posso senti-la intensamente como se estivéssemos um apertado contra o outro, e nus.

De fato, meu pau está convencido de que deveríamos estar nus e fazendo o máximo para sair do meu jeans que, de repente, ficou muito apertado.

Eu provavelmente poderia tê-la visitado no seu apartamento, onde poderíamos estar a sós para este encontro, mas eu estava muito impaciente. Depois de um mês de burocracia, eu finalmente consegui ficar limpo para o governo americano, junto com minha nova identidade e papéis de cidadania e fui direto para o avião – só para ficar sabendo que em vez de ir para casa, Sara decidiu sair.

Com não menos dois homens que habitualmente babam por ela.

Eu dou uma respirada funda e lembro a mim mesmo que integração é o nome do jogo. É nisso que eu tenho trabalhado todos esses meses, a razão por que eu concordei em deixar a porra do Henderson viver – uma promessa que ainda enche minha garganta de bile. Seria estúpido jogar tudo para o ar apenas porque Sara está me olhando com inocentes olhos de avelã, parecendo tão bela que parte meu coração me fazendo querer envolvê-la num saco de batata e levá-la para a minha toca – após retirar as bolas de todos os homens que apenas ousem olhar na direção dela.

— Eu consegui vir para casa mais cedo — Digo a ela e apesar do meu grande esforço, minha voz é por demais rouca para um local público. — Na verdade, eu me demiti.

— Você... o quê? — Seus olhos ficam gigantescos. — Como você pode...

— É uma longa história, ptichka. — Luto contra o desejo de esticar meu braço e puxá-la para mim. — Vamos para casa e explicarei.

O ruivo – Rory – limpa a garganta. — Vocês dois estão... juntos? — Tanto ele quanto Phil estão me olhando sem acreditar – e mais do que um pouco invejosos.

Os filhos da puta estão mais do que com sorte pelo fato de eu estar obedecendo a lei nesses dias.

— Sim — Falo com eles e algo no tom da minha voz os faz mais do que pálidos, apesar de tudo. — Estamos. — Viro para Sara. — Pronta para ir para casa, meu amor? Temos muito a discutir.

E segurando firmemente sua mão delicada, a conduzo para fora, deixando seus colegas de banda perplexos no bar.

Sara

Eu me sinto como se estivesse num sonho. Ou talvez num pesadelo – não consigo decidir. Peter e eu estamos andando numa rua movimentada juntos... sem o mínimo subterfúgio da sua parte. Ele está, de algum modo, maior do que me lembro, seus ombros largos esticando as costuras da sua camiseta macia escura e suas pernas poderosas flexionando dentro do seu jeans surrado. Seus cabelos negros estão mais longos do que antes, balançando levemente na brisa quente da noite e meus dedos coçam para afundar naquela massa grossa, pegar uma mão cheia deles enquanto ele entra em mim, sua língua habilidosa me excitando completamente.

Um raio quente me excita ao pensar, intensificando o calor sob minha pele. Meu coração está batendo tão violentamente que parece que vai explodir e eu não estou mais com frio. Não mais gelada por dentro. Meu corpo viveu no momento em que ele falou e tem zumbido com necessidade desde então... mesmo eu estando afogada em confusão.

— Você está me sequestrando? — Minha voz é aguda e demasiada alta, mas estou tendo problemas em processar as coisas... o que quer que *isto* seja. Como pode ele apenas aparecer do nada, depois de mais de nove meses e se apresentar para meus amigos como um namorado há muito perdido? De todos os modos que eu imaginei meu segundo sequestro, este cenário – onde ele simplesmente entraria num bar e me conduziria pela mão – nunca nem mesmo piscou no meu radar. Eu estava pronta para uma agulha no meu pescoço, ou uma capa sobre minha cabeça – ou, pelo menos, um acordar estranho no meio da noite. Não um passeio casual pela North Broadway em Uptown Chicago. Como ele pode estar ao ar livre assim? Ele usou um nome diferente no bar, mas seu rosto está inalterado. Onde estão os federais? Depois de todos aqueles meses vigiando cada movimento meu, eles simplesmente de repente...

— Não estou te sequestrando. Estou te levando para casa. — Sua mão se aperta na minha, cobrindo-a com seu calor... assim como eu sinto seu desejo me cobrindo, forte e inflexível, tão impossível de se escapar como a força da natureza.

Eu balanço a cabeça numa tentativa fútil de arejá-la.

— Para casa? — Ele quer dizer Japão? Porque se for assim preciso falar-lhe que...

— Seu apartamento. — Seus olhos metálicos brilham quando encontram os meus. — Agora, pelo menos, já que você está com todas as suas coisas lá. Depois, podemos nos mudar de volta para a casa que você quiser – ou comprar uma nova perto do seu trabalho.

Sinto-me como se estivesse ou bêbada ou presa fora de mim. Tinha algo na cerveja que acabei de tomar? — O que você está falando?

Ele para de andar e vejo que estamos perto do nosso carro. Largando minha mão, ele segura minhas bochechas com suas duas palmas grandes e ásperas e diz ternamente: — Nós, meu amor. Estou falando sobre nós.

E pegando minha bolsa de mim, ele procura e pega a chave do carro e o abre.

S*ara*

PETER ESTÁ DIRIGINDO E FICO FELIZ POR ISSO. NÃO ACHO que poderia fazer isso agora – não sem bater, pelo menos.

Eu não tenho essa preocupação com Peter. Ele lida com o carro como faz com tudo o mais: com competência calma e letal. Enquanto o vejo sair da vaga, ocorre-me que eu nunca o vi atrás de um volante antes. Sempre que estávamos num veículo juntos, outra pessoa estava dirigindo e Peter estava no assento de trás comigo. O que me leva a outra pergunta: onde estão os colegas de Peter? Por que ele está aqui sozinho?

E o que ele quis dizer com 'eu me demiti'?

Minha mente corre na velocidade do martelar do

meu pulso, mas seguro meus pensamentos tortuosos e tento focar numa coisa de cada vez. — O que você quis dizer por 'nós'? — Pergunto olhando para seu perfil forte. Havia esquecido o quão masculinas suas feições são, quão belas naquele jeito magnético perigoso. Seu rosto ainda está tão fino quanto quando saímos da clínica – o que quer que estivesse fazendo não era descansar e relaxar – e as maçãs do seu rosto são como lâminas gêmeas, suas mandíbulas cobertas de barba por fazer são tão duras que poderiam ter sido esculpidas em mármores.

Dou uma olhada no seu olhar de prata e a cicatriz na sua sobrancelha esquerda quando ele olha para mim rapidamente antes de voltar sua atenção para a estrada. — Quero dizer que estou aqui para sempre — Diz ele calmamente. — Eu consegui anistia e imunidade – para mim e o resto da minha equipe.

Minha respiração para nos pulmões. — Anistia e imunidade? Como em...

— Como em 'não sou mais um fugitivo', sim.

E desse jeito, estou descendo um penhasco em zigue-zague. Ele não é mais um homem procurado? — Como? O que você fez? Como pode isso ser até mesmo...

— É uma longa história, mas, essencialmente, fiz um favor para um ex-empregador – lembra-se de Julian Esguerra, parceiro de Kent?

Eu inspiro com força. — O que queria te matar por ter colocado sua esposa em perigo?

— Esse — Confirma Peter quando entramos na

autoestrada e passamos um caminhão andando devagar. — De qualquer modo, em troca desse favor, Esguerra usou sua influência com os vários governos para retirar os cães do nosso encalço.

Eu olho para ele, sem fala. Eu não tinha ideia de que negociantes de armas ilegais tinham esse tipo de influência, apesar de achar que teria suspeitado. Lucas Kent até falou sobre alguns dos seus contatos na CIA – John, Jeff alguma coisa? Quando todos nós estávamos jantando na sua mansão no Chipre.

— Uau. Deve ter sido um favor e tanto — Falo finalmente e Peter assente, olhando bem para frente.

— Foi. — Ele não elabora e eu não pressiono. Tenho coisas mais importantes para entender antes.

Apertando minhas palmas úmidas no meu colo, eu tento soar casual. — Então, quando você diz que está aqui para sempre, o que exatamente quer dizer?

O canto da sua boca se levanta um pouco. — O que você acha, meu amor? Você queria um cachorro atrás de uma cerca? Churrasco e crianças no parque? Bem, eu posso te dar isso agora – ou melhor, Peter Garin pode. — Ele vira para a pista da direita e pega a rampa de saída. — Aquele mundo diferente que você queria, aquela vida – é sua, ptichka… e eu também.

Meu coração para no meu peito. — Você quer me namorar? Aqui? Como um casal normal?

— Não, ptichka. Eu não quero te namorar. — Ele vira à direita e entra num posto de gasolina perto – é quando eu noto que o tanque de combustível está quase vazio.

— Volto logo — Diz ele, desligando o carro e saindo. Eu olho muda quando ele enche o tanque da minha Toyota, pagando na bomba com um cartão de crédito preto de aparência extravagante.

Meu assassino russo tem um cartão de crédito e o está usando para pagar gasolina.

A simples improbabilidade disso – de Peter de repente estar aqui, fazendo algo meramente mundano – acrescenta ao sentimento de algo irreal que tenho batalhado desde que saímos do bar. Eu não consigo me livrar do sentimento que estou em algum sonho bizarro e irei acordar a qualquer momento, com frio e sozinha na minha cama.

Mas não. A porta do motorista se abre, trazendo uma onda de ar úmido de verão e o odor forte de gasolina quando Peter entra no carro, colocando-se atrás do volante.

Se isso é um sonho, é o mais realístico que já tive.

— O que você quer dizer com não quer me namorar? — Pergunto quando saímos do posto e viramos num estrada de duas pistas. — O que *você* quer então?

Ele para no sinal vermelho e olha para mim. — Eu quero tudo, Sara. — Sua voz profunda é baixa e suave, seus olhos cinza refletindo as luzes da rua em volta de nós. — Eu quero seus dias e noites, suas horas e minutos. Quero compartilhar suas alegrias e tristezas, seus triunfos e frustrações. Quero dormir com você nos meus braços todas as noites e acordar toda manhã sentindo o cheiro do seu cabelo no meu travesseiro. Eu quero *você*, ptichka – comigo por todo o tempo, de todos os modos.

Eu olho para ele, meu tórax se apertando com cada palavra que ele fala. — O que... — Eu engulo para umedecer minha garganta seca. — O que você está falando, Peter?

O sinal deve ter mudado para verde, porque ele volta a atenção para a estrada e o carro anda.

Para minha surpresa, alguns momentos depois, paramos novamente e vejo que ele está indo para o canto da estrada. Calmamente, ele coloca o carro em 'alerta' e se vira para mim.

Eu pisco, meu pulso acelerando quando ele retira seu cinto de segurança e coloca a mão no bolso da frente do seu jeans, retirando um pequeno estojo de veludo.

— Isso é o que estou dizendo — Ele diz com voz baixa e eu paro de respirar quando ele abre o estojo e pega um anel de brilhante – um solitário ricamente trabalhado que parece ter pelo menos cinco quilates. Colocado num círculo delicado de ouro branco ou platina, é simples, mas excitante – exatamente o que eu teria escolhido se eu tivesse cem mil para gastar.

Surpresa, eu olho nos olhos dele. — Peter...

— Quero você como minha esposa, Sara — Ele diz delicadamente, pegando minha mão esquerda. Seus dedos são quentes e secos na minha pele fria, seu olhar com a sombra do interior do carro. É como se estivéssemos sós na escuridão, como se o resto do mundo não existisse mais enquanto ele desliza o anel no meu dedo esquerdo, é frio, o peso metálico como uma algema se fechando no meu coração.

Minha respiração sai tremendo.

Oh Deus, isso está acontecendo.

Isso está realmente acontecendo.

No reflexo, eu tento puxar minha mão, mas ele aperta sua pegada, recusando-se a me soltar.

— Quero ter você, legalmente e de todos os outros modos — Ele continua e, dessa vez, ouço a força por trás da voz suave, sinto a picada do arame farpado enrolado na seda. — Você já é minha, ptichka, e eu quero tornar isso oficial — Diz ele com os lábios se curvando num sorriso sombrio. — Quero que você se case comigo, e logo.

Sara

EU PASSEI A PARTE FINAL DA IDA PARA A MINHA CASA numa bruma, o anel no meu dedo era quente e gelado na minha pele. Eu não respondi à proposta de Peter no acostamento da estrada – não poderia – e ainda bem que ele não me pressionou.

Ele apenas saiu do acostamento, retornou à estrada e continuou dirigindo.

Quando estacionamos na frente do meu apartamento, Peter dá a volta e abre a porta, pegando na minha mão para ajudar-me a sair do carro. Sua pegada é tanto solícita quanto possessiva, seu olhar sobre mim com uma fome que acelera meu pulso e aciona alarmes na minha mente.

Ele não vai esperar para me possuir.

Ele estará em mim – e dentro de mim – tão logo entremos.

– Espera – Digo, de repente desesperada para diminuir o ritmo. Apesar de o querer muito – apesar de ter sentido sua falta física – não estou pronta para isso. Já se passou muito tempo e existem muitas perguntas sem respostas.

Retirando minha mão da sua pegada, eu dou um passo atrás até me encostar no carro.

Suas mandíbulas se apertam e ele vem na minha direção, segurando no teto do carro para me engaiolar entre seus braços musculosos. – Você acha que eu não esperei? – Ele se inclina sobre mim, olhos de prata brilhando e apesar de não estarmos nos tocando, eu sinto o calor saindo do seu corpo poderoso. – Você acha que eu não tenho sido paciente por essa porra de meses todos?

Meu pulso acelera ante a ira quase não contida na sua voz e uma resposta furiosa – uma que tem aumentado gradualmente durante seu longo período de ausência – explode em mim. Todos esses meses de preocupação e esperando para ser sequestrada, de não saber se ele estava ferido ou tinha sido capturado, todas as mentiras e meias-verdades e noites sem dormir, ele simplesmente aparece no bar como se nada tivesse acontecido? Coloca um anel no meu dedo como se depois de torturar e me sequestrar, o casamento fosse o próximo passo natural?

Com os dentes cerrados, eu bato com a base da minha mão aberta, socando a parte da frente dos seus ombros. — Então, onde diabos você esteve? — Eu grito quando ele flexiona para trás, surpreso pela minha explosão. — Por que levou tanto tempo? Eu também estava esperando essa porra – e esperando, e esperando e esperando...

Seus lábios tomam os meus, suas mãos segurando ambos os lados do meu rosto enquanto ele me empurra contra o carro. Isso não é um beijo, mas uma conquista, sua língua invadindo o interior da minha boca implacavelmente, sem misericórdia. Sinto gosto de sangue onde meus dentes cortam meu lábio, mas é suplantado pelo gosto familiar dele, pelo calor sombrio e violento do seu desejo.

Isso deveria ser demais, mas meu corpo renasce com resposta feroz, minhas mãos segurando sua camisa enquanto beijo-o de volta, chupando aquela língua invasora, retaliando com a invasão da minha própria. Exatamente isso aqui é o que eu tenho sonhado todas aquelas noites, o que meu corpo tem desejado ardentemente.

Por que eu não fui capaz de nem olhar para outro homem, muito menos me imaginar com ele.

Depois de um minuto, seus lábios se suavizam e suas mãos liberam meu rosto para passar pelo resto de mim, uma palma grande apertando meu peito enquanto a outra aperta minha bunda. Apesar do beijo mais suave, seu toque é uma possessão firme e sem desculpas – um rei reclamando seu direito. Eu sinto o volume grosso no seu jeans quando ele empurra contra minha barriga e ondas de calor passam pelo meu corpo quando sua boca passa pelo meu pescoço, me atacando com beijos quentes e repicados enquanto sua mão sai da minha bunda para contornar meu cabelo em volta do seu punho.

— Porra, você é minha — Grunhe ele no meu ouvido, colocando minha cabeça para trás e eu tremo, meus braços pinicando quando ele morde minha orelha e passa seu joelho entre minhas pernas, fazendo-me sentar na sua coxa musculosa. Apesar das camadas do meu jeans e do dele, a pressão no meu sexo é rápida e intensa e ele aperta meus seios novamente, esfregando o tecido do meu sutiã contra meu mamilo intumescido, o calor pulsante vai até meu clitóris, uma tensão familiar crescendo nas minhas profundezas. Quando eu cavalgo sua perna indefesa, fico visceralmente ciente do forte odor masculino e gosto dele, do tamanho potente e a dureza do seu corpo e quando sua mão entra na minha camisa, sua palma áspera e quente deslizando na minha pele nua, a tensão sobe violentamente.

Com um grito abafado, eu gozo, a necessidade acumulada liberada de uma vez quando meu corpo entra em espasmo e se contrai, a explosão de êxtase encolhendo os dedos dos meus pés dentro dos tênis. Tonta, noto risadas distantes e, então, fico abruptamente na horizontal, sendo carregada em braços impossivelmente fortes.

Surpresa, abro meus olhos, colocando meus braços em volta do pescoço de Peter. Ele está andando rápido e estamos já na metade do caminho do estacionamento, mas eu ainda consigo ver três garotos adolescentes no outro lado do estacionamento. Eles devem ter visto tudo, penso, ruborizando totalmente quando a tontura pelo orgasmo sai da minha cabeça.

— Peter, eles...

— Eu sei — Suas mandíbulas se apertam enquanto ele cobre a calçada com passos seguros e longos, me carregando facilmente como se eu fosse uma criança. — Precisamos entrar.

Os assovios e gritos dos adolescentes chegam aos meus ouvidos novamente e eu empurro seus ombros. — Ponha-me no chão, eu posso andar.

A última coisa que preciso é ser carregada pelo corredor como um tipo de noiva sem vestido.

Para meu alívio, Peter me ouve, abaixando-me quando chegamos à entrada do prédio. Bem na hora, também. Não temos uma porteiro, mas vejo meus vizinhos – duas mulheres jovens, vestidas para sair. Elas estão saindo enquanto estamos entrando e seu olhares curiosos se viram para Peter, que está mantendo a pegada possessiva no meu braço.

Eu não as conheço muito bem – apenas trocamos delicadezas sobre o tempo – então, eu sorrio desajeitadamente e as desejo boa noite.

— Você também — Diz uma das mulheres, olhando diretamente para Peter enquanto sua colega de quarto começa a dar risadinhas como uma garota de escola. — Tenha uma noite muito boa mesmo.

Meu rosto fica vermelho enquanto elas continuam pelo saguão, sussurrando e dando risadinhas com suas cabeças juntas e pela primeira vez, estou feliz de que o prédio não tem uma dinâmica de pessoal muito grande. Tem muitos inquilinos, como eu, e com a alta troca-troca nos apartamentos, as pessoas não se importam de conhecer muito seus vizinhos – ou fofocarem sobre eles.

— Suas amigas? — Pergunta Peter, soltando meu braço para apertar o botão do elevador e eu balanço a cabeça.

— Na verdade não. — Olho para ele franzindo. — Você não sabe? Não mandou me seguir?

Seus olhos cinza brilham com um divertimento sombrio. — Claro. Mas eles não podiam chegar muito perto de você com os federais observando cada movimento seu e fazendo varreduras regulares por dispositivos de escuta.

— Oh. — Isso faz sentido – e explica porque eu só via os federais.

A porta do elevador se abre e ele me conduz para dentro, sua mão acima da minha cintura quente e suave – e tão inflexível como aço. Meu coração dá um pulo, e entra num ritmo frenético.

Ele está me levando.

Literalmente me conduzindo para o meu apartamento como um pastor conduz suas ovelhas para, assim, podermos foder.

— Você não achava realmente que te deixaria só, achava? — Diz ele calmamente quando o elevador começa a se mover e eu balanço minha cabeça novamente, virando-me do seu olhar penetrante. Meu olhar para no monte alto do seu jeans e o calor nas minhas bochechas se intensificam.

Ele tem exibido aquela ereção o tempo todo?

Não é de admirar que minhas vizinhas ficaram excitadas.

Forço-me a olhar para cima e para o lado, mas isso também se mostra um desastre. O interior do elevador é espelhado nos dois lados e a visão do meu reflexo me faz querer entrar pelo piso. Graças à nossa apresentação imprópria no estacionamento, não só minha calcinha está úmida, mas meu lábio inferior está inchado duas vezes o tamanho normal, minhas bochechas estão rosa brilhante e meu cabelo está bagunçado de um lado.

Eu pareço como se estivesse vindo de uma orgia.

Desesperada, olho para o outro lado, cravando no olhar de Peter novamente. — Então, você nunca me disse... Por que demorou tanto para voltar para mim?

Suas mandíbulas se flexionam. — Porque o favor que fiz para Esguerra... levou muito tempo. Eu queria vir para você mais cedo, ptichka, acredite-me. — Ele me dá um longo olhar. — Você sentiu minha falta? Estava desejando que eu viesse?

Eu engulo e olho para o outro lado quando as portas do elevador se abrem, me livrando de ter que responder. Achei que tivesse reconciliado meus sentimentos contraditórios por Peter, tivesse decidido que o assassino de meu marido havia conseguido roubar meu coração, mas, de repente, eu não tenho certeza. Isso - Peter aqui na minha vida normal - é demasiadamente inesperado, aterradoramente real. Eu não consigo ajustar minha mente nas logísticas disso, o grande número de complicações envolvidas em tentar um relacionamento normal – *um casamento* – com um ex-assassino que certa vez me torturou e sequestrou. Se isso está realmente acontecendo, o que direi aos meus pais que ainda pensam nele como 'aquele criminoso'? Ou Marsha, que sabe não apenas a história oficial do FBI que pinta Peter como um monstro, mas que também matou George? E irá o FBI realmente nos deixar em paz? Como podem quando o homem em pé no elevador comigo é uma das pessoas mais perigosas que eles conhecem?

Sempre que nos imaginávamos juntos, era em outro lugar, comigo como sua agora disposta prisioneira. Eu estava pronta para aceitar meu destino como prisioneira, abraçar meu carrasco como meu destino, mas eu não estava pronta para isso.

O anel é frio e pesado no meu dedo quando saímos do elevador e Peter me leva pelo corredor para o meu apartamento. Ele nunca esteve no meu aparamento antes – pelo menos, presumo que não – mesmo assim, não tem traço de hesitação nos seus movimentos, nenhuma sensação de que ele está perdido ou incerto de algum modo. Ele tem tanta confiança em andar num corredor que não lhe é familiar como é em tudo que faz e não posso deixar de invejá-lo.

Mas eu me sinto desesperadamente à deriva, como um navio sem remo numa tempestade.

Chegamos à porta, e eu procuro as chaves na minha

bolsa, na certeza do olhar de Peter em mim. Ele não parece impaciente, mas sinto isso nele, sinto a necessidade violenta que ele está segurando. Minha respiração fica rasa, as palmas das minhas mãos molhadas quando finalmente fecho minha mão em volta do objeto procurado.

— Aqui, permita-me. — Ele pega as chaves de mim e sem errar acha a certa, abrindo a porta na primeira tentativa.

Entramos e ele fecha a porta atrás de nós quando eu acendo a luz da sala de estar. Ouço o som da fechadura e viro-me para encará-lo, coração martelando. — Peter...

Ele está em mim antes de eu falar outra palavra. Suas mãos grandes moldando meu rosto quando ele me encosta no sofá, sua boca passando faminta na minha quando caímos nas almofadas macias num entrelaçar de membros e necessidades impassíveis.

Quaisquer dúvidas que eu pudesse ter foram varridas, afogadas numa onda de desejo tão intensa que parece que tem fogo nas minhas veias. O orgasmo no estacionamento apenas aumentou meu apetite, deixando meu sexo sensível e inchado, desesperadamente pulsando por mais. Meus mamilos estão agonizantemente duros e eu literalmente latejo entre minhas pernas quando ele rasga minha camisa e prossegue para abrir meu zíper, suas mãos cheias de urgência, com a mesma fome que me atormentou por meses.

Eu o encontro beijo a beijo, minhas mãos rasgando

sua camisa enquanto ele tira meu jeans, rosnando de frustração quando fica preso em minhas sapatilhas. Consigo chutá-los com o jeans apertado enquanto ele tira meu sutiã, e logo estou nua, deitada no sofá embaixo dele enquanto ele alcança seu zíper.

Não há palavras bonitas, nenhuma carícia doce – apenas o sentimento primal dele quando entra implacavelmente em mim, feições retorcidas com desejo e olhos brilhando com tom sombrio quando ele pega meu pulso e os prende acima da minha cabeça. Eu inspiro ante a invasão implacável, meus músculos internos se contorcendo, lutando para se ajustar à sua grossura impossível, ao jeito que minha carne estica para aceitá-lo. Meu corpo de alguma forma se esqueceu dessa parte e parece que é nossa primeira vez de novo, apenas a vergonha e culpa são uma sombra fraca na minha mente.

Eu preciso disto – eu preciso *dele* – e não posso negar isso.

Quando ele chega fundo, ele para, dando-me um momento para me acostumar a ele e o vejo lutando para se controlar, refreando aquela parte selvagem dele para que não me machuque.

— Tudo bem — Sussurro, apertando os músculos da minha pélvis em volta do seu comprimento grosso. — Tudo bem, Peter... eu consigo.

Eu quero receber isso, de fato.

Suas pupilas dilatam e nas profundezas dos seus olhos metálicos, vejo o monstro emergir. Com um grunhido baixo e gutural, ele entra mais fundo em mim e eu grito quando ele inicia um ritmo selvagem.

Ele me possui violentamente, bombeando dentro de mim sem pena e meus gritos crescem em volume quando a dor avança no prazer, cobrindo minha mente com um ruído branco, silenciando o zumbido incessante dos meus pensamentos. Não existe espaço mental para culpa ou preocupação, nenhum espaço para dúvidas e perguntas. Só há isso, apenas nós e quando a tensão dentro de mim sobe como numa espiral, eu grito seu nome, não sabendo de nada além da agonia e êxtase me partindo ao meio.

Ele goza quase ao mesmo tempo, seu pescoço poderoso levantando quando ele arqueia sua cabeça para trás, quadril roçando dentro de mim. O prazer inicia uma onda de choques posteriores e eu grito de novo, meus músculos internos apertando e se contraindo, sentindo cada centímetro duro dentro de mim, quando ele geme e me inunda com sua semente.

Eu devo ter saído do ar depois disso, ou fechado meus olhos, porque a próxima coisa que sei, é que estou sendo carregada novamente, desta vez para o banheiro.

Eu pisco, instintivamente colocando meus braços em volta do pescoço de Peter quando ele entra na banheira e me coloca de pé.

— Você está bem? — Murmura ele, me mantendo

firme quando me equilibro e assinto, ainda muito sobrecarregada para falar.

— Ótimo.

Ele sai da banheira e tira roupas que ainda estava usando. Gananciosamente, eu devoro sua nudez, observando as linhas poderosas do seu corpo alto e largo quando ele entra de volta na banheira comigo, fecha as cortinas e liga a torneira. Todos os músculos esculpidos nas suas costas se flexionam quando ele se move, sua bunda firme e redonda quando ele se abaixa para testar a temperatura da água. Suas bolas balançando pesadas entre suas pernas, seu pau grande ainda meio duro e um calor sobe pelo meu pescoço quando noto o líquido brilhante dos nossos fluidos combinados na sua pele.

Sem preservativo novamente. Por alguma razão, não estou particularmente horrorizada – ou o mínimo surpresa. Se Peter quer realmente fazer isso – se instalar comigo aqui, onde podemos viver uma vida normal – então, crianças não são uma ideia insana. Dado que ele admitiu me querer grávida, eu não deveria esperar preservativos de jeito nenhum. Estamos ambos limpos, a não ser...

— Você dormiu com alguém? — Falo rápido, horrorizada ante a possibilidade que acabou de vir à minha mente. — Quando você estava fora, quero dizer?

Estou chocada de que isso não tenha me ocorrido antes. Peter é um macho na sua plenitude, com aparência e apelo que molham calcinhas. Caso claro, minhas vizinhas – ambas mulheres entre os vinte e cinco e um pouco mais – dando risadinhas como alunas de oitava série. Não existe razão de eu presumir que ele tenha ficado fiel todo esse tempo. Nove meses de celibato para alguém como Peter é...

— O quê? — Ele se vira para me encarar, sobrancelhas arqueadas nos seus olhos. — Você está falando sério?

Eu dou de ombro e tento soar casual, como se a mera ideia dele tocando outra mulher não me fizesse vomitar. — Nove meses é um longo tempo e não é como se nós...

— Como se nós o quê? — Sua voz perigosamente suave quando ele segura meu braço. — Como se nós o que, Sara?

Minha boca fica seca ante o olhar dos seus olhos metálicos. — Você sabe... — Engulo grosso. — Num relacionamento comprometido.

— Você está me dizendo que dormiu com outra pessoa? — Seus dedos entram na minha pele quando um pequeno músculo começa a pulsar na sua têmpora. — Deixou que outro...

— Não! — Como pode ele pensar nisso? — Claro que não! Além do mais, tenho certeza que seus espiões o teriam falado. Você disse que eles não podiam chegar muito perto, mas eles não teriam deixado de ver *isso*.

A força da sua pegada de punição nos meus braços diminui um pouco. — Não, eles provavelmente não teriam — Concorda ele depois de um momento de consideração. Soltando-me, ele se vira para rodar o dispositivo que muda a direção da água da torneira para o chuveiro acima da cabeça.

Eu pisco a água dos meus olhos e olho-o ajustar o spray para mais baixo. Então, ele me olha novamente, bloqueando a maior parte da água com suas costas.

— Não tenho fodido nada além do meu punho desde que te deixei — Diz ele normalmente. — De fato, desde que nos encontramos, eu nem mesmo rocei uma mulher em público. Você é isso para mim, ptichka – tudo o que quero, agora e para sempre. Todas as noites nos últimos nove meses, eu deitava na cama, o pau tão duro que doía e pensava em você. Apenas você. Você é todo sonho erótico que tenho, toda fantasia e sonho acordado. Eu quero te foder o tempo todo, não importa onde estamos ou o que estamos fazendo. Mesmo quando estamos divididos por oceanos, *você* é a única que eu desejo – a única que sempre desejarei.

Minha garganta se aperta, fechando o ar nos meus pulmões. Eu acredito nele. Como não poderia? Ele nunca mentiu para mim, nunca tentou esconder seus sentimentos. Desde bem do início, eu conheci as profundezas da sua obsessão para comigo e enquanto isso costumava me amedrontar, isso é perversamente reconfortante.

Pelo tempo que estivermos vivos.

Lembro-me de algo, como uma luz sendo acesa, cortando pela neblina de choque e tontura pós-sexo. — Peter… — Minha voz treme quando estico o braço para pegar sua mão entre minhas palmas. — Você fez isso por mim?

Ele levanta a cabeça, olhos cinza confusos. — Fazer o que, ptichka?

— Esse favor para Esguerra para que ele, com isso, te tirasse das listas de procurado... isso que te manteve longe por tanto tempo. — Apertando sua mão, eu levo aos meus seios, onde uma aperto peculiar pressionava meu coração batendo. — Eu sou a razão? Você fez isso para que pudesse estar aqui comigo?

Ele franze, cobrindo minha mão fechada com a sua outra mão. — Claro, ptichka. Não é isso que você queria? Uma vida onde eu não sou um fugitivo, onde pudéssemos estar juntos sem que você perdesse sua família e carreira?

Eu olho para ele, finalmente compreendendo a enormidade do que ele fez. Isso *é* o que eu queria, o que tenho desejado nos cantos mais profundos do meu coração. É a minha fantasia mais sombria e vergonhosa – uma vida real com meu carrasco – e ele fez isso tornar-se realidade.

Ele fez o impossível, mexeu Deus sabe quantos pauzinhos – e muito mais.

O vapor enchendo o banheiro está fazendo meus olhos queimarem e a pressão ao redor do meu coração se aperta.

Peter me ama.

De verdade, realmente me ama.

Não é mais teórico, o que ele faria por mim.

É real. Ele fez isso.

— Não é isso que você queria, Sara? — Repete ele,

sua franzida se aprofundando e me vejo assentindo como uma marionete, ainda incapaz de falar.

— Bom. — Ele gentilmente retira sua mão da minha pegada e se vira de lado, para que eu fique sob o spray d'água. Pegando meu xampu, ele coloca na sua palma e começa a massagear minha cabeça, como se isso fosse algo que alguém faz depois desse tipo de revelação.

Como se isso fosse tudo que se tem a falar.

E talvez isso seja verdade. Talvez devêssemos voltar a essa conversa quando eu não esteja tão surpresa, tão sobrecarregada com sua volta repentina e com tudo que deve vir junto. Porque eu ainda não sei o que falar para ele, como explicar como me sinto.

Como falar-lhe que apesar de estar muito feliz por tê-lo, estou aterrorizada de igual modo.

Ele lava meu cabelo completamente, seus dedos fortes massageando meu couro cabeludo e pescoço, coloca condicionador e deixa repousar enquanto lava o resto de mim, suas mãos com calo e sabão por todo o meu corpo, acariciando minha pele com a quantidade certa de ternura e aspereza.

É maravilhoso, como a maioria dos tratamentos dos spas ricos, e quando ele finalmente lava o sabão de mim, eu pego o sabonete e faço o mesmo com ele, com prazer ao sentir sua pele lisa e com uma aspereza pelos cabelos quando passo minhas mãos no seu corpo grande e cheio de músculos.

Ele sempre tomou conta de mim, me mimou como uma princesa, mas eu nunca fiz isso com ele, concluo. Devolver as afeições do meu carrasco sempre pareceu uma traição contra George e tudo o mais e apesar de eu não conseguir me conter na cama, me mantinha distante nas outras ocasiões, aceitando o que ele fazia mas nunca retornando-as.

Eu ainda sinto essa culpa, esse senso de errado, mas não é mais a pressão sufocante que era. Conforme os meses se passaram e o choque da morte violenta de George desaparecia, tenho sido capaz de pensar sobre isso com mais racionalidade, analisar os eventos de uma perspectiva diferente.

Por um motivo, George não estava realmente vivo quando Peter colocou uma bala na sua cabeça. Ele havia estado em coma por dezoito meses e devido ao grande dano no seu cérebro, não haveria quase nenhuma chance de ele sair dessa. Em algum momento, eu teria que fazer a decisão excruciante de tirá-lo do seu suporte de vida – algo que estava evitando pensar, especialmente desde que fiquei convencida de que o acidente de George foi parcialmente minha culpa.

De certo modo, Peter tirou aquela responsabilidade terrível de mim – algo que eu apenas recentemente me deixei considerar.

Também tem o fato de George ter *me* traído. A bebida que arruinou nosso casamento foi muito ruim, mas o tempo todo, ele tinha uma carreira como espião que eu não tinha ideia. Levou todo esse tempo para eu aceitar isso tudo, mas agora eu vejo as ações de George, pela traição crassa que elas foram e o amor que eu achava que sentia por ele parece agora uma quimera.

Não que qualquer dessas coisas justifiquem as ações de Peter – não na visão ampla. Ele ainda é um assassino amoral que matou mais pessoas do que eu posso contar, ainda é o homem que certa vez me torturou, espionou e sequestrou. Mas agora ele também é o homem que me ama, que demonstrou do modo mais claro possível que se importa comigo.

Que ele está disposto a fazer o que for necessário não apenas para me ter, mas me fazer feliz.

Terminando com seu peito e barriga, eu lavo suas axilas e a parte de cima dos seus ombros largos, então, massageio os músculos grossos em volta do seu pescoço com minhas mãos ensaboadas. Ele parece gostar disso, arqueando-se para o meu toque como um grande gato, para que eu massageie a área um pouco mais, então, eu me abaixo e lavo suas pernas. Suas coxas são como aço, com músculos poderosos, seus glúteos são redondos e duros como de um halterofilista. Incapaz de me conter, eu aperto aqueles globos com força e olho para ele piscando sob o spray d'água, para ver seus olhos fechados e sua cabeça para trás numa felicidade puramente masculina.

Ele gosta do que estou fazendo. Gosta muito, a julgar pelo endurecimento rápido do seu pau.

Impulsivamente, eu fecho meu punho ensaboado em volta daquela coluna grossa e acoplo suas bolas com minha outra mão, daí, olho pelo spray d'água novamente. Ele está olhando agora, o olhar de prazer é substituído por um de fome predatória.

— Continue fazendo isso — Diz ele roucamente,

passando sua mão na minha cabeça. — E coloque na boca. — Fechando as mãos em volta dos meus cachos molhados, ele guia meu rosto para a sua virilha, a pressão suave, mas não deixando escapar.

Eu obedientemente fecho meus lábios em volta do seu pau agora totalmente ereto, sentindo o gosto de água e resto de sabonete quando me ajeito nos joelhos. Apesar dos meus orgasmos anteriores, o calor está aumentando bem dentro de mim, meu sexo começando a pulsar novamente. Eu deveria ter começado desta vez, mas ele está tomando o controle, dominando como sempre faz. Sem que eu deseje, as lembranças da vez que ele me puniu vêm à minha mente e meus músculos internos se apertam ante a chegada do desejo, a imagens na minha mente mais eróticas do que qualquer filme pornográfico.

Ele fodeu minha boca daquela vez. Amarrou minhas mãos atrás das minhas costas e ficou no controle sem misericórdia, controlando minha respiração, minha própria vida. Havia sido brutal, devastador, mesmo assim isso me fez pulsar com esse mesmo tesão agonizante, fez-me desejar mais o lado sombrio.

Eu não entendo totalmente porque sua aspereza me dá tanto tesão, porque eu gosto de estar sob seu controle desse modo. Antes de encontrar Peter, minhas fantasias sexuais raramente envolviam qualquer elemento de força ou coerção; 'papai e mamãe' era minha zona de conforto, mesmo na minha mente. Poderia o trauma do nosso primeiro encontro na minha cozinha ter me transformado de algum modo?

Talvez algumas conexões se cruzaram depois disso e a violência que experimentei nas suas mãos tornou-se ligada ao prazer na minha mente?

De qualquer forma, qualquer que seja a razão, eu me excito quando ele empurra seu pau bem dentro da minha boca, tão fundo que quase engasgo. Por reflexo, eu me seguro nas colunas de aço das suas coxas, mas não luto contra ele, nem mesmo quando ele começa a mover seu quadril, empurrando na minha boca com selvageria crescente. Eu apenas olho para ele, piscando conta o spray d'água e quando a dor pulsante entre minhas coxas fica irresistível, eu enfio uma mão lá e começo a esfregar meu clitóris, deixando suas enfiadas darem o ritmo aos movimentos do meu dedo.

Ele nota e suas feições fortes se apertam, o olhar predador aumentando. — Sim, desse jeito, ptichka. — Sua voz é um gemido forte e baixo, enquanto ele enfia bem dentro da minha garganta, fechando meu ar. — Continue assim. Deixe-me ver você gozar.

Olhos lacrimejando, eu obedeço, esfregando meu clitóris mais rápido enquanto olho para ele. Minha outra mão segurando sua coxa, a velocidade do meu coração aumentando quando meu corpo sofre com a falta de ar.

Não estou respirando.

Não estou respirando e tem água no meu rosto.

Todo meu corpo se aperta, meus olhos se apertando fechados e meus músculos travando quando minha mente volta à tortura na minha cozinha, quando ele estava me torturando com água na pia. A lembrança me dá calafrios, mas não esfria o fogo dentro de mim. De alguma forma, o terror intensifica isso tudo, aumentando a tensão e mesmo enquanto seguro na coxa de Peter, minha outra mão freneticamente trabalha meu clitóris.

Eu gozo com tanta força que vejo explosões de luzes atrás dos meus olhos bem fechados. O espasmo balança meu corpo, fazendo-me gritar e só quando eu pulo contra as pernas de Peter que vejo que minha boca está livre e estou respirando.

Tonta, eu olho para ele e vejo que ele está bombeando seu pau, uma careta selvagem nas suas feições. Então, com um gemido rouco, ele goza, espirrando jatos de gozo por todo o meu rosto e cabelo. Eu pisco olhando para ele, limpando minha testa com a mão trêmula e ele me ajuda à ficar de pé, sua pegada forte, apesar de ele também estar se recuperando do seu orgasmo.

Eu não digo nada e ele também não quando lava meu cabelo pela segunda vez. Só quando saímos do chuveiro, e ele está me enxugando, que ele fala.

— Você nunca me respondeu, sabe. — Seu tom calmo, mas vejo partes sombrias no seu olhar frio e cinza quando ele enrola a toalha em volta de mim, e pega uma para ele.

Eu pisco, pegando as pontas da toalha. — Havia uma pergunta?

Sei o que ele está falando, claro – o anel ainda é pesado no meu dedo – mas não estou nem de longe pronta para essa conversa. Eu nem pensei que essa conversa aconteceria. Ele não pediu para se casar comigo; ele me disse que isso era o que aconteceria. Então, não era como se eu fosse fazer...

— Não, Sara. — Ele larga a toalha e chega perto de mim, me encostando no armário da pia. — Não brinque assim comigo. — Sua mandíbula flexiona quando ele segura a pedra lisa em ambos meus lados e se inclina. — Você vai se casar comigo?

Eu olho para ele, congelada, incapaz de falar ou pensar. Eu não esperava que ele exigisse uma resposta. Que ele quisesse uma resposta. Desde o início, ele tem tomado todas as decisões nessa nossa relação estranha e é difícil acreditar que ele está me dando uma escolha neste caso.

De que ele esteja me dando uma opção de não me casar com ele.

— E se... — E engulo, segurando a toalha com mais força. — E se eu não quiser?

Seu rosto se aperta. — Isso é um não?

Sim. Não. Eu não sei. Como eu posso responder quando meu cérebro está em frangalhos de todos os orgasmos que ele tirou do meu corpo? Eu quero sair, entrar nas minhas cobertas e dormir, assim, eu posso acordar com alguma clareza mágica, mas mesmo nesse estado turvo, eu sei que isso nunca acontecerá. Nunca haverá um sim ou não claro quando se tratar de Peter, nunca uma decisão fácil a ser tomada. O que temos juntos é um sonho erótico e eu poderia dormir por uma semana sem ter qualquer entendimento da nossa insanidade mútua.

Sim ou não. Eu me caso com o assassino que certa vez me torturou? Ele me ama e tenho quase certeza que o amo. O 'quase' está lá porque é uma pequena parte de mim que ainda se prende ao terror, na lama tóxica da culpa, do ódio de mim mesma e da vergonha. Mesmo se eu eventualmente o desculpasse da morte de George, eu nunca poderia esquecer que ele é um assassino – que em nome da vingança, ele tem provocado sofrimento massivo e dor.

Que ele próprio sofreu mais do que eu posso compreender.

Eu olho nos olhos dele, sentindo a temperatura do banheiro úmido caindo, sentindo a parte sombria no seu olhar de metal. — Sim. É sim. — As palavras saem da minha boca por sua própria vontade, como se um demônio me puxasse pela língua. Mas assim que digo isso, sinto que parece o certo.

Parece que era o destino.

A tensão perigosa deixa seu rosto, apesar de eu ainda sentir a ameaça bem lá dentro. — Ótimo — Diz ele calmamente, saindo do balcão. Virando-se, ele sai do banheiro e eu me recosto na pia, respirando profundamente para acalmar a dor na minha barriga.

Eu disse sim.

Eu concordei em me casar com meu carrasco.

Oh, bom Deus. O que foi que eu fiz?

 Peter

Eu fico olhando minha noiva dormir, alternando entre alegria e satisfação sombria. Seu rosto com feições delicadas é particularmente doce e delicado quando ela está relaxada, com uma das mãos finas meio aberta sob sua bochecha e belos lábios meio abertos.

Eu provavelmente deveria desligar a luz de cabeceira e também ir dormir, mas significaria perder isso. Uma parte irracional de mim está com medo de que se eu fechar meus olhos, tudo isso se mostrará ser um sonho, uma fantasia como as que me sustentaram todos esses meses.

Minha Sara.

Finalmente a tenho.

Ela é minha e em breve o mundo todo saberá disso.

Ela estava completamente desgastada quando finalmente a trouxe para a cama, tão cansada que dormiu na hora. Eu a segurei por cerca de uma hora, ignorando os incômodos renovados no meu corpo e, depois, fui para seu laptop fazer os ajustes apropriados.

Ela concordou em se casar comigo. A felicidade que sinto é quase que violenta. Eu estava preparado para procurar métodos mais duros para convencê-la, mas não precisei.

Ela disse sim.

Ela ainda está usando meu anel na sua mão esquerda, a que está enfiada no cobertor. Estou tentado a retirar o cobertor, para que eu possa olhar para ele novamente, mas isso poderia acordá-la e eu quero que ela tenha um sono bom.

Apesar de tudo, este sábado é nosso casamento.

Durante o último mês, enquanto eu esperava que os burocratas organizassem minha papelada, eu tive tempo de planejar tudo e molhar as mãos necessárias. Então, a não ser que Sara odeie o que eu escolhi, estamos todos prontos em termos de local, vestido, flores, fotógrafos e quase tudo que faz parte de uma pequena cerimônia de casamento privado. Ainda tem algumas pequenas decisões a serem tomadas – como quem oficializará a cerimônia – mas quero que Sara, e espero que seus pais, participem delas.

Ajuda muito ela ter concordado.

Respirando fundo, eu subo na cama perto dela e desligo a luz, encaixo meu corpo em volta das costas dela, segurando-a firme quando ela resmunga algo no seu sono.

Minha ptichka.

Ela não é mais uma fantasia.

Isso é tão real como é e quando eu acordar, ela estará aqui.

Porra, é melhor que esteja.

Sara

EU ACORDO COM O CHEIRO DE COLOCAR ÁGUA NA BOCA de ovos com bacon, misturado com alguma coisa assada. Panquecas? Biscoitos, talvez?

Eu caí no sono na casa dos meus pais novamente?

Abrindo minhas pálpebras pesadas, eu rolo de costas para olhar para o teto.

O teto branco comum do meu apartamento.

Instantaneamente, as memórias se apressam em chegar, e eu me sento ofegando, retirando meu cobertor.

Ontem à noite foi real? Peter está aqui?

Um flash de algo claro chama minha atenção e olho para a minha mão esquerda, onde um brilhante gigante está enviando luzes na pouca luz solar entrando pelas persianas fechadas.

Puta merda. Isso *é* real.

Peter está aqui.

Estou oficialmente noiva dele.

Colocando um roupão, eu corro para a cozinha, onde eu não apenas sinto o cheiro mas ouço o barulho de bacon sendo frito.

A visão que me recebe, para-me no caminho.

Vestido com nada além de calça jeans escura, Peter está em pé no fogão, profissionalmente virando uma omelete. Em outra frigideira tem tiras de bacon e num prato ao lado do fogão uma pilha de panquecas. Os músculos nas suas costas largas se movem quando ele se mexe, o jeans baixo na sua cintura estreita, e eu literalmente tenho que engolir saliva quando ele se vira e olha para mim, revelando um dorso sólido e um peito cheio de cabelos escuros.

Os poucos quilos que perdeu apenas refinaram seu físico incrível, o fez mais duro, mais perigoso.

— Bom dia, ptichka. — Sua voz profunda é como o ronronar de um tigre quando me olha, seus olhos passando da ponta dos meus pés até meu cabelo amassado da dormida. As tatuagens no seu braço esquerdo flexionam quando ele coloca a espátula no balcão e vem em minha direção.

— Oh, um... bom dia. — Vou para trás, notando que entrei sem ao menos jogar uma água no meu rosto. — Volto já.

Vou voando para o banheiro antes que ele possa me

segurar. Rapidamente, escovo os dentes, entro no chuveiro para um banho rápido. Meu coração está a galopes no meu peito e minha respiração rápida e rasa.

Peter está *aqui*.

Na minha cozinha, cozinhando que nem um doido.

Eu deveria provavelmente parar um momento para me acalmar, mas não quero que toda aquela comida deliciosa fique fria.

Apesar de tudo, meu *noivo* fez isso para mim.

Meu estômago pula, o ritmo do meu coração aumenta mais e eu me forço a respirar várias vezes e bem fundo quando me enxugo e recoloco o roupão.

Então, acertando minha postura, volto à cozinha.

Sara

— A QUE HORAS VOCÊ TEM QUE ESTAR NO TRABALHO? — Pergunta Peter, servindo-me um prato belamente ornamentado de omelete de vegetais com fatias de bacon e uma rodada de panquecas.

Olho para o relógio na parede. — Em cerca de quarenta minutos. — Tenho sorte de ter acordado agora, porque eu esqueci completamente o alarme ontem à noite.

Eu estou provavelmente bem distraída com algo neste exato momento, porque mesmo estando calma por fora, por dentro, estou uma bagunça hiperventilada.

Peter está *aqui*.

Ele está aqui e estamos *noivos*.

— Vou andando com você para o seu consultório — Diz ele, sentando-se à minha frente na mesa com seu próprio prato —, a não ser que você esteja levando seu carro?

Eu cuidadosamente espeto um pedaço de panqueca com meu garfo. — Eu estava planejando ir de lá direto para a clínica, então, sim...

Ele não pisca. — Ok. Vou te levar e, então, vou ao mercado. Sua geladeira está quase vazia. Até que horas você vai ficar na clínica? — Ele começa a comer sua omelete com fome óbvia.

— Tenho que estar lá até dez, mas se tiver algum tipo de emergência, eu posso ter que ficar até mais tarde — Digo, olhando-o desconfiada. Será que ele vai contestar? Tentar controlar essa parte da minha vida? George costumava ser compreensivo com minhas longas horas, como ele mesmo geralmente trabalhava até mais tarde e tinha que viajar muito a trabalho, mas eu não sei como Peter sente-se sobre isso. Ele não me impedia de trabalhar muito antes, mas aquilo era diferente.

Naquele tempo, ele estava apenas matando seu tempo antes de me sequestrar.

— Ok. Vou te pegar lá. — Ele se levanta e vai para o balcão, onde está minha bolsa de mão. Procurando, ele pega meu celular e começa a digitar nele.

— O que você está fazendo? — Pergunto, espantada.

— Te dando meu número. — Terminando, ele coloca meu telefone de volta na minha bolsa e volta para a mesa. — Assim, você pode me ligar quando estiver prestes a sair da clínica. Eu não te quero naquela área sozinha à noite.

— Você não vai mais mandar me seguirem?

— Vou, mas eles vão manter distância, e eu não. — Ele corta um pedaço de bacon, daí, me olha. — É para sua segurança, ptichka.

Sua voz é calma e firme, claramente inflexível. Ele não vai ceder nesse caso e por alguma razão, estou de bem com isso. Em vez de me fazer sentir restringida e controlada, sua necessidade patológica de me proteger me enche com um tipo de entusiasmo caloroso. Nunca esquecerei como me senti quando dois homens drogados com meta tentaram me roubar perto da clínica, e mesmo tendo sido tão traumático quando Peter os matou, estou grata que ele estava lá. Além do mais...

— Você está esperando algum problema? — Pergunto quando o pensamento vem à minha cabeça. — Quero dizer, você tem alguns poucos inimigos, com sua antiga profissão e tudo...

Ele coloca o garfo na mesa e olha para mim. — Isso é sempre uma possibilidade, ptichka, eu não posso mentir. É por isso que não vou tirar sua segurança – também porque criei uma nova identidade antes de vir para cá. Eu não queria ninguém da minha vida anterior ligado a Peter Garin, dos subúrbios de Chicago, com Peter Sokolov, o assassino. De fato, parte do acordo que fiz com as autoridades é que Peter Sokolov não mais existisse. Ele é listado como morto nos arquivos do FBI, CIA, e Interpol, assim como estão Yan e Ilya

Ivanov e Anton Rezov. O próprio acordo da anistia é altamente confidencial, com apenas uns poucos indivíduos de alto escalão no FBI e CIA com acesso a todos os termos. O resto, como o Agente Ryson, foi recomendado a apenas saírem e manterem suas bocas fechadas. Claro, Esguerra e Kent sabem quem sou e tem sempre uma chance de eu ser visto e identificado por um ex-cliente ou alguns outros. Contudo, diferente do meu nome, meu rosto não foi muito conhecido e, de qualquer modo, a chance de um encontro esporádico com alguém da minha vida anterior é pequena – e especialmente nesta parte do mundo.

— Oh. Uau. — Até este momento, eu não tinha pensado na abrangência do acordo impossível feito. — Como você os fez concordar com tudo isso? Quero dizer, sei que você falou que esse Esguerra tem influência, mas... — Minha voz some quando vejo a expressão de Peter notadamente sinistra.

— Seu governo teve imposições próprias para mim — Diz ele firmemente. — mas não é nada para se preocupar, ptichka. Basta dizer, as forças armadas dos EUA são um dos maiores clientes de Esguerra e eles querem manter esse relacionamento amigável, tanto porque querem as armas que ele fabrica como porque querem manter essas armas fora de outras mãos.

— Para eles próprios comprarem todas?

Peter assente e volta a comer. — Exatamente.

Tem uma parte sombria na sua expressão e apesar de eu querer perguntar mais, eu sei que preciso parar. Olhando-o terminar de comer tenho a sensação desconfortável que um animal selvagem invadiu minha pequena cozinha, um predador que pertence à selva. Eu o vi em ambientes domésticos antes, claro, mas desta vez parece diferente, sabendo que ele está aqui para sempre, que este homem grande e letal será parte da minha vida normal... parte da minha família.

Minha cabeça começa a rodar novamente e eu empurro meu prato quase vazio. —Peter... Como isso vai funcionar? — Ante seu olhar inquiridor, eu esclareço. — O que direi aos meus pais? Provavelmente o FBI mostrou uma foto sua para eles. Mesmo se você se apresentar como Peter Garin, eles irão suspeitar de que realmente é você – especialmente depois que continuei insistindo que você voltaria quando o mal-entendido com o FBI fosse resolvido.

O olhar sério sai das suas feições, substituído por um divertimento sinistro. — Bem, assim está perfeito então, não? — Esticando o braço pela mesa, ele cobre minha mão com sua palma. — Você só vai falar a eles que o mal-entendido foi finalmente desfeito - e que eu consegui um sobrenome novo no processo.

— Aham. E os amigos deles, que ouviram uma versão daquela mesma história e *meus* amigos, que ouviram uma versão completamente diferente - uma em que você é nada mais do que um sequestrador? O que todos eles irão pensar quando eu aparecer com *isso* — eu levanto minha mão esquerda, mostrando meu anel — do nada e apresento um noivo russo com nome Peter que se parece suspeitamente com uma foto que os agentes do FBI podem ter mostrado quando eu desapareci?

Ele aperta minha mão. — Não se preocupe com eles, ptichka. A opinião deles não importa. Apenas fale que sou alguém que você tem namorado há alguns meses e deixe-os tirar suas próprias conclusões.

— Que conclusões? Que sou pirada da cabeça? Ou que tenho fetiche por homens russos que têm a mesma beleza sombria e, por acaso, têm nome Peter?

Ele dá um sorriso aberto e se levanta, pegando seu prato e o meu. — Quaisquer dos dois servem. Apenas não confirme nada. Deixe-os pensar que estou em algum tipo de programa de proteção à testemunha e você não pode falar sobre isso.

Realmente essa não é uma má ideia. Marsha e qualquer outro que suspeite da real identidade de Peter pensarão que estou completamente louca, mas contando que eu não confirme suas suspeitas, haverá motivo de dúvidas. Apesar de tudo, quão insano é que o homem que assassinou George e me sequestrou conseguiu anistia completa e agora está para casar-se comigo? Meus amigos também poderiam pensar que eu tenho algum tipo de tendência masoquista e decidi me ligar a um homem que tem muitos traços parecidos com o do meu carrasco.

É certamente uma explicação mais simples.

— Falamos a verdade aos meus pais e mantemos a história de Peter Garin para os outros — Digo, levantando-me para ajudá-lo a limpar a mesa.

— É isso que faz sentido para mim — Diz ele e olha

o relógio. — Você tem que se vestir e ir, ptichka. Não vai querer se atrasar.

Certo. Meu trabalho. Eu quase me esqueci disso.

— Espere, deixe-me ajudar — Digo, indo jogar os restos fora, mas ele acena que não.

— Deixe comigo, não se preocupe. Só vá se trocar. — E dando um beijinho na minha testa, ele começa a colocar os pratos na lavadora.

48

Eu levo Sara para o seu consultório e deixo o carro com ela, assim, ela pode ir para a clínica depois do trabalho como planejado. É só uma caminhada de dez minutos do consultório dela para o apartamento e a mercearia é no caminho, então, eu paro para comprar o básico para o jantar desta noite. Não é muito, apenas o que eu possa carregar com facilidade em uma mão – gosto da minha mão da arma sempre livre – e faço uma nota mental de que precisaremos de um segundo carro, assim como todos no subúrbio.

Isso também não é a única coisa que precisaremos. A geladeira da pequena cozinha de Sara tem apenas um metro de altura e a cozinha em si praticamente não dá para fazer nada. Eu passei meus anos adolescentes numa célula congelada na Sibéria, então, eu não sou chato sobre acomodações, mas não vejo razão para que continuemos com um apartamento que foi claramente projetado para um ocupante.

Hoje à noite, quando Sara voltar, discutiremos arranjos de moradia assim como nosso vindouro casamento no sábado.

Claro, eu sei porque carros, apartamentos e detalhes de cerimônia de casamento estão na minha mente. Pensar sobre logística está me distraindo da necessidade urgente de agarrar Sara, trancá-la no meu quarto, para fodê-la o dia todo. E toda a noite. E por uma semana depois.

De fato, eu quero acorrentá-la à minha cama e sempre tê-la lá.

Eu não sei o que esperava quando voltei, mas não era isso. Eu não achava que seria tão difícil deixar Sara continuar com sua rotina, voltar do jeito que vivíamos antes do Japão. Naquele tempo, eu também a queria comigo o tempo todo, mas deixá-la sair para trabalhar não me rasgava no meio desse jeito, não ativava essa necessidade louca de engaiolá-la e jogar a chave fora. Isso é tudo que eu poderia fazer para agir normalmente esta manhã, beijá-la na testa e deixá-la no consultório como um bom marido em vez de um selvagem que não quer nada mais do que arrastá-la para a minha caverna.

Essa é a variável que não pensei no meu planejamento.

Minha obsessão intensa por Sara – a coisa que pode acabar com tudo.

Estou esperando que essa seja uma situação temporária, que estou me sentindo assim porque acabamos de passar nove meses longe um do outro e senti muita falta dela. Que com o passar do tempo, conforme a lembrança daqueles meses infernais desaparecerem, ficar separado dela por algumas horas será mais fácil... menos torturante.

A outra possibilidade – que no Japão eu me acostumei a ter Sara comigo vinte e quatro por sete e possa não ser capaz de me ajustar à velha rotina – é infinitamente pior. A razão porque eu fiz tudo isso é para fazer Sara feliz, para dar-lhe a chance de manter sua carreira, seu relacionamento com sua família e amigos. Isso era impossível quando eu era um fugitivo, mas agora eu posso ser parte da sua vida sem ter que tirar tudo isso dela.

Eu posso dar tudo para ela – se eu apenas puder vencer minha necessidade egoísta de tê-la para mim mesmo.

49

EU PASSEI A MAIOR PARTE DO MEU DIA NO TRABALHO oscilando entre alegria incontida e acessos de pânico.

Peter está vivo.

Ele voltou e estamos juntos – sem que eu seja sequestrada, nada menos.

Apesar do que Peter falou do seu acordo, eu esperava pelo menos que o FBI aparecesse e me acusasse de ajudar e incentivar. Mas ninguém veio. Tudo está normal – ou tão normal quanto pode ser quando alguém é noiva de um ex-assassino.

Eu não estou pronta para responder as perguntas dos meus colegas de trabalho, então, escondi minha mão no meu bolso e tirei o anel tão logo tive um momento de privacidade. Agora, o diamante gigantesco está no fundo da minha bolsa de mão, forçando-me a carregar a bolsa para todos os lugares.

Eu não sei quanto o anel custou, mas eu suspeito que chegue fácil aos seis dígitos.

Peter comprou ou roubou? Provavelmente o primeiro – ele é rico o bastante para comprar – mas perguntarei para ter certeza. Duvido que ele ficará ofendido; ele já fez coisas bem piores, com certeza.

O fato de eu até estar pensando nisso, imaginando que meu noivo muitimilionário poderia ter roubado meu anel de noivado, teria feito qualquer pessoa normal pausar. Contudo, não estou mais no ambiente 'normal'. Comparado a matar meu marido, um roubo de um brilhante não é nada mais do que uma falta leve, uma da qual posso perdoar Peter com facilidade. Em geral, agora que eu tive tempo para me recuperar do choque da sua chegada, o pânico esporádico que me atacava ante o pensamento de me casar com ele é menos intenso, quase contornável. De noite, quando entro no carro para ir para a clínica, eu até começo a pensar que poderíamos visitar meus pais neste final de semana e, dependendo da reação deles, falar-lhes que nos casaremos em breve.

Talvez no inverno.

Meu coração começa a acelerar novamente e eu tenho que respirar fundo antes de sair do carro. Não, inverno está definitivamente muito perto; tem coisas demais para planejar num período tão curto de tempo. Na próxima primavera seria melhor... talvez até no verão.

Casamento no verão está sempre na moda.

Sim, é isso. Decido, entrando na clínica. Um noivado de um ano seria perfeito. Teríamos chance de nos acostumar um com o outro, nos acomodar numa vida normal juntos. Eu não tenho ideia se Peter é sequer capaz de viver desse modo, sem a adrenalina e o perigo das missões. Ele até admitiu para mim certa vez que gosta de matar, que aprecia o poder e o controle de lidar com a morte. Viciante, chamou ele e eu vi então que ele nunca desistiria.

Que o lado sombrio é uma parte dele, uma que nunca pode ser apagada.

Exceto que ele realmente desistiu disso por mim. Ele abandonou seu trabalho, disse ele. Eu ainda não tive chance de perguntar a ele sobre isso, mas só tem um jeito de interpretar o que ele disse.

Ele vai andar na linha.

Por mim.

E eu não teria que abandonar nada por ele.

Meus olhos ardem e é tudo que eu posso fazer para sorrir e acenar para Lydia quando entro na sala onde o paciente já está esperando por mim. Ela é uma garota de dezesseis anos, aqui com sua mãe para o exame Papanicolau e eu me esforço para deixar minhas emoções de lado e focar, para dar à paciente a atenção que ela merece.

Felizmente, seu exame não apresenta nada desagradável, mas quando a mãe sai da sala, a garota admite estar ativa sexualmente desde o ano passado. Eu cuidadosamente dou a ela uma caixa de preservativos e quando sua mãe volta, eu recomendo um DIU – para regular as menstruações dolorosas e dar proteção contra gravidez no caso de ela tornar-se sexualmente ativa no futuro.

— Minha filha não é uma puta — Diz rispidamente a mulher e arrasta a garota para fora, fazendo-me feliz de, pelo menos, ter dado à filha aqueles preservativos.

Pais como esses podem ser os piores inimigos de seus filhos.

Minha próxima paciente é uma mulher grávida nos seus trinta. Ela tem história de aborto involuntário e não tem seguro saúde. Depois dela, recebo outra adolescente – o resultado é que ela tem clamídia – e, então, é hora da minha última paciente.

Finalmente.

Pela primeira vez, estou ansiosa para ir para casa.

Pegando o telefone, procuro o número novo de Peter – *Peter Garin*, diz nos meus contatos – e envio uma mensagem de texto para ele que estarei pronta para sair em vinte minutos, caso ele queira me encontrar na clínica. Eu não sei como exatamente ele fará isso, visto ser eu a estar com o carro, mas conhecendo Peter, ele vai dar um jeito.

Guardando o telefone, eu coloco minha cabeça para fora da sala de exames e digo a Lydia que estou pronta para o próximo paciente.

Estou escrevendo algumas observações sobre a garota com clamídia quando a porta se abre e o último paciente entra.

Olho e congelo com o choque.

Eu reconheço a garota.

É Monica Jackson, a garota de dezessete anos que ajudei após seu padrasto a ter estuprado.

Seu pequeno rosto está coberto de hematomas roxos e um lado do seu lábio cheio de sangue. — Olá, Dra. Cobakis — Diz ela tremendo e antes que eu possa responder, ela começa a chorar.

Levam sólidos quinze minutos para que eu a acalme e fique sabendo que seu padrasto saiu da cadeia na semana passada. — Ele deveria ficar lá por sete anos — Diz ela, sua voz trêmula. — E estávamos indo tão, tão bem. Com o dinheiro que você nos deu, conseguimos um novo lugar, eu me formei e estou trabalhando de tempo integral e Bobby – esse é o nome do meu irmão mais novo – ele começou a estudar também, numa escola boa, onde eles têm computadores e tudo. E mamãe... ela estava melhorando também, só bebendo um pouco de manhã. Eu achei que finalmente tínhamos nossas coisas arrumadas, e então, *ele* saiu por um detalhe técnico da lei e...

Ela começa a chorar novamente e eu espero até que se acalme um pouco antes de perguntar cuidadosamente: — Ele fez isso com você? Ele te feriu?

Ela assente, limpando as lágrimas do seu rosto com seu pequeno punho. — Mamãe voltou a beber muito tão logo ouviu que ele saiu e quando eu cheguei em casa anteontem, ele estava lá em casa com ela, bebendo junto como nos velhos tempos. Eu discuti com ele, mandei ele ir embora e, então, ele... — Ela volta a chorar, seus ombros começando a tremer novamente.

Uso meu treinamento de médico para manter a distância requerida em vez de abraçá-la. — Você falou com a polícia sobre isso? — Pergunto calmamente quando ela recobra um pouco da compostura e ela balança a cabeça, olhando para o piso.

— Ele disse que irá processar mamãe pela custódia de Bobby se eu disser qualquer coisa e ele tem conhecimento agora. Foi assim que ele saiu mais cedo da prisão. Algum traficante amigo dele mexeu os pauzinhos.

— Mesmo se ele processar, não significa que ganhará — Digo, mas Monica balança a cabeça inflexível novamente.

— Ele pode não vencer, mas a levará para a lama — Diz ela, olhando nos meus olhos. — Ela tem antecedentes também, por bebedeira e prostituição e provavelmente o conselho tutelar vai se envolver. Estou com dezoito agora, eu poderia pedir a custódia também, mas meu trabalho paga pouco e não tem garantia que eu venceria. E se não vencer, Bobby vai acabar numa casa de adoção. — Um feroz protecionismo acende em seus olhos castanhos. — Não posso deixar isso acontecer, Dra. Cobakis. Eu passei por isso e não posso permitir isso para o meu irmão. Ele tem necessidades especiais; ele não sobreviverá ao sistema. Não posso arriscar, acredite em mim.

Meu coração fica despedaçado por ela novamente. Ainda acho que ela deveria ir à polícia, mas vejo que não serei capaz de convencê-la. E, desta vez, não posso fazer um cheque e dar a ela.

Cinco mil dólares não vai resolver e finalmente entendo como é odiar alguém o bastante para desejá-lo morto.

Se um carro atropelar o bastardo do padrasto dela, serei a primeira a festejar.

Engolindo meu ódio, eu me esforço para achar a distância necessária para fazer meu trabalho. — Ok, Monica, eu entendo. Suba na mesa, por favor, e deixe-me certificar que você não está machucada por dentro.

Ela atende, enxugando as lágrimas restantes e eu a examino cuidadosamente. Apesar da agressão ter ocorrido há dois dias, ainda tem sinais de ferimento vaginal e arranhões, então, eu coleto um kit estupro, apenas no caso de que qualquer evidência de DNA permaneça e ela mude de ideia mais tarde sobre ir à polícia. Também dou o remédio contraceptivo de emergência e checo por DST após ela admitir que seu agressor não usou preservativo.

— Você pode me dar uma daquelas coisas de cobre? — Ela pergunta quando termino. — Não quero ficar grávida por um longo tempo.

— Claro.

Ela tem dezoito anos, então, é fácil. Eu a programo para colocação de DIU na próxima semana, para dar tempo para ela sarar.

— Você tem algum lugar para ir? Além da casa da sua mãe? — Pergunto quando ela se prepara para sair.

É melhor que ela não vá para casa com seu padrasto.

— Estou ficando com um amigo agora — Diz ela para o meu alívio. — Ele tem um sofá que posso usar.

— E seu irmão?

Seus ombros estreitos ficam tensos. — Não tem espaço para Bobby na casa do meu amigo. Eu o pego de manhã e levo para a escola e, depois, o levo para casa.

— Para sua mãe que está bêbada? Seu padrasto está lá quando você volta com Bobby?

Ela olha para o outro lado — Tenho que ir, Dra. Cobakis. Obrigada por tudo.

E antes que eu possa perguntar mais, ela se apressa para fora da sala.

50

Sara

ACHEI QUE TIVESSE FEITO UM BOM TRABALHO consertando meu rímel antes de sair da clínica, mas tão logo saí e coloquei os olhos na figura alta e de ombros largos de Peter, o sorriso no seu rosto desapareceu.

— Qual o problema? — Pergunta ele incisivo, vindo para segurar minhas mãos. — Alguém te machucou?

Tento sorrir. — Não, claro que não. Está tudo bem.

Seus olhos se estreitam perigosamente. — Não minta. Você esteve chorando. — Seu olhar cai na minha mão esquerda nua. — Onde está seu anel?

— Eu... não quis ter que explicar. — Apesar dos meus melhores esforços, minha voz está demasiadamente pesada e eu vejo sua expressão ficar mais sombria.

— Alguém falou algo? — Exige ele e eu balanço a cabeça, retirando minha mão da sua pegada e dando meio passo atrás.

— Não, não tem nada a ver com isso. — Olho em volta, mas a rua está escura e quieta, deserta exceto por um SUV estacionado no meio-fio do outro lado. Sua carona, talvez? Olhando de volta, encaro Peter. — Apenas estou preocupada com uma paciente, só isso.

Sua expressão dura suaviza um pouco. — Entendo. Sinto muito, ptichka. Alguém se machucou?

Eu engulo contra uma chegada nova de lágrimas. — É uma longa história. Só vamos para casa. — Eu começo a ir para o meu carro estacionado, mas ele segura meu braço.

— Mandarei que o leve para casa, não se preocupe — Ele fala e me conduz para o carro parado, um Mercedes SUV escuro com vidro escurecido.

O motorista abaixa o vidro quando nos aproximamos.

— Leve o carro dela para casa — Ordena Peter e um homem grande e de aparência forte sai do veículo e dá as chaves para Peter.

Eu pisco quando ele passa por mim assentindo levemente. — Esse é...

— Um dos profissionais de segurança que está te vigiando? Sim. — Peter me conduz ao redor do carro para o lado do passageiro e abre a porta para mim, ajudando-me a entrar antes de voltar ao banco do motorista.

— Decidi que em vez de comprar outro carro para nós, Danny será seu motorista daqui por diante — Diz ele quando liga o carro e sai da calçada. — Eu ainda te pegarei na maioria das vezes, mas se eu não puder chegar aqui a tempo ou se você tiver que sair rapidamente, saberei que você estará segura de qualquer jeito.

Abro minha boca para argumentar, então paro. Não tenho energia para isso agora – não com meu coração em pedaços pela trágica história de Monica.

Não quando eu sei que amanhã de manhã, ela pegará seu irmão e confrontará seu agressor no processo.

— O que aconteceu, ptichka? — A palma grande e quente de Peter cobre minha coxa, massageando o músculo tenso antes de sair. — O que te deixou tão preocupada?

Eu hesito por um segundo, então concordo. Quem se importa se Peter conhecer a história toda? Eu conto tudo a ele, da visita de Monica à clínica antes do sequestro ao que aconteceu hoje.

Peter ouve sem expressão até o fim. Então, ele pergunta calmamente: — Essa garota foi a razão de você ter sido atacada naquele beco naquela noite?

Eu sento reta, pega por um temor repentino. — Não foi culpa dela! — A última coisa que preciso é um assassino superprotetor culpando Monica pelos drogados com meta que tentaram me roubar.

— Não estou dizendo isso. — Ele sai da estrada na saída para o meu apartamento e para no sinal vermelho. — Só estou me certificando de que tenho todos os fatos.

Meu coração dá um pulo. Isso não está indo na direção que eu esperava.

— Por quê? — Pergunto, olhando para as suas feições duras. — Por que você precisa disso?

Ele não olha para mim. — Não se preocupe, meu amor. Sua paciente ficará bem, prometo.

Minha boca resseca. Ele está dizendo o que eu acho que está dizendo? Eu não falei a ele o nome da Monica, mas não seria difícil para alguém com a habilidade de Peter de achar pessoas triangulando informações de quem ela é.

— Peter...

O sinal fica verde e ele aperta o acelerador ainda não olhando para mim.

Meu pulso acelera mais. — Peter, por favor, me diz que você não vai...

— Vou o quê? — Ele vira na minha rua. — Eu te disse, você não tem nada para se preocupar. Ela ficará bem, essa garota que você ajudou. Você não precisa se preocupar com ela.

Ela ficará bem... mas e seu padrasto?

Quero perguntar, mas não consigo fazer minha boca formar as palavras. Se eu falar isso alto, fará com que fiquem reais, em vez de apenas uma terrível possibilidade na minha mente.

Isso me fará culpada.

Entramos no estacionamento do prédio e eu saio do carro antes que Peter tenha chance de abrir a porta para mim. Meu coração martelando num ritmo audível e minhas palmas estão suadas mesmo que me diga que provavelmente estou interpretando a situação erroneamente.

Peter pode apenas estar me acalmando, dizendo-me o que acha que irá me acalmar.

Eu quero acreditar nisso e com qualquer outro homem, eu *acreditaria*. Se fosse Joe Levinson ou qualquer um dos meus colegas de banda, eu receberia essas palavras como nada mais do que confortadoras e vazias, um tipo de 'vamos lá, tudo ficará bem'. Mas este é Peter e não posso chegar a essa conclusão.

Eu tenho que...

— Quando iremos ver seus pais? — Pergunta Peter e eu olho para ele em pé perto de mim. Esticando o braço, ele pega minha mão com sua palma grande e começa a me conduzir para o prédio, dizendo: — Precisamos discutir os arranjos para este sábado com eles.

Eu olho para ele confusa. Eu já falei com ele sobre minha ideia de visitar meus pais neste final de semana? Mas não, eu só pensei nisso no trabalho e... — Neste sábado?

Ele assente, olhando para mim com um sorriso. — É quando eu preparei tudo para o nosso casamento. Precisamos apenas discutir alguns pequenos detalhes e estamos prontos.

Eu paro. — O quê?

Ele acabou de dizer *nosso casamento?*

Ele solta minha mão e se vira para me encarar. — Se

você falar para eles hoje à noite, talvez possamos jantar com eles amanhã. Desse modo, eles terão chance de convidar alguns amigos. E você já pode convidar seus colegas de trabalho ou quem quer que deseje que esteja lá. Vamos manter isso pequeno, por razões de segurança, mas o local acomoda até cem pessoas.

Minha língua descola do palato. — Você quer se casar neste sábado? Tipo, daqui a três dias?

Ele inclina a cabeça. — Isso é problema? Eu quis fazer isso antes, mas achei que o final de semana seria melhor do que no meio da semana para que seus amigos compareçam.

Olho para ele de boca aberta, sentindo-me como se tivesse sido atropelada por um trem. — Próximo *ano* seria melhor. — Finalmente consigo falar. — Este final de semana é... É impossível...

— Por quê? — Ele pega minha mão e continuamos andando, como se estivéssemos discutindo o que fazer para o jantar, não nosso casamento esquisito.

Um casamento que ele quer que aconteça em *três dias.*

— Porque... porque não podemos. — Me atrapalho tentando conseguir modos de convencê-lo. — E os convites? Não temos tempo de enviá-los e...

— Você apenas liga para as pessoas que quer convidar. De qualquer modo, esse jeito é mais pessoal.

— E comida? E fotógrafo? E o vestido?

— Tudo arrumado. Eu contratei uma empresa de eventos excelente e uma florista altamente recomendada e o fotógrafo está agendado para o dia todo no sábado, assim como a filmagem. Para o vestido, eles irão ao seu consultório amanhã e você vai escolher o modelo do catálogo deles. Eles prometeram que não levará mais que meia hora, então, você pode fazer isso na hora do seu almoço. O pessoal do cabelo e maquiagem chegará no nosso apartamento na primeira hora da manhã de sábado e para a música eu contratei um grupo que está atualmente em turnê em Chicago, The C-Zone Boys, acho que é como chamam. Acho que ouvi você cantando as músicas deles?

Se meu queixo não estivesse preso, eu teria que pegá-lo no chão. Contratou The C-Zone Boys para o nosso casamento improvisado? A banda, cujas músicas estiveram no topo da parada nos últimos dois anos?

— Por que não Rihanna ou The Black-Eyed Peas? — Pergunto quando consigo falar e ele me olha de lado quando entramos no saguão.

— São esses que você quer? Posso ver se posso...

— Não! Eu só... — Balanço a cabeça, incapaz de até achar palavras para explicar. — Esquece. C-Zone está perfeito. E o local?

— É Silver Lake Country Club, no Orland Park. A previsão do tempo parece estar perfeita, então, teremos tanto a cerimônia como a recepção ao ar livre, bem ao lado do lago. A não ser que você queira que seja dentro? Não é tão tarde para arranjar isso.

— Não, está... Ao lado do lago vai servir.

Ele me conduziu para dentro do elevador e apertei o botão, muda, sentindo-me como se o trem estivesse me levando numa velocidade louca. Como ele pôde fazer isso? Quando? E por que não me consultou?

Nossa vida juntos será sempre assim?

Antes de pensar nesse assunto espinhoso, preciso falar uma última coisa.

— E se ninguém vier? — Pergunto quando saímos do elevador. — Já é quarta-feira. A maioria das pessoas tem planos para o final da semana e...

— Eles mudarão. — Ele coloca a mão no bolso e pega um molho de chaves – um que deve ter feito hoje, pois, tenho a minha na bolsa. Abrindo a porta, ele me deixa entrar e fecha.

Chuto minhas sandálias. — E se não puderem?

— Então, todos perderão. — Ele tira seus próprios sapatos e se vira para mim. — Você realmente se importa, ptichka? Seus pais estarão lá e eu e você também. Precisamos de quem mais?

Ninguém – realmente não – mas esse não é o ponto.

— Peter... — Respiro fundo. — Não posso casar contigo neste final de semana. Está muito perto.

Seu olhar fica agudo. — Muito perto como? Eu te disse, temos toda a logística arrumada.

— Não é a logística! — Minha voz aumenta o volume e eu respiro fundo outra vez para tentar manter o controle. Esforçando-me para ter um tom mais calmo, digo: — Não te vejo por nove meses e, antes disso, não tivemos um ... relacionamento normal.

— E daí? — Seus olhos se estreitam. — Temos agora.

— Você está me empurrando para o casamento e tomando todas as decisões sobre nosso casamento como se fosse normal, Peter. Não como se fosse daqui a mais tempo. — Estou orgulhosa da minha compostura até agora. — Precisamos de tempo para nos conhecer *neste* contexto, para ver se podemos fazer isso dar certo... — Paro de falar, vendo a tempestade se avolumando no seu olhar prateado.

— Por que não faríamos isso dar certo? — Sua voz é perigosamente baixa quando ele vem até mim. — Isso não é um teste, uma situação de 'espera para ver' de colegas de quarto de faculdade. Você acha realmente que se ficarmos discutindo por pequenas coisas eu vou te deixar ir?

Meu pulso acelera novamente. Claro que ele não deixaria. Não depois de tudo que fez para que chegássemos aqui. Mesmo assim, ele tem que ver que casar-se comigo *neste final de semana* – e não me dar a chance de escolha nesse assunto – não é o jeito de agir após uma ausência de nove meses precedida de uma relação forçada envolvendo assassinato, tortura e sequestro.

— O que você acha de um casamento no inverno? — Falo em desespero. — Poderíamos fazer perto das férias de dezembro, então, a estação sempre seria mais festiva para nós. Poderíamos planejar uma lua de mel nessa época também. Poderei tirar uma ou duas semanas de folga e...

— Podemos sair de lua de mel quando quisermos. — Chegando-se a mim ele coloca a mão sob minha blusa, repousando suas palmas quentes na minha pele. Seus olhos metálicos ficam com um brilho caloroso quando seus polegares raspam minha pele sensível no meu tórax, acariciando minhas costas. — Se você não puder ou não quiser pegar folga semana que vem, não precisa. Posso esperar até o inverno para a lua de mel.

— Então, por que não o casamento? — Mantenho meus olhos nos dele, tentando focar no tópico que estamos falando em vez de no jeito hipnótico que seus polegares me acariciam vagarosamente, me esquentando e fazendo minhas entranhas se apertarem. — Qual será o problema se também nos casarmos lá?

Sua boca se curva de forma sensual e ele inclina sua cabeça, inspirando profundamente, com se sentindo o cheiro da minha essência. — Você quer dizer outra coisa além de todos os meus planos indo por água abaixo? — Murmura ele, seus lábios raspando o topo da minha orelha.

— S-sim. — Fecho meus olhos quando ele chega mais perto, esfregando o nariz no lado do meu pescoço quando minha cabeça instintivamente cai para trás, dando um melhor acesso a ele. Minha respiração acelera, uma sensação de derretimento amolecendo meus ossos quando o monte duro da sua ereção pressiona contra minha barriga, fazendo-me ver um vazio pulsante dentro de mim.

— Bem... — Ele morde meu pescoço levemente, depois, acalma a picada lambendo o local afetado. — Uma coisa, eu quero você como minha esposa e quero hoje, não amanhã ou daqui a três dias. — Sua respiração com cheiro de menta é quente na minha pele, enviando pulsos elétricos ao meu corpo. — Eu quero que você use meu anel o tempo todo, em todos os lugares, assim, todos saberão que você é minha. — Ele dá outra lambida na minha orelha, sua voz ficando mais profunda quando murmura: — Isso não é racional, ptichka, mas eu preciso disso – eu preciso de você. Eu não posso esperar. Não depois de ter ficado separado de você por tanto tempo.

— E se... — Está ficando mais difícil organizar meus pensamentos enquanto ele continua a dar as mordidinhas sensuais por todo meu pescoço e junção do ombro. Com esforço monumental, forço-me a focar. — E filhos? E onde moraremos? E o que... — Ofego quando ele abre meu zíper e desliza a mão na minha calcinha encharcada. — E sobre — começo a ofegar quando seus dedos acham meu clitóris, manipulando-o com habilidade — seu trabalho?

— Me demiti, eu te disse. — Sua respiração é tão errádica quanto a minha quando ele enfia um dedo longo em mim, então, usa a umidade resultante para circular meu clitóris pulsando. — Terminou.

— Mas... oh, Deus. — Meu quadril está agora oscilando num círculo, buscando o movimento desse dedo implicante. A pressão está aumentando dentro de mim tão rápido que não consigo mais formar um único pensamento. — Oh, Deus, Peter, eu vou...

Com um grito abafado, eu explodo, cada músculo do meu corpo se apertando numa onda violenta de prazer. O orgasmo é tão forte que minha mente fica vazia, transbordada com pura sensação física. Sou vagamente consciente de estar sendo movida, das minhas calças e roupa de baixo sendo puxadas pelas minhas pernas e sou colocada no sofá, e ele está empurrando dentro de mim, seu pau grande penetrando fundo numa estocada forte.

O choque disso me atinge até os ossos e meus músculos ainda se contorcendo travam forte, apertando-se num esforço instintivo de parar a invasão. Mas isso só me faz senti-lo mais grosso e massivo e me vejo ofegando novamente quando ele segura meu quadril e começa a empurrar, sua pélvis batendo contra meus glúteos com cada estocada implacável.

— Peter... — Sinto a onda se acumulando em mim, ameaçando me cobrir numa felicidade branca e quente. — Peter, espera...

Ele não diminui; se faz algo, suas entradas punitivas aumentam a velocidade. — Goza comigo — Ordena ele roucamente. — Quero sentir você bebendo do meu pau.

Chego lá antes de ele terminar de falar, a onda subindo numa força de tsunami. O prazer batendo nos meus sentidos, destruindo minhas últimas resistências. Não sei se estou gritando ou se é sangue o barulho nos meus ouvidos, mas o resto dos sons some.

Tudo que ouço, tudo que sinto, tudo que noto é o êxtase e ele.

eter

MINHA PTICHKA ESTÁ QUIETA QUANDO A TRAGO PARA O banheiro e a abaixo no banho de espuma que preparei antes de trazê-la. A banheira é muito pequena para nós dois, eu uso a pia para me lavar e me acomodo ao lado da banheira, olhando seus mamilos brincarem com as bolhas. Com sua cabeça descansando na beirada da banheira, seus olhos fechados e suas feições delicadas rosadas com brilho pós-orgasmo, ela parece tão tentadora que eu a quero mais e mais.

Hoje à noite, prometo a mim mesmo.

Tão logo Sara termine seu banho, vamos comer e ela será minha toda a noite.

Sentindo meu olhar, ela abre os olhos. — Obrigada por isso — Murmura ela, movendo uma graciosa mão pelas bolhas. — Não me lembro da última vez que fiz isso.

Luto contra a vontade de pegar a mão dela, levantá-la contra mim para que possa sentir seu corpo escorregadio contra o meu. — Você vai se casar comigo no sábado — Digo, meu tom mais forte do que pretendido. — Isso não é negociável.

Ela enrijece visivelmente e senta-se. — Peter, isso não...

— Ou pode ser esta noite. Não sou contra voar para Vegas com você depois do jantar. — Me esforço o máximo para manter meus olhos fora dos seios brancos macios expostos acima da água.

Isso é muito importante para que eu me distraia com luxúria.

Como se sentisse meus pensamentos, Sara se afunda de volta na água, deixando que as bolhas protejam aqueles seios tentadores da minha vista. — Você tem um avião esperando?

— Mais ou menos. — Deixei meus companheiros ficarem com nosso avião no momento, mas posso alugar um jato particular em algumas horas.

Com dinheiro necessário, qualquer coisa é possível.

— Peter... — Ela senta-se novamente, dessa vez cobrindo seus seios com uma mão magra. — Precisamos falar sobre isso, na verdade, sobre tudo. Você voltou ontem e ainda não sei realmente onde você tem estado ou o que tem feito. Onde estão Anton e os gêmeos? Eles estão aqui com você?

— Não. — Eu respiro fundo e diminuo o instinto de

carregá-la para Vegas neste exato segundo. Sara está certa; tem muito que não discutimos. — Eles estão na Europa, mas virão para o nosso casamento. — Eu explico e fico em pé.

Ela segue meu exemplo e eu enrolo uma toalha nela quando sai da banheira. Ela parece impossivelmente pequena desse jeito, com sua cabeça abaixada e a toalha grossa enrolada no seu corpo magro.

Isso me mostra quão indefesa ela é, quão quebrável.

Lembra-me de como eu certa vez quis puni-la... e como eu ainda quero às vezes.

— Vamos comer e conversar — Digo, reinando sobre o impulso sinistro. — Vou te falar tudo.

Mas nada disso irá mudar o que está para acontecer.

Antes do final desta semana, de um jeito ou de outro, Sara será minha esposa.

S*ara*

NOSSO JANTAR DESTA NOITE É UMA MISTURA DE COZINHA russa e asiática, com um suculento *pelmeni* – bolinho de carne estilo russo – servido com creme amargo como tira-gosto, e stir-fry de vegetais cobertos com tofu apimentado e marinado como prato principal.

O almoço foi uma vida atrás e o período de sexo intenso combinado com o banho quente ajudou a acabar com meu estoque de energia. Estou com tanta fome que na hora que Peter coloca a comida na mesa, eu caio dentro, devorando cinco partes grandes e duas rodadas do stir-fry apimentado antes de levantar os olhos do prato.

— Com fome? — Pergunta Peter desconfiado quando vou para meu terceiro prato e ruborizo, vendo que estou tão focada na comida que praticamente não falei.

— Isso está muito bom — Digo em tom de desculpa e ele abre um sorriso, seus olhos metálicos tão calorosos como nunca vi.

— Aproveite, ptichka. Adoro te ver comendo o que preparei.

— Você é um cozinheiro maravilhoso — Digo com sinceridade e seu sorriso se abre mais ainda.

— Estou feliz que pense assim, meu amor.

— E se você abrisse um restaurante? — Pergunto impulsivamente. — Você sabe, como Yulia fez? Ou um café de algum tipo?

Ele ri novamente, negando com a cabeça. — Não, ptichka. Isso não é para mim. Mas te alimentarei a qualquer hora que quiser.

— Não, mas sério... o que você *vai* fazer aqui? — Largo o garfo e o estudo com atenção. — Você tem alguma ideia do que gostaria de fazer em termos de carreira? Você falou que abandonou seu emprego. Presumo que isso signifique que você não é mais um...

Por alguma razão a palavra prende na minha garganta e ele levanta as sobrancelhas parecendo estar se divertindo muito.

— Um assassino? Não, ptichka. Terminei com essa parte da minha vida. — Ele espeta um pedaço de acelga chinesa com seu garfo. — Sou um cidadão que respeita as leis seguindo minha vida.

— Verdade? — Olho para ele, tanto com esperança como desacreditando. Inicialmente, achei que ele poderia se acertar, mas, então, tivemos aquela conversa sobre a Monica. Significa isso que não entendi direito? Eu poderia jurar que havia uma promessa implícita de fazer algo com o padrasto, mas se Peter diz que ele agirá corretamente, talvez aquelas fossem apenas palavras vazias para me acalmar, o tipo que qualquer cara poderia falar para acalmar sua namorada.

Pensar sobre Monica azeda meu ânimo instantaneamente, acabando com o que sobrou do meu apetite e empurro o prato quando Peter abre um sorriso e diz: — Verdade. Essa é uma das condições do acordo: mais nenhum crime daqui para frente.

— Oh. Ótimo.

Suas sobrancelhas se levantam novamente. — Você não parece tão entusiasmada.

— O quê? Não! — Forço para longe o sentimento pesado cobrindo meu corpo quando pensei em Monica e abro um sorriso. — Estou em êxtase pelo fato de você ter se acertado. Como não poderia?

Eu realmente acho isso também, mesmo se tiver que esmagar aquela pequena ponta de culpa misturada com esperança de uma solução permanente para o problema de Monica.

Não tem como eu querer isso.

Eu me recuso a acreditar.

— Eu não sei, ptichka. — Peter levanta a cabeça, me olhando pensativamente. — Tem algo que te preocupa sobre isso?

— Tudo me preocupa — Digo bruscamente. — Como você vai lidar com esse tipo de vida? O que vai fazer com seu tempo? Você diz que quer se casar comigo neste sábado, mas então o quê? E sua vingança? Você achou o último...

— Acabou. — Seu tom é afiado como lâmina, suas feições imediatamente sombrias. — Não tem nada para se discutir desse assunto.

Eu olho para ele, a comida que comi virando um bolo no meu estômago. — O que aconteceu?

Ele se levanta e pega seu prato ainda meio cheio, então, o meu. — Nada. — Indo para a pia, ele coloca os pratos com tanta força que fazem barulho, e volta para a mesa e pega mais coisas.

Eu também me levanto, meus nervos oprimidos quando o vejo fazendo as coisas na cozinha com violência quase descontrolada. — Peter.... — Juntando coragem, eu pego seu pulso quando ele passa perto de mim. — O que aconteceu? — Repito com suavidade, olhando nos seus olhos de aço.

Os tendões no seu pulso grosso se flexionam e sei que seria brincadeira de criança para ele sair da minha pegada. — Nada — Responde ele e desta vez, pego o tom de dor amarga e ódio. — Caralho, absolutamente nada.

Molho meus lábios secos. — O que isso significa? Você o achou?

Sua boca se vira e ele sai da minha pegada com cuidado. — Vamos esquecer isso, ptichka.

Eu quero, mas não posso. Não se construiremos uma vida juntos.

Não me casarei com um homem cujos segredos

podem nos destruir.

— Por favor, Peter. — Pego sua mão de novo, apertando entre as minhas. Olhando nos olhos dele, digo baixinho: — Só me diz a verdade.

Seus dedos se fecham na minha pegada e ele fecha os olhos, respirando profundamente. Quando abre os olhos, a ira amarga se foi, encoberta com uma falta de expressão. — Eu te disse... não aconteceu nada — Diz ele com normalidade —, e nada acontecerá. Henderson voltará para a sua vida normal, seguro e bem, porque isso é parte do acordo que fiz. — E quando olho para ele, surpresa, ele diz: — Acabou, Sara. Não tem mais nada para falar.

Eu começo a falar e paro, incapaz de formar as palavras certas. De falar qualquer palavra, na verdade. Meu coração parece que vai se despedaçar, meu peito tão apertado que não posso respirar.

Ele desistiu da chance de uma vingança total da sua família.

Por mim.

Ele fez isso por mim.

— Não — Ele diz apertado e vejo que eu consigo sentir algo como água no meu rosto. O embaçado na minha visão deve ser lágrima.

— Desculpe-me. — Largo a mão dele e passo as costas da sua mão nas minhas bochechas. — Eu estou... Tudo bem.

Ele olha para mim, e se vira, voltando para a limpeza da cozinha como se nada tivesse acontecido.

Como se ele não tivesse acabado de arrancar meu coração do peito e colocado no seu bolso.

Dou-me alguns minutos para me acalmar, vou à minha bolsa e pego o telefone.

— O que você está fazendo? — Pergunta Peter quando disco o número dos meus pais e coloco o dedo nos meus lábios no gesto universal de silêncio.

— Oi, mamãe — Digo quando ouço o alô familiar. — Como está? Como está se sentindo?

— Estou bem, querida. — Ela parece surpresa. — O que está acontecendo? Está tudo bem?

Olho para o relógio e me espanto ao ver que já passa das dez. — Sim, tudo está bem. Desculpe-me ligar tão tarde – tive um turno na clínica e perdi a noção da hora. Eu não te acordei, acordei?

— Eu? Oh, não. Eu estava lendo antes de dormir. Mas seu pai já está dormindo. Você quer falar com ele? Posso acordá-lo se você...

— Não, não, tudo bem. Deixe-o dormir. — Respiro fundo. — Mãe, o que você e papai farão amanhã à noite? Vocês estão livres para jantar?

Do canto do meu olho, vejo Peter parado, ele volta a colocar os pratos na lavadora.

— Bem, estávamos pensando em ir para a noite do Bingo, mas não é necessário — Diz mamãe. — Por que, querida? Você não trabalha amanhã?

— Tenho um turno leve — Digo e é quase verdade. Não estou de plantão amanhã, nem tenho procedimentos cirúrgicos. E concernente à clínica, vou trocar para outro dia. — Vocês querem vir jantar aqui?

Um momento de silêncio, então: — Na sua casa?

— Sim. Tem alguém que quero que conheçam — Digo quando Peter se vira para me olhar.

Esta será apenas a segunda vez que meus pais visitam meu novo apartamento. Nunca fui uma anfitriã particularmente boa, então, geralmente, ou eu vou à casa deles, ou saímos para almoçar ou um brunch. Mas com Peter no cenário, acho que é melhor que estejamos na minha casa.

Existe mais possibilidade que meus pais se comportem melhor.

— Oh. — A voz de mamãe se enche de excitação óbvia. — Sim, claro, querida, adoraríamos. Você quer que levemos algo, ou você vai pedir?

— Deixe conosco, mamãe. Não se preocupe com nada — Digo quando Peter continua me olhando. — Vejo vocês amanhã às seis, certo?

Eu desligo e ele vem em minha direção, seus movimentos vagarosos e ligeiramente predatórios, como os passos preguiçosos de um gato da selva.

— Era minha mãe — Digo indo para trás instintivamente. — Os convidei para jantar aqui amanhã. Você não se importa, se importa? Podemos pedir comida ou... — Minhas palavras terminam num grito quando Peter me pega e coloca-me no balcão, então, abre meu roupão.

— Peter, espera... — Eu passo a língua nos meus lábios quando ele abaixa o roupão até meus braços, me desnudando completamente. — Devemos decidir o que vamos... ahh... — Dou um gemido, minha cabeça se inclina para trás quando ele beija a área sensível em volta do meu pescoço na mesma hora em que sua mão invade o canto pulsante entre minhas pernas, dois dedos ásperos empurrando sem dó. Ainda não estou molhada e dói, mesmo assim, meu corpo se fecha na onda de calor, numa explosão de sensação violenta.

— Você se casará comigo. Neste sábado — Geme ele, fodendo-me com aqueles dedos e eu concordo gemendo, meu corpo em chamas de novo.

Este sábado, esta noite, amanhã – não importa mais. Desisti de lutar, desisti de resistir.

Ele estava certo o tempo todo.

Eu sou dele e ele é meu.

Tinha que ser assim.

eter

ELA ESTÁ DORMINDO, EXAUSTA, QUANDO cuidadosamente saio da cama e junto as roupas que deixei dobradas na cadeira. Visto-me sem fazer barulho, com cuidado para não acordá-la, saio do quarto e coloco a meia.

Minhas botas estão na entrada, eu as coloco e bato no bolso da jaqueta para certificar-me de que meu telefone está lá.

Tudo o que preciso é navegar para a localização atual de um Sr. Samson 'Sonny' Pearson, padrasto de Monica.

Danny já está me esperando no estacionamento, então, eu pego o email dos meus hackers e dou o endereço para ele a alguns quarteirões distante de onde

Pearson mora – que coincide em ser o apartamento da sua esposa.

A mãe de Monica claramente não tem nada contra ficar junto do estuprador da sua filha.

É um risco que estou tomando, fazendo isso sozinho. Teria sido mais sábio contratar alguém para fazer isso discretamente em alguns meses, quando ninguém poderia possivelmente ligar a morte de Pearson à visita da sua filha adotiva à clínica para mulheres, sem fins lucrativos. Contudo, minha *ptichka* estava chorando hoje – chorando por causa deste *ublyudok* – e não posso deixar isso passar.

Ele morrerá esta noite e sua filha adotiva estará finalmente livre.

— Deixe-me aqui — Digo a Danny quando chegamos ao endereço que dei a ele, um prédio a alguns quarteirões do meu real destino. O cara é leal e bem disposto a agir fora da lei, mas não confio nele como confio nos meus próprios homens.

É melhor que eu faça isso sozinho, sem testemunhas.

O apartamento de Amira Pearson é no segundo andar de um prédio mal cuidado de quatro andares. Tem um cheiro leve de urina e vômito no saguão e a pintura nas escadas está descascando, lembrando-me dos prédios da era Soviética, na Rússia. Contudo, a porta do apartamento que paro na frente é feita de madeira normal, não duas camadas de aço como é o comum no meu país natal que vive de corrupção.

Eu poderia quebrar esta porta com apenas um chute se quisesse.

Em vez disso, coloco meu ouvido na madeira e escuto. Posso ouvir um murmúrio baixo de vozes, então, minha informação está correta. Sonny tem um trabalho descarregando caminhões de vegetais às três da manhã, e sairá para o seu turno em breve.

Eu volto e fico do lado de fora para esperar. Eu poderia ter entrado enquanto o desgraçado estivesse dormindo, mas a mãe e irmão de Monica estão no apartamento, então, é melhor esperar.

É melhor pegar Sonny sozinho e fazer parecer um roubo que deu errado.

Leva quase meia hora para ele sair, eu fico a postos e alerta, a adrenalina bombeando com força nas minhas veias. Eu não posso negar a antecipação sombria que estou sentindo, a sede de sangue me abastecendo como vários bules de café.

Sou um predador, um monstro e sei disso.

Agora Sonny Pearson saberá disso também.

Fico escondido pela metade num beco e quando ele passa, saio e o pego pela frente da sua camisa, puxando-o.

— Ei! — Ele tenta se sair de mim, mas congela quando pressiono a lâmina na sua garganta.

— Não se mova — Sussurro, curvando-me —, nem respire.

O pomo-de-adão no seu pescoço grosso balança perigosamente perto da minha lâmina. — O-o que você quer, cara? Não tenho dinheiro.

— Eu sei. — Não preciso vê-lo empalidecer para saber que meu sorriso é de petrificar. — Não estou atrás disso.

E com isso, passo minha lâmina na sua garganta. Seu sangue quente banha meus dedos e o fedor de fezes saindo enche o ar. Assisto a vida acabar nos seus olhos marrom-terra e digo calmamente: — Monica manda lembrança.

Deixando seu corpo cair na calçada, limpo minha mão e lâmina na parte mais limpa da sua camisa, pego sua carteira do seu bolso e saio do beco, voltando para onde Danny está esperando.

Teremos que parar num hotel na volta.

Preciso tomar um banho antes de voltar para casa.

54

Sara

AINDA NÃO ESTOU PRONTA PARA USAR MEU ANEL abertamente no consultório, mas na hora do almoço, quando o pessoal do vestido – duas mulheres chiques aparentando a minha idade – chegam, as levo pelo saguão, ignorando os olhares curiosos da recepcionista. Entramos numa das salas de exames e elas me medem da cabeça aos pés – um processo que leva meros minutos com suas mãos habilidosas.

— Você é bem esbelta, o que é perfeito — Diz uma mulher alta e de cabelos escuros que se apresentou como Suzie. — Temos um Monique Lhuillier maravilhoso que caberá em você com mínimas alterações. Pam, você tem a foto?

Pam, uma loira baixa com cabelos encaracolados,

pega seu telefone e me mostra um vestido elegante, estilo sereia, pendurado num manequim. Coberto com uma renda delicada, sem alças, com decote quadrado e uma fileira de botões de pérola nas costas – simples, mas tão perfeito que eu só posso olhar e babar.

— Temos muitos outros estilos também — Diz Suzie, interpretando incorretamente minha mudez. — Tem alguma coisa específica que você estaria...

— Não, este é genial. — Retiro meu olhar da tela do telefone. — Quanto é?

Suzie pisca e olha para Pam.

— Sr. Garin nos disse que não há orçamento definido. — Diz Pam cuidadosamente. — Não é esse o caso?

— Oh, um... certamente. Só estou perguntando por curiosidade. — Finança ainda é uma outra coisa que não conversei com Peter, então, faço meu máximo para esconder meu desconforto atrás de um sorriso luminoso.

— Oh, entendo. — Pam abre um sorriso de volta para mim. — Bem, tenha certeza que seu noivo é um homem muito generoso. Esse vestido é edição única com renda feita à mão e o preço de venda é trinta e três mil, mais taxas. Contudo, faremos os ajustes sem custo.

— Muito... gentil da parte de vocês. — Minha voz soa presa, mas não posso fazer nada. Não sou uma cinderela – mesmo com o corte de salário do meu novo emprego, meu salário está solidamente dentro dos seis dígitos – mas trinta e três mil é ainda uma quantia de arregalar os olhos para um vestido que usarei apenas uma vez.

Achei que o vestido de mil e duzentos dólares do meu primeiro casamento era caro.

— Você precisará de sapatos e acessórios também — Diz Suzie, pegando um catálogo brilhante da sua bolsa de mão tamanho gigante. — Você quer dar uma olhada nesses — Ela segura o catálogo. — Ou você gostaria que recomendássemos algo?

— Eu apreciaria uma recomendação — Digo, e elas rapidamente me mostram um par de sapatos brancos Louboutin com tiras delicadas em volta dos tornozelos e um colar de pérolas para combinar com duas presilhas de pérola e diamante para o meu cabelo.

— Você também vai querer um penteado, claro — Diz Pam, passando pelos catálogos para mostrar alguns modelos de cabelo elaborados. — Ele vai terminar de combinar tudo.

— Obrigada. Me certificarei de fazer isso — Digo quando elas juntam tudo e saem. Conforme disseram, todo o processo terminou em pouco menos de trinta minutos – uma fração do tempo que gastei comprando um vestido e acessórios para meu primeiro casamento.

Talvez haja alguma vantagem em Peter me atropelar desse modo, penso desconfiada quando saio para pegar um almoço rápido na última meia hora que tenho antes do meu próximo paciente. Meu primeiro casamento foi uma grande produção, com George convidando todos que conhecia e gastando o que realmente não tínhamos. Tivemos duzentas pessoas na recepção que levou um ano para planejar – e eu, sobrecarregada com a residência na época, odiei cada minuto daquele planejamento.

Um casamento onde tudo que tenho que fazer é comparecer deve ser exatamente o que quero.

— Quem eram aquelas pessoas? — Pergunta a recepcionista, Annabelle, quando volto do almoço e eu respiro, vendo que tenho uma tarefa importante à minha frente.

Tenho que convidar meus amigos e colegas de trabalho, suportando suas perguntas de surpresa no processo.

— Elas estavam aqui para me medir para um vestido — Digo, resolvendo que não tem melhor hora do que agora. Colocando minha mão dentro da bolsa, coloco meu anel sem que ela note, e retiro minha mão, mostrando o brilhante gigantesco para Annabelle. — Vê, estou noiva e o casamento é...

Um grito de excitação para as minhas palavras antes que eu possa falar 'neste sábado'. Annabelle, mulher firme, nos seus cinquenta e tantos que lida com seguros de saúde e pacientes difíceis com a mesma confiança, fica em pé num pulo, tão agitada quanto uma adolescente e agarra minha mão para olhar boquiaberta o meu anel, tagarelando o tempo todo.

— Oh, meu Deus, olha essa pedra! Quem é o sortudo? Como vocês se conheceram? Eu nem sabia que você estava namorando!

Quando ela para respirando, digo que eu e Peter já namoramos e separamos algumas vezes, mas que nosso relacionamento não era sério por causa do seu emprego, que requeria muita viajem ao exterior. Agora, contudo, ele vai fazer outra coisa, então, decidimos dar o próximo passo e ficamos noivos.

— Não estamos planejando uma grande recepção — Digo, antes que ela possa entrar no próximo grupo de perguntas. — Em vez disso, teremos uma pequena cerimônia neste sábado e eu adoraria que você e seu marido viessem. Eu sei que está em cima da hora, mas...

Ela grita novamente e me abraça. — Oh, obrigada, querida, estou tão honrada! Definitivamente estaremos lá. Você já falou com Bill e Wendy?

Eu abro um sorriso ante suas feições excitadas. — Não, vou agora.

— Oh, então, vá agora. Agorinha mesmo. Eu não posso esperar para ver o olhar de quando ele descobrir que eu estava certa. — Quando levanto minhas sobrancelhas, ela explica: — Apostei vinte dólares com ele que uma garota bonita como você tem que ter um namorado. — E eu caio na gargalhada, ela coloca a cabeça para dentro da sala de espera e diz: — Não vejo seu paciente ainda, então, você tem alguns minutos.

— Obrigada, Annabelle. — Eu rio quando ela faz um movimento com as mãos para que eu vá. — Eu vou, prometo.

Apresso-me para o escritório dos meus chefes antes que Annabelle possa me puxar para lá, e bato na porta.

— Wendy? Bill? Vocês têm um segundo?

Wendy abre a porta um segundo depois. — Claro, minha querida. Como posso ajudá-la? — Seu sorriso é tão amigável quanto os cabelos brancos caindo em volta do seu rosto bondoso. Tudo sobre a mulher Dra. Otterman é bondoso, do tom gentil da sua voz ao jeito que normalmente chama seus pacientes para o check-up regular.

Trabalhar com ela é um prazer absoluto, mesmo com seu esposo ranzinza sempre ao seu lado.

— Bill está aqui? — Pergunto, então o vejo sentado atrás dela, comendo um sanduíche tão grande quanto seu bigode.

Ele me dá seu olhar costumeiro e coloca o sanduíche na mesa. — O que é?

Se não o conhecesse melhor, diria que ele me odeia. Mas ele é assim com todos, pacientes inclusive, então, sei que não é pessoal.

Segundo as enfermeiras, quanto mais ele grita contigo, mais ele gosta de você.

— Bem... — Do canto dos meus olhos, vejo Annabelle vir ficar ao meu lado. Ela claramente não consegue resistir o olhar que mencionara nas feições de Bill de primeira mão. — Eu estava pensando se vocês têm planos para o próximo sábado — Digo, achando que é melhor não fazer muito estardalhaço do assunto. — Vou me casar numa cerimônia pequena e fechada e ...

— Você o quê? — O bigode grisalho de Bill se revira e seus olhos passam para a minha mão esquerda. — Você está noiva?

— Desde ontem — Digo, levantando minha mão para mostrar o anel. — Sei que está muito em cima, então, se vocês tiverem outros planos, é totalmente...

— Oh, não, estaremos lá, querida. Parabéns. — Wendy abre um sorriso e estica o braço para apertar minha mão direita. — Quem é o cavalheiro sortudo? — Ela olha minha mão esquerda. — É um belo anel que ele te deu.

O bigode de Bill se recusa a parar de se mover. — Você tem um namorado? — Sua carranca piora quando ele se levanta. — Não sabíamos que você tinha um namorado.

Eu sorrio e repito minha explicação sobre estarmos juntos e separados e as viagens frequentes de Peter antes. — Então, agora estamos prontos para o próximo passo — Eu termino e olho para o relógio na parede. — Oh, olha isso. Meu paciente provavelmente já chegou — Digo e fico olhando quando a sorridente Annabelle se apressa para seu posto.

— Desculpe-me, tenho que correr. — Digo aos meus chefes. — Então, vocês estarão lá?

— Vestidos à caráter mais os acessórios — Diz Bill amargamente.

Aceito isso como se ele também estivesse feliz por mim e com um alegre aceno de mão para Wendy, me apresso em sair, satisfeita que essa parte do trabalho, pelo menos, passou sem problemas.

Agora só tenho que falar a todos os outros e, depois, explicar aos meus pais.

～

EU TENHO UM CANCELAMENTO DE CONSULTA NA segunda metade da tarde, uso esse tempo para começar a fazer as ligações necessárias.

Simon e Rory não respondem, deixo recado para que retornem. Phil, contudo, já deve ter terminado seu dia de trabalho na escola, porque ele atende no primeiro toque.

— Ei, você. Pensamos que seu namorado misterioso tivesse te carregado — Diz ele e eu rio, esperando que não perceba a nota meio histérica da minha voz.

Ele está brincando, mas Peter poderia com muita facilidade desaparecer comigo.

Era isso que achei que aconteceria quando eu saí do bar com ele.

— Ainda estou aqui — Digo quando paro de rir. — Mas tenho algumas notícias.

— Não me diga. — Phil ofegou no telefone. — Você está grávida.

— Hum, não... — Ou pelo menos se estou, eu não sei ainda. Não é impossível depois de dois dias de sexo sem proteção, mas definitivamente é muito cedo para dizer. — Mas, eu *vou* me casar.

Tem um silêncio de defunto no telefone. Então: — O QUÊ?

— Sim, é, tipo, uma longa história — Digo e começo com a mesma explicação que dei aos meus colegas de trabalho sobre entrar e sair do relacionamento e as viagens de Peter.

— Mas por que você não nos falou sobre ele? — Phil

ainda parece chocado. — Todos pensávamos que você não namorava por causa do seu marido.

— Era um pouco complicado em algumas ocasiões. E visto eu não estar certa se o relacionamento iria dar em alguma coisa... — Paro de falar, esperando que o próprio Phil termine. — De qualquer modo, *estamos* nos casando e será neste sábado, então...

— O QUÊ?

Sorrio, pensando nos seus olhos arregalados. — Sim, eu sei. Decidimos não ter um noivado longo. De qualquer modo, sei que já está hiper em cima, então, se você tiver outros planos para este sábado, eu entendo completamente. Mas se você *puder* vir, adoraríamos ter vocês lá e, obviamente, você é bem-vindo para trazer uma namorada.

— Você vai se casar. Neste sábado.

— Foi o que acabei de falar. — Eu dou uma pausa dando uma chance de ele demonstrar mais, mas parece que perdeu a língua, daí, eu continuo. — Você não tem que me falar agora, mas se tiver uma chance, eu gostaria de saber até amanhã se você poderá ir. Peter contratou uma empresa de eventos e tudo o mais, será coisa pequena, mas espero que seja legal.

— Onde... — Phil limpa a garganta. — Onde será a cerimônia?

— No Silver Lake Country Club — Digo. — Você conhece?

— Sim, claro. Meu primo se casou lá uns anos atrás. Belo lugar.

— Oh, ótimo. — Sorrio, apesar de ele não poder ver.

— Então, você pode me dizer se estará lá, ou você precisa até amanhã?

— Você está brincando comigo? Claro que estarei lá. Você já falou com Rory e Simon?

— Deixei recado na caixa deles — Digo e olho para o relógio. Melhor me apressar se vou falar com Marsha antes do meu próximo paciente. — Muito obrigada, Phil, e desculpe por fazer isso contigo. — Digo. — Te vejo no sábado.

— Sim. Até lá. — Diz ele, ainda parecendo surpreso quando desligo.

Marsha é a próxima da minha lista e uma conversa que estou com tanto medo como a do jantar com meus pais. Quando disco o número, estou torcendo um pouco que ela não atenda, mas ela pega no primeiro toque.

— Ei, querida.

Eu respiro fundo. — Ei, Marsha. Como está?

— É... você sabe. Quase na hora do meu turno da noite. Andy pegou o palito pequeno, mas seu namorado ficou bravo porque é aniversário dele hoje, então, ela pediu para eu trocar. E você, como está? O que você tem planejado para esse final de semana? Tonya e eu vamos a alguns bares no sábado. Quer se juntar a nós? Você não tem uma apresentação, tem?

— Não, mas, na verdade, sobre este sábado... — Eu aperto o telefone com mais força. — Tenho algumas novidades.

— Oh.

— Tem um cara que já estou me encontrando há um tempo. Tipo fica e não fica.

— Verdade? — A voz de Marsha fica mais alta. — Quem? Não é aquele ruivo sarado da banda, certo?

— Rory? Não, absolutamente não.

— Oh, ótimo. Porque Tonya realmente gostou dele e acha que é mútuo. Quem então? Eu já o vi?

— Não, você não o viu. — Respiro fundo outra vez. — Mas as coisas ficaram bem sérias entre a gente.

— Verdade? — O nível de interesse dela claramente aumentando. — Como séria?

Eu me abraço e falo: — Vamos nos casar neste sábado.

— Você *o quê*?

Vamos dar com a língua nos dentes, então, eu repito tão calma como posso — Vou me casar. Neste sábado. E se você puder, adoraria vê-la lá.

— Isso é uma piada, certo?

Aperto a ponte do nariz com minha mão livre. — Não. Decidimos não ter uma cerimônia grande e formal, só vamos convidar algumas poucas pessoas. Será no Silver Lake Country Club. Você sabe, no Orland Park?

— Aham. E eu vou no *Dançando com as Estrelas*.

— Marsha... Não estou brincando.

Tem alguns momentos de silêncio pesado. Então: — Você vai se *casar*?

— Sim. Neste sábado.

— Que porra é essa? Você está falando sério?

Quando vocês dois se conheceram e como? Qual o nome dele? Como você nunca falou dele comigo?

— É uma longa história. A gente ia e vinha por algum tempo e, então...

— O que você quer dizer com *por algum tempo?* Quanto tempo é algum tempo? Semanas? Meses?

Eu me estremeço internamente. — Hum, meses. Definitivamente meses. — Tecnicamente, este outubro marcará dois anos desde que Peter me torturou com água na cozinha, mas em termos de tempo real que passamos juntos, é provavelmente perto de sete meses no total.

— Uau. Ok. Só... uau. — Marsha fica em silêncio por um segundo, então, num tom vagamente sentido: — Por que você não falou nada? Você sabe que todos nós achávamos que você estava solteira depois... bem, você sabe.

— Eu sei, desculpe-me. Porque estávamos tão 'fica-não-fica' que eu não pensei que era sério no começo. Ele viajava muito a trabalho. Mas agora ele terminou com isso, por isso decidimos continuar e dar o próximo passo.

— E o próximo passo é *casar-se?* O que aconteceu com só namorar e viver juntos? Sara, queri... — Sua voz fica com tom de preocupação. — O que está acontecendo? Está tudo bem?

Essa é a pior parte, porque diferente de Phil e meus novos colegas de trabalho, Marsha me conhece há anos. Ela sabe que eu sempre penso antes de agir e ela sabe também o que aconteceu com Peter.

Bem, a parte sombria disso, pelo menos.

— Tudo está bem. — Coloco o máximo de felicidade que posso na minha voz. — Só estamos excitados que finalmente podemos ficar juntos e não vemos razão de esperar. Nenhum de nós quer uma grande cerimônia, então...

— Ok, ok, entendido. Volta o assunto. Você ainda não me disse o nome dele nem o que ele faz.

Eu respiro fundo. Sei que não vai dar problema. — O nome dele é Peter Garin. Ele costumava ser um consultor de segurança, mas acabou de se aposentar dessa área.

— Peter Garin? Espera um minuto... — A voz de Marsha fica tensa. — Aquele assassino russo que te sequestrou não tinha nome de Peter alguma coisa?

— Sokolov... e, por favor, não vamos para esse lado. — Principalmente porque eu não quero mentir para ela nem um pouco mais do que terei que mentir. — De qualquer modo, como estava te falando, vamos fazer uma cerimônia pequena neste sábado e adoraríamos se você pudesse vir. Mas eu sei que você falou que tem outros planos, se não puder...

— Oh, por favor, Sara. Eu obviamente estarei lá. As porras dos bares podem esperar. Mas ainda estou confusa. O nome do seu cara é Peter também? E que tipo de nome é Garin? De onde ele é?

Eu bato meus dedos na mesa. — Ele é de... esse tipo que é de todos os lugares. Mas ele nasceu na Europa Oriental. — Eu não posso mentir sobre isso. O sotaque de Peter, apesar de ser pouco, claramente o marca como daquela parte do mundo.

Deve ser por isso que ele escolheu um nome que soasse russo em vez de algo como Smith ou Johnson.

— O quê? — Marsha parece que está quase explodindo. — Onde na Europa Oriental?

Eu aperto meus olhos fechados. — Rússia.

— Você está brincando comigo, certo? Diga-me que você está brincando.

Eu abro meus olhos e olho o relógio. Para meu alívio, é quase hora do meu próximo paciente.

— Olha, Marsha, tenho que correr. Você vai conhecer Peter no sábado e saber tudo sobre ele. Agora, eu tenho um paciente.

— Sara, espera...

— Vou te mandar os detalhes amanhã por email — Digo e desligo, e silencio meu telefone antes que ela possa me ligar de volta.

Quatro convites feitos, mais um monte por fazer.

Eu consigo fazer isso.

Não é tão ruim.

55

*S*ara

Isso *É* TÃO RUIM ASSIM, DECIDO QUANDO SAIO DO trabalho, tendo falado com Rory, Simon, Andy, Tonya, e meus colegas de trabalho na clínica durante outro cancelamento casual. Depois de ter essencialmente a mesma conversa uma dúzia de vezes uma atrás da outra, estou desgastada e ainda tenho que falar com os grandes caciques da noite.

Jantar com meus pais.

— Entendido — Disse-me Peter durante o café da manhã quando me ofereci para pegar comida para a viagem no caminho do consultório. — Só vem para casa no horário e não se preocupe com nada.

Danny está parado na calçada quando saio do prédio e

rolo meus olhos para a superproteção de Peter enquanto entro no carro. Nesta manhã, o tempo estava muito bom para vir de carro a pequena distância do meu consultório, então, Peter veio comigo a pé para o trabalho. E, agora, eu tenho uma escolta para casa também.

Nesse ritmo, esquecerei o que é estar na rua sozinha.

Impulsivamente, disco o número de Peter.

— Olá, ptichka. — Sua voz profunda acaricia meus ouvidos. — Você está a caminho de casa?

— Estou no carro com Danny. — Olho para o motorista que está fazendo um bom trabalho fingindo ser surdo-mudo quando entra na rua. — Mas você já sabe disso, certo?

— Danny me enviou uma mensagem um minuto atrás. Como foi seu dia, meu amor?

— Foi bom. Eu convidei quase todos que queria convidar e Simon é o único que não poderá vir. Ele tem um negócio de família na Carolina do Sul.

— Muito bom. — Eu ouço um tipo de barulho parecendo metais chacoalhando ao fundo, seguido por água corrente, então, Peter diz: — Espere um segundo. Eu só tenho que escorrer essa massa.

— Você está fazendo o jantar? — Pergunto quando ele pega o telefone novamente um minuto depois.

— Sim, italiana. Seus pais gostam, certo?

— Eles adoram — Digo, sorrindo. — Tenho certeza que ficarão muito impressionados.

— Você quer dizer, uma vez que eles suplantem o

desejo de ligar para o FBI? Sim, você deve estar certa. Esse prato vai ficar bem gostoso.

Eu caio na gargalhada, minha ansiedade pelo jantar se aproximando, transformando-se em pura excitação. Isso está acontecendo, é verdade, está realmente acontecendo.

Peter e eu estamos nos tornando um casal normal.

— Como foi seu dia? — Pergunto. — O que você fez hoje?

O que um ex-assassino *faz* com seu tempo livre?

— Fiz algumas compras, peguei mais legumes e verduras e coisas assim — Diz Peter e eu consigo ouvir o sorriso caloroso na sua voz. — Eu também dei uma olhada em algumas casas nesta área para a gente ver depois. Eu não conversei contigo ontem sobre isso, mas este apartamento é provavelmente muito pequeno para nós – especialmente a cozinha. E se não estou errado, eles não permitem animais aqui, certo?

— Certo. É uma das grandes desvantagens desse prédio — Digo, meu coração martelando no peito. Isso está acontecendo, realmente acontecendo. Uma vida juntos – casa, cachorro e tudo. Segurando a excitação aumentando, digo: — Escolhi por ser tanto perto do meu trabalho quanto dos meus pais, mas não me importaria em me mudar para um pouco mais longe agora que mamãe se recuperou.

— Imaginei isso — Diz Peter —, duas casas que olhei são perto, e uma é cerca de um quilômetro e meio longe do seu consultório. Claro, ainda tem sua antiga casa...

— Eles te devolveram? — Pergunto e imediatamente vejo que é uma pergunta idiota. Peter não é mais um fugitivo, então, o governo não tem direito legal de manter sua propriedade que eles tomaram quando souberam que pertencia ele.

— Sim, claro — Diz Peter — Pense nisso e me diz o que quer fazer com ela. Mesmo se não formos nos mudar de volta para lá, podemos mantê-la só por prevenção, ou podemos vendê-la. Você decide.

— Oh, verdade? E eu aqui achando que você está tomando todas as decisões. — Implico com ele, e vejo que estou brincando parcialmente. Mais uma vez, Peter entrou na minha vida como um rodamoinho fazendo um grande estrago na minha paz de espírito. Sua força de vontade, junto com sua crueldade, torna impossível fingir que irei controlar meu destino, que tenho qualquer voz para onde nossa relação está indo.

E mesmo assim... talvez tenha. Estamos aqui em vez de nos esconder numa parte remota do mundo e em breve serei sua esposa, não sua prisioneira. Mesmo que seus métodos sejam sempre de se impor com autoridade, Peter demonstrou do modo mais claro possível que se importa com o que eu quero.

Que minha felicidade importa para ele.

— Você quer dizer sobre nosso casamento? — Pergunta Peter, levando minha provocação a sério. — Porque ainda podemos mudar algumas poucas coisas se tem algo que não goste.

— Como o dia? — Pergunto desconfiada. Ante o

silêncio no telefone, digo: — Esquece. Já convidei todo mundo. Está tudo bem.

— Bom, fico feliz. — Tem mais barulho no fundo quando Peter diz: — Te vejo em casa em alguns minutos, ptichka. Te amo.

Te amo também. As palavras estão na ponta da língua, mas me vejo falando: —Te vejo em breve — quando desligo. Tenho certeza que Peter sabe o que sinto – ele está convencido de que pertencemos um ao outro desde o começo – mas como nunca disse as palavras antes, parece errado falá-las de modo tão casual.

Mas, eu realmente o amo. E posso finalmente admitir para mim mesma, apesar de definitivamente nada ter mudado. Ele ainda é um assassino, ainda é um monstro que qualquer mulher temeria e odiaria. Mas eu não sou mais a mesma, porque eu o amo e estou para casar com ele.

Do meu próprio livre arbítrio, juntarei minha vida a um homem que certa vez me torturou e espionou. Que, tecnicamente, ainda me espiona – se estar sempre me seguindo, tem essa definição.

— Chegamos — Diz Danny com voz séria e olho pela janela, surpresa em ver que já estacionamos no prédio – e que o motorista com feições sempre fechadas falou comigo.

— Obrigada — Digo, pegando minha bolsa e Danny assente levemente quando saio do carro.

Uau. Progresso.

O meu motorista/guarda-costas acabou de notar que existo.

A alegria que eu tinha banido volta – pelo menos até ver o carro dos meus pais entrando no estacionamento do outro lado.

Eles chegaram cedo.

Vinte minutos mais cedo.

Freneticamente, disco para Peter novamente.

— Eles estão aqui — Digo sem fôlego quando ele atende. — Meus pais, eles estão aqui.

— Isso é bom — Diz ele, com calma. — A comida está quase pronta. Te vejo em um minuto.

— Ok, sim. — Desligo e coloco meu telefone de volta na bolsa. Começo a tirar o anel do meu dedo para também deixá-lo na bolsa, mas mudo de ideia.

Não tem motivo de esconder nada quando eles conhecerão Peter em um minuto.

Respirando fundo, eu me aproximo do carro dos meus pais. — Ei, mãe, pai.

— Oh, olá. Querida. — Mamãe abre a porta do carro e sai apenas com uma pequena dificuldade — Você acabou de chegar em casa do trabalho? Desculpe, estamos um pouco adiantados; seu pai achou que haveria tráfego, ele me fez sair bem antes.

— *Provavelmente* haveria tráfego, segundo o GPS — Corrige papai e dá uma volta no carro para me dar um abraço.

Eu o abraço de volta e beijo mamãe na bochecha. — Tudo bem. O jantar está quase pronto.

Mamãe abre um sorriso. — Não pediram?

— Não, receio que não. O homem que quero que conheçam – ele está cozinhando. — Olho para trás e vejo Danny sentado dentro do carro preto, nos guardando silenciosamente, volto a olhar meus pais. — Tem algo que quero dizer-lhes — Digo cuidadosamente.

— O que é, querida? — Mamãe toca minha mão esquerda e seus dedos passam pelo meu anel. Instantaneamente seu olhar para no brilhante e seus olhos ficam do tamanho do quarteirão. — Sara, isso é...

— Eu iria falar sobre isso agora — Digo quando papai congela, olhando meu dedo anelar esquerdo, não acreditando. — Tenho notícias realmente boas.

— Você está noiva? — Mamãe tira os olhos da pedra brilhante e me olha boquiaberta. — Como? Com quem? Você não estava nem...

— Mamãe, papai. — Pego cada um com uma das minhas mãos. — Por favor, me ouçam — E tento ficar calma. Eles estão petrificados, olhando para mim sem se moverem e digo calmamente: — Peter, o homem que amo voltou. Ele finalmente conseguiu resolver seu mal-entendido com as autoridades e não é mais procurado para interrogatório. Podemos ficar juntos finalmente – e sim, acabamos de ficar noivos.

*P*eter

Eu olho para fora da janela, onde Sara está conversando com seus pais no estacionamento. Eles estão lá por sólidos oito minutos e eu gostaria de ter uma escuta em Sara para poder ouvir o que estão falando.

Julgando pelos gestos veementes dos três, as emoções estão fortes.

Talvez eu devesse colocar um mecanismo com escuta em Sara. Talvez até alguns – um no seu celular, um na sua bolsa, mais alguns nos seus calçados favoritos. Eu já rastreio seu telefone, assim, eu sei onde ela está todo o tempo, mas isso me daria paz de espírito adicional.

A mesa está preparada, mas eu me refreio de

colocar a comida. Finalmente, o aplicativo de rastrear Sara, no meu telefone, informa que ela já está dentro do prédio e se aproximando do apartamento, sigo para abrir a porta para os seus pais.

— Mamãe, papai, este é Peter — Diz ela quando o casal idoso entra a seguir e para, olhando-me desconfiado. — Como expliquei, ele se livrou totalmente das suas conexões anteriores e agora se chama Peter Garin. Peter, estes são meus pais, Lorna e Chuck Weisman.

— Prazer em conhecer vocês dois — Digo e estendo a mão para o pai de Sara apertar.

— Igualmente. — Apesar da resposta educada, a voz de Chuck é tão forte quanto sua pegada e seus olhos azuis cansados são bem incisivos em mim.

Aperto a mão de Lorna depois, tendo cuidado para não esmagar seus dedos frágeis.

— Você tem muito a explicar, *Sr. Garin* — Diz ela calmamente, olhando para mim e eu sorrio, vendo traços de Sara nas linhas elegantes do seu rosto envelhecido.

— Claro. E ficarei feliz em explicar tudo.

— O jantar está pronto, que tal sentarmos à mesa? — Sugere Sara, posicionando-se perto de mim, e meu peito esquenta quando sua mão fina passa pelo meu cotovelo num gesto de posse.

Minha ptichka. Finalmente ela nos aceitou como um casal.

— Certamente. O que quer que esteja cozinhando tem cheiro bom — Diz Lorna e eu sorrio para ela novamente, vendo que a mãe de Sara, pelo menos, está disposta a fazer nosso jogo.

Quando chegamos à cozinha, Sara se desculpa para ir ao banheiro e eu coloco a salada Caesar e o prato de aperitivos na mesa.

— Sara disse que você gosta de cozinhar — Diz Lorna, me olhando andando pela cozinha e eu assinto, sentando-me à frente dela.

— É um hobby meu. Isso me acalma.

— Hobby, hein? — A cara feia de Chuck fica mais profunda. — Qual seu trabalho então? Nunca conseguimos uma resposta direta de Sara.

— Eu fiz coisas diferentes, mas mais recentemente trabalhei como consultor de segurança e tive negócios nessa área — Digo e levanto-me. Buscando o pegador de salada, olho para Lorna. — Salada?

Ela assente. — Por favor.

Debruço-me na mesa e coloco uma porção grande no prato dela, olho para Chuck.

— Não quero, obrigado. — Ele coloca o garfo num pedaço de alcachofra marinada e transfere do prato de aperitivos para o seu prato, sempre com olhar ameaçador em mim.

— Que tipo de negócio? — Exige ele tão logo me sento de volta. — Sara disse que você cuidava de contratos de certos tipos. Esse era o negócio de consultoria de segurança? Quem eram seus clientes e como isso tudo se liga ao seu problema recente com a lei?

Eu me seguro para não sorrir. O velho não para de socar.

— Minha experiência anterior era como Spetsnaz – as Forças Especiais Russas — Digo, decidindo o que posso expor até aqui. — Depois de deixar o militarismo, eu viajei por todo o mundo e dei consultoria a várias organizações e particulares, que tinham razões para se preocuparem com segurança. Eu não posso falar os detalhes do problema que tive, pois é confidencial, mas posso assegurar que está tudo resolvido agora.

— Como resolvido? — Pergunta Lorna quando Sara volta à cozinha e eu sorrio enquanto minha ptichka senta-se perto de mim e ansiosa, pega a salada.

— Fiz um acordo com as autoridades que era vantajoso para ambos os lados — Digo enquanto Sara começa a comer, aparentemente feliz de eu estar respondendo as perguntas dos meus pais. — Agora, eu tenho um novo sobrenome e uma ficha limpa, e Sara e eu podemos finalmente nos casar.

— Uma ficha limpa de quê? — O pai de Sara pergunta, suas narinas bufando. — Eu ouvi que pessoas foram assassinadas.

— Eu não posso falar nada mais do que você já sabe, perdoe-me. — Eu coloco um pouco de salada no meu próprio prato. — É parte do acordo que fiz.

O rosto de Chuck fica vermelho e por um momento estou convencido de que ele vai me espetar com o garfo. Contudo, ele deve ser mais civilizado do que eu, porque a única coisa que ele espeta é a azeitona suculenta do prato de aperitivos.

— Sr. Garin — Diz Lorna, colocando o garfo na mesa. — Eu espero que você...

— Por favor, me chame de Peter. Estamos para ser família.

Sua boca se aperta um pouco. — Ok, *Peter*. Espero que entenda que temos muitas preocupações, tanto pelo seu passado como pelas conexões. Sem mencionar o fato de que Sara desapareceu por cinco meses depois que vocês dois... bem...

— Começamos a namorar? — Sugere Sara ajudando, e sua mãe franze a testa para ela.

— Certo, começaram a namorar. — Lorna volta sua atenção para mim e eu reconheço uma coluna de aço nela. É a mesma que sua filha tem, a que possibilitou minha ptichka lidar com o tipo de trauma que destruiria uma pessoa mais fraca.

— Ouça-me, Peter. — A mãe de Sara inclina-se na minha direção. Sua voz continuando suave, seu olhar forte como o do marido. — Você pode ter solucionado seus 'mal-entendidos' com as autoridades, mas não estamos convencidos de que você não é um perigo para a nossa filha. Não sabemos nada sobre você e o que sabemos é, francamente, bem desconcertante. Sara diz que vocês dois estão apaixonados e que ela foi com você por vontade própria, mas temos sérias dúvidas sobre isso. Você não é o tipo de homem que nossa Sara devesse jamais...

— Mamãe, por favor. — Sara empurra seu prato

para o lado. — Eu já disse várias vezes que Peter não é o que você...

— Seus pais estão certos, ptichka. — Eu cubro sua mão com minha palma e a aperto levemente, então, me viro para a sua mãe. — Sra. Weisman — Digo, sendo formal para mostrar meu respeito. — Eu entendo suas reservas completamente. Se eu fosse vocês, estaria preocupado do mesmo jeito porque vocês estão absolutamente certos: sua filha e eu viemos de mundos diferentes.

Lorna e Chuck olham para mim, pegos desprevenidos, e eu uso o momento para preparar o que irei dizer. Tenho que ser bem cuidadoso aqui e caminhar pela linha tênue entre deixá-los sentir como se me conhecessem e aterrorizá-los por completo.

Decido começar do começo. — Eu cresci num orfanato na Rússia — Digo. — Não tenho ideia de quem eram meus pais, mas tenho quase certeza de que eles não eram nada igual a vocês dois. É bem provável que minha mãe fosse uma adolescente que se achou grávida, mas isso é apenas especulação da minha parte. Tudo o que sei é que fui deixado na porta de um orfanato quando eu tinha talvez alguns dias de vida.

Sara cobre nossas mãos juntas com a sua livre, dando-me apoio silenciosamente enquanto continuo.

— Não foi um excelente lugar para crescer e, sendo novo, eu sempre me metia em confusão — Digo enquanto os Weismans continuam a me olhar. — Contudo, quando tinha dezessete anos, fui recrutado para a unidade especial de contraterrorismo da

Spetsnaz – onde servi meu país por um número de anos.

— Ele era muito bom nisso — Ajuda Sara, parecendo tão orgulhosa como qualquer noiva. — Quando fez vinte e um, ele já era chefe de equipe.

Eu sorrio para ela, o calor do meu peito aumentando apesar de saber que está apenas representando para os seus pais. Sara sabe o que fiz como parte daquela unidade e eu duvido que ela realmente esteja orgulhosa de quantos terroristas e insurgentes eu capturei e torturei no meu país. Mesmo assim, me sinto bem por ter sua aprovação, apesar de fingida.

— Isso *é* impressionante — Diz Lorna e viro-me para vê-la e Chuck me olhando com um pouco menos de hostilidade.

— Obrigado — Digo e sorrio para eles —, eu *era* bom, graças parcialmente, à minha juventude perdida.

— Então, por que você os abandonou? — Pergunta Chuck, garfando outra azeitona. — Como você veio parar aqui?

Meu humor fica sombrio, o calor dentro de mim se dissipando apesar do contínuo toque suave de Sara. Eu não sei se tocaria nessa parte – se conseguiria me levar para esse lado da história – mas agora vejo que tenho que tocar nesse assunto, que se eu omitir essa parte importante, os Weismans pressentirão isso e perderei minha chance de ganhar sua confiança.

— Depois de alguns anos no meu serviço, o trabalho me levou a uma vila montanhosa em

Dagestan, onde encontrei uma jovem mulher — Digo com normalidade retirando minha mão da de Sara. — Ela engravidou e nos casamos.

Os olhos de Lorna se arregalam. — Você tem um filho?

— Tinha — Digo, e apesar dos meus melhores esforços, as palavras saem duras, quase amargas. — Pasha, meu filho, e Tamila, minha esposa, foram mortos sete anos atrás. Daryevo, a vila em que viviam, foi erroneamente tida como um esconderijo de terroristas e dezenas de inocentes foram mortos num ataque feito pela OTAN.

Os pais de Sara ficam de boca aberta, suas feições pálidas e os olhos não acreditando.

— Eu não entendo — Diz Chuck, após um longo e pesado momento. — Como pode acontecer algo assim? E esse tipo de erro crasso não apareceria em todos os noticiários? O que você está falando é... — Ele balança a cabeça e pega o copo d'água com mão trêmula.

— É difícil de acreditar, eu sei, papai — Diz Sara. — Mas eu digo que é verdade. Eu vi as fotos com meus próprios olhos. Isso aconteceu e *foi* horrível.

Lorna olha para a sua filha, então, vira-se para mim. — Sinto muitíssimo, Peter. — Sua voz mais macia com o que quer que esteja olhando nas minhas feições. — Qual a idade do seu filho?

— Ele faria três anos um mês depois. — Uma fisgada de angústia me deixa engasgado e eu me levanto, incapaz de olhar para os pais de Sara. Indo para o fogão, pego uma panela de massas e volto com ela para a mesa, usando o tempo para me recompor.

— Espero que gostem deste tipo de molho marinado — Digo num tom mais calmo, colocando a porção sólida do macarrão coberto com o molho no prato de Sara antes de fazer o mesmo para seus pais. — É um pouco diferente do que vocês comprariam num mercado.

A mãe de Sara enrola seu garfo no macarrão e dá uma mordida, então, abre um grande sorriso para mim. — Está muito bom, Peter. Obrigada.

— Não por isso.

Sinto a mão delicada de Sara no meu joelho, apertando levemente e quando olho para ela, vejo que seus olhos de avelã estão bem mais brilhantes. Ela não diz nada, mas o calor volta, derretendo a pedra de gelo que se formou dentro de mim pelas lembranças.

O pai de Sara limpa a garganta. — Então, hum... mas como você acabou aqui? Depois, você sabe.

Respiro. Aqui que tenho que ter cuidado para não revelar muito.

— Havia uma investigação — Digo olhando nos olhos de Chuck. — Uma que resultou nos culpados sendo oficialmente absolvidos de imputação de todo incidente e que fosse tida como 'uma dessas coisas que acontecem naquela parte do mundo'. Eu não aceitei aquele resultado e visto meus superiores serem cúmplices no acobertamento, eu acabei em Chicago, onde encontrei sua filha.

— Então, como você terminou tendo problemas

com as autoridades? — Pergunta Lorna, olhando com desconfiança misturada com um toque de simpatia. — Isso teve algo a ver com o que aconteceu com sua família?

— Sinto muito, mas não posso revelar isso. Como disse antes, é confidencial. — Dou uma pausa, deixando-os tirar suas próprias conclusões e quando mais nenhuma pergunta é feita imediatamente, eu encaro os dois e digo calmamente: — Lorna, Chuck – espero poder chamá-los assim? — Ao assentimento de Lorna, continuo. — Não posso mentir para você sobre o tipo de homem que sou. Eu não cresci numa boa vizinhança e não fui à escola para ser um doutor ou advogado. Sou um soldado por treinamento e vocação e eu já vi e fiz coisas que provavelmente vocês não conseguiriam imaginar. Mas eu realmente amo sua filha. A amo com tudo que sou. Ela é a única pessoa que importa para mim no mundo e faria qualquer coisa por ela. — Virando-me para Sara, pego na sua mão e digo com total verdade. — Eu daria minha vida para fazê-la feliz.

ara

EU NÃO TENHO IDEIA DE COMO ACHEI QUE SERIA O jantar, mas a última coisa que esperava era que Peter abrisse seu coração para meus pais, para desarmá-los com sinceridade em vez de objeções com arrogância revestidas de ameaças.

Pelo restante do jantar, ele é educado e respeitoso, respondendo suas perguntas com os detalhes necessários e quando encobre alguma coisa, ele ainda soa como sendo a mais absoluta verdade.

Onde nos encontramos? Num clube em Chicago. Ele já era um fugitivo? Sim. Por que namoramos escondido? Porque o dito status de fugitivo, ele não me informou até que eu estava no avião com ele. Por que eu não vim para casa por cinco meses? Porque as autoridades descobriram onde ele estava e esse era o único jeito de estarmos juntos. O que ele está planejando fazer agora? Ainda decidindo, mas tem dinheiro o bastante para vivermos o resto de nossas vidas. Como ele conseguiu tanto dinheiro? Com seu negócio de consultoria – e sim, os detalhes disso também são confidenciais.

No início, eu apenas ouço, mas quando entendo melhor a estratégia, eu replico com minhas próprias respostas, cuidadosamente seguindo as dicas de Peter. Quando pegamos a sobremesa – tigelas de cerejas frescas cobertas de tiramisu, meus pais parecem, se não exatamente confortáveis com nossa relação, pelo menos, mais receptivos.

É certamente melhor do que sua reação de pânico quando os informei sobre nosso noivado no estacionamento. Eles estavam para chamar o FBI quando lhes falei sobre nosso casamento no próximo sábado e precisei de todas as minhas forças para convencê-los a subir e realmente conhecer Peter eles próprios.

— Eu anda não entendo por que vocês estão correndo para ser casar — Diz mamãe, tomando o chá de camomila e eu seguro o sorriso ante seu tom de resignação. Pelo menos o tópico agora é a rapidez do casamento, não quão perigoso é Peter ou se deveríamos ficar juntos.

— Essa iniciativa foi minha, desculpem-me — Diz Peter e dá um sorriso para mamãe tão charmoso que me surpreendo de ela não derreter ali mesmo. — Senti tanta falta da sua filha que a pedi tão logo estávamos juntos novamente. A vida é muito curta, entende? Quando se acha a pessoa certa, você tem que segurá-la – e eu sei que Sara e eu somos certamente um para o outro. Além do mais — Ele olha para mim, seu olhar caloroso... — Gostaria de começar uma família em breve.

Meu pai bate a xícara de café. — Você o quê?

Peter dá um guardanapo para ele. — Gostaria de ter filhos — Ele fala com calma enquanto meu pai limpa o café derramado. — Uma menininha e um menininho – ou o que quer que o destino reserve para nós.

Eu ruborizo quando o olhar de mamãe instantaneamente vira para a minha barriga.

— Sara, querida, você não está...

— Não, claro que não. — Consigo sentir meu rosto ficando mais vermelho quando mamãe levanta suas sobrancelhas não acreditando. — É muito cedo, Peter acabou de voltar.

— Mas você já está tentando? — Pergunta mamãe, um sorriso feliz cobrindo seu rosto e, para meu choque, vejo que ela está feliz com a possibilidade.

A vontade primal de ter netos deve ter sobrepujado suas preocupações com Peter.

Papai, por outro lado, parece bem desconfortável. — Lorna, por favor. Isso não é da sua conta.

— Tão logo um bebê esteja a caminho, você será a primeira a saber — Peter promete a mamãe e ela me choca novamente por assentir conspiratoriamente.

— Obrigada. — Abaixando a voz, ela curva-se para

meu ex-sequestrador. — Achei que não aconteceria no período das nossas vidas.

Meu rosto deve se igualar à cor da cereja na tigela, mas meu pai parece intrigado. Parece que ele acabou de perceber que tudo isso – do retorno inesperado do meu amante que não é mais criminoso ao nosso noivado apressado – casa bem com algo que ele tem pensado desde meu casamento com George.

Como mamãe, ele quer netos, mas devido a idade avançada, ele já tinha perdido a esperança de ver algum.

No que tange a mim, ainda estou aterrorizada com a ideia, mas agora não é hora de externar dúvidas. Além do mais, eu me lembro como me senti quando minha menstruação atrasou, como fiquei tão desapontada que era quase um pesar. Talvez eu *realmente* queira um filho com Peter, apesar de minha parte racional estar gritando que deveríamos esperar para ver como vão ficar as coisas.

Se eu posso confiar em construir uma família normal com um assassino implacável.

Enquanto terminamos a sobremesa, Peter fala dos detalhes do casamento, perguntando aos meus pais, por consideração, seus detalhes pessoais e quantas pessoas eles gostariam de convidar. Eu ouço divertindo-me enquanto os três concordam com um juiz local que meu pai conhece e meus pais expressam o desejo de convidar os Levinsons junto com alguns outros amigos – algo que Peter aprova muito.

— No meu caso, só chamarei três amigos —

Certamente referindo-se aos colegas russos e isso parece acalmar meus pais um pouco mais – provavelmente pelo fato de ele ter amigos o tornar mais humano aos olhos deles.

Quando terminamos, Peter começa a limpar a mesa enquanto meus pais se aprontam para ir para casa.

— Obrigada. Estava delicioso — Diz mamãe.

— Sim, obrigado — Ecoa papai com cara amarrada quando meu noivo sorri para eles.

— O prazer foi todo meu. Esperamos vê-los novamente em breve — Diz ele e eu coloco meus sapatos para levar meus pais ao carro.

— Bem, não era isso o que eu esperava — Diz mamãe quando a porta do elevador se fecha. — Ele é... interessante. Esse seu Peter.

Abro um sorriso para ela. — Você quer dizer, lindo e tranquilo? Sim, concordo.

Papai retruca: — Tranquilo uma ova! Um selvagem, é isso. Sem dúvida.

— Chuck! — Mamãe franze o cenho para ele.

— Você não viu o jeito que ele olha para ela? — Retruca papai quando a porta do elevador se abre no primeiro andar. — Fiquei surpreso que ele não meteu um porrete na cabeça dela e a arrastou para o seu quarto na nossa frente.

— Papai, por favor. — O rubor que acabara de sair do meu rosto, voltou, dez vezes mais forte. — Isso não é...

— Bem, claro que vi — Diz mamãe como se eu não

estivesse ali. — Mas isso não é necessariamente uma coisa ruim.

— É quando você está lidando com um homem como ele. — Papai olha pelos ombros, como se Peter pudesse estar ouvindo – o que, sabendo-se das suas tendências de espião, bem que pode ser.

Pelo que sei, já tem câmeras por todo o prédio e quem sabe quantas colocadas em mim.

— Eu não acho que ele seja tão ruim assim — Diz mamãe quando passa por dois vizinhos no saguão. — Quero dizer, sim, ele não é normal como Joe ou Harry, mas...

— Ele é perigoso — Diz papai rapidamente. — Não se engane. Apenas porque o homem quer uma família não significa que não seja capaz de coisas que fariam seus olhos se retorcerem. O que ele nos falou é apenas a ponta do iceberg, acredite em mim.

— Oh, eu acredito em você — Diz mamãe quando saímos para o estacionamento. — Mas eu acho que ele realmente a ama e se aqueles problemas com o FBI acabaram...

— Talvez vocês queiram esperar dois minutos, assim, podem falar sobre mim na terceira pessoa quando eu *não* estiver aqui? — Sugiro, indo atrás deles. — De outra forma eu posso voltar e ...

— Não, não, querida. — Mamãe para, e vira-se, dando-me um olhar de desculpas. — Desculpa, estamos apenas tentando chegar num acordo sobre isso tudo, você entende.

— Entendo, mamãe. — Eu sorrio e inclino-me para

beijar sua bochecha macia. — Eu só estava brincando. Você sabe que isso exigirá alguns ajustes.

— Sara, querida. — Papai toca meu ombro e quando eu o encaro, ele diz calmamente: — Só nos prometa uma coisa.

— O quê?

— Se ele alguma vez te ferir, ou ameaçar, ou fizer qualquer coisa que te deixe preocupada, venha para nós. Não esconda ou tente lidar com isso sozinha, entendeu? — O olhar de papai é firme como nunca vi. — Sei que você está apaixonada por esse homem – vejo isso – mas os tigres não mudam suas listras. Ele é perigoso. Talvez não para você. Vejo isso nos seus olhos.

— Papai...

— Não, me ouça, Sara. Mesmo se ele não trouxer os horrores do seu passado para a sua vida – algo que duvido muito – ele não será como George, feliz por ser parte da sua vida. Ele não é esse tipo de homem, você entende?

— Entendo. — Entendo melhor do que meu pai pode imaginar, porque eu sei exatamente que tipo de homem Peter é. Com George, mesmo quando éramos um casal, eu conseguia ser eu mesma, manter aquela pequena porção de distância mental necessária para me proteger. Mas Peter é demasiadamente dominante e controlador para permitir isso. Serei dele em todos os sentidos da palavra e meu pai vê isso intuitivamente.

— Chuck. — Mamãe coloca a mão no braço dele. — Venha. Devemos ir.

— Prometa-me — Insiste papai, não cedendo, então, eu assinto e sorrio.

— Eu prometo, papai. Se qualquer coisa acontecer, irei até vocês.

Papai assente, satisfeito e andamos juntos para o carro deles. Enquanto os beijo e abraço e me despeço, noto Danny ainda sentado no seu carro escuro e eu sorrio, olhando a janela com a luz acesa da minha cozinha.

Por todos os seus avisos e conselhos, meus pais não têm ideia do quão perigoso e controlador meu noivo verdadeiramente é. Eu menti quando fiz a promessa para papai. Não tem como eu ir até eles com as preocupações relativas a Peter, porque não tem nada que eles ou qualquer um possa fazer.

O monstro que passei a amar estará na minha vida para sempre e eu tenho que descobrir como viver com ele.

FUI TRABALHAR NA SEXTA-FEIRA COMO SEMPRE, MAS acabei passando cada minuto entre meus pacientes respondendo perguntas dos meus colegas de trabalho sobre meu casamento que se aproximava. Para evitar parecer desinformada sobre o evento como realmente estou, falo que queremos que alguns detalhes sejam surpresa e deixo quieto.

Eles verão as flores, o bolo e o vestido amanhã.

Meus pais continuam a ligar também, perguntando sobre todo tipo de detalhe que não consigo responder. Eu dou o número de Peter para eles, visto ser ele o organizador oficial da cerimônia, mas minha mãe ainda liga a cada hora com algum tipo de pergunta ou preocupação. Acho que eles têm medo que irei desaparecer novamente, então, eu tento ser paciente, mas na quinta ligação, tudo o que posso fazer é pegar o telefone e explicar mais uma vez que não tenho ideia se haverá cadeiras ou bancos na cerimônia.

É um dia cheio no trabalho, também, com uma cesariana de gêmeos programada para esta tarde, o que significa que quase não tenho tempo para almoçar antes de correr para o hospital para iniciar os procedimentos. Para acelerar as coisas, pego um sanduíche de uma loja de conveniências e como no carro.

Uma vantagem de ter um motorista é ter as duas mãos livres para comer.

A paciente já recebeu a peridural quando chego à sala de cirurgia e após examiná-la, faço o procedimento imediatamente, visto ela já estar começando a dilatação e um dos gêmeos estar posicionado do jeito errado. A mãe está muito preocupada – ela tem pouco mais de quarenta anos e não conseguiu conceber até sua sexta tentativa de FIV – e quando coloco os dois meninos pequenos, mas perfeitamente saudáveis, nos seus braços, suas feições se iluminam com tanta alegria que tenho que piscar minhas lágrimas.

— Obrigada, Dra. Cobakis — Diz ela fervorosamente enquanto as enfermeiras levam os bebês para os testes —, muito obrigada por tudo.

— O prazer foi meu, acredite. — Digo, enquanto examino seus curativos uma última vez e faço algumas anotações na sua ficha. — Um pouco de dor e sangramento é normal depois deste procedimento, mas se você começar a ter febre ou tiver uma dor muito forte, me liga, ok? — Olho para ela com firmeza. — Falo sério. Qualquer hora, dia ou noite.

— Farei isso. Você é tão bondosa. — Seu sorriso com os olhos cheios de lágrima é exausto, mas cheio de alegria. — É verdade o que ouvi das enfermeiras? Você irá se casar neste final de semana?

Os rumores certamente correm rápido.

Segurando um suspiro, digo: — Sim, vou. Mas você pode ligar se houver algo. Estarei por perto, ok?

— Oh, obrigada! E meus parabéns. Tenho certeza de que será uma bela noiva. — Ela abre um sorriso para mim e eu sorrio de volta, satisfeita com a interação descomplicada.

Diferente de qualquer um na minha vida, essa mulher não sabe que esse casamento saiu de lugar nenhum, ou que estou me casando com um homem que a maioria dos meus amigos não conhece.

— Descanse e aproveite seus filhos — Digo à nova mãe e volto ao consultório para terminar o dia.

Talvez Peter tenha a ideia certa sobre não esperar mais tempo.

Com um pouco de sorte, a loucura de casamento estará terminada na segunda-feira e daí as coisas voltarão ao normal – ou, pelo menos, o que possa ser quando se está casada com um homem que certa vez te sequestrou.

eter

EU DOU A NOITE DE FOLGA PARA DANNY E PEGO SARA, muito desejoso de vê-la para esperar os minutos extras até ela chegar em casa. Estou feliz de que ela não tem um turno esta noite na clínica nem apresentação, porque mesmo as horas que ela gasta no trabalho são muitas longe de mim.

Eu preciso dela comigo. Sempre.

Ela sai do prédio do seu consultório, seus olhos avelã olhando a rua – procurando Danny, sem dúvida – quando abro a porta e saio.

Seu olhar imediatamente se vira para mim e um sorriso acende seu belo rosto enquanto vem na minha direção. É um dia de sol agradável e ela está usando um vestido sem mangas, cinza, que contorna seu porte de bailarina. Seus cabelos castanhos charmosos balançam nos ombros finos quando anda, e novamente me lembro de uma estrela de Hollywood dos anos cinquenta transplantada para os dias atuais.

Minha bela ptichka.

Porra, mal posso esperar para que seja minha esposa.

— Olá — Diz ela sem fôlego, parando à minha frente. — Você comprou um carro novo? Eu não sabia que esse era...

Pego seu rosto entre minhas palmas e forço minha boca na dela, beijando-a profundamente. Não consigo resistir. Eu sinto desejo de tudo nela, do doce do seu cheiro ao seu corpo esbelto arqueado contra o meu, suas mãos indefesas apertando meus bíceps. Eu quero devorar essa doçura, beber até aplacar essa sede pulsante – apesar de saber que não tem como aplacá-la.

Irei sentir desejo por ela até o dia que morrer.

Ficando ciente de uns risinhos irritantes, levanto minha cabeça e foco os ofensores – duas garotas em pé a cerca de três metros – com um olhar penetrante. Elas fogem instantaneamente, seus rostos empalidecendo sob a camada pesada de maquiagem e eu volto minha atenção para Sara, que está piscando para mim, seus lábios macios inchados e rosados pelo beijo.

— Olá, ptichka. — Lutando contra o desejo de voltar aos seus lábios, eu abaixo minhas mãos aos seus ombros, apertando-os gentilmente. — Como foi seu dia?

— Foi bom. — Ela ainda soa um pouco sem fôlego. — E o seu?

— Bom também. Comprei esse carro novo para nós. — Indico o Mercedes S-560 preto atrás de mim. A primeira vista parece com qualquer outro sedan de luxo. Uma inspeção mais de perto, contudo, revelaria que as janelas são feitas de vidros à prova de bala e que a lataria é descomunalmente resistente.

Custou-me uma grana, mas vale. Não estou esperando que ninguém atire em nós, mas quem sabe. Também, este carro é bem indestrutível numa batida – algo bem importante para mim depois do que aconteceu com Sara em Chipre.

— Legal — Diz ela, apesar de uma pequena franzida entre suas sobrancelhas. — E meu Toyota?

— Vendi.

Ela sai da minha pegada, sua franzida se aprofundando. — Você nem pensou em me consultar?

Fico tentado a puxá-la para mim e beijá-la até que esqueça o que quer que a esteja chateando. Porém, já demos muito show para os transeuntes, então, eu apenas pergunto: — Você era muito ligada ao carro, meu amor? Posso pegar de volta se tiver algum valor sentimental.

Isso também parece que não a agradou. — Não, não me importo pelo carro. Só que... — Ela alinha os ombros e me olha nos olhos. — Peter, preciso que me envolva em ações que me afetem - que afetem nós dois. Certa vez você me disse que isso pode ser uma parceria, e quero isso agora. É importante para mim.

Eu considero suas palavras e assinto. — Tudo bem.

Ela pisca. — Tudo bem?

— Te perguntarei antes de fazer qualquer coisa com o carro — Digo e abro a porta do passageiro. Segurando no seu cotovelo, eu a ajudo a entrar, meu jeans ficando desconfortavelmente apertado ao ver sua calcinha azul clara quando ela vira suas pernas torneadas para dentro.

Deveríamos reavaliar esse vestido como peça regular do seu guarda-roupa de trabalho.

— Não estou apenas pensando no carro — Diz ela quando pego no volante. — É sobre tudo - como arranjos de casamento e onde moraremos e o que você fará em termos de trabalho. Eu quero que nós tomemos todas essas decisões juntos daqui para frente, como qualquer casal casado normal.

— Entendo. — Eu checo o espelho e cuidadosamente vou para a rua. — Você quer que eu te consulte como um marido deveria consultar. Entendi.

— Entendeu? — Ela parece espantada por alguma razão. — Eu pensei que... esquece. Estou feliz que você entendeu.

Eu sorrio e coloco minha mão direita na sua coxa esbelta, apreciando quão sedosa é sua pele nua. Se minha ptichka quer que eu a consulte sobre coisas tão triviais como o carro ou que o farei com meu tempo livre, ficarei feliz em fazê-lo.

Podemos tomar todas as decisões juntos se ela entender um fato simples.

Ela pertence a mim pelo resto das nossas vidas.

eter

Sábado de manhã chega quente e claro, com o tipo de céu azul sem nuvens que teríamos encomendado do catálogo de cerimônias de casamento, se pudéssemos. O tempo era a variável incontrolável, mas como tivemos sorte, ele está ajudando, assim, o evento deve iniciar sem percalços.

Certifiquei-me disso.

Organizar um casamento não é tão diferente de se planejar um ataque, concluí. Você apenas tem que ser metódico com a logística e se preparar para todas as eventualidades. Claro, as eventualidades são bem diferentes, mas é bom ver que parte das minhas habilidades são aplicáveis na vida civil.

Esguerra estava errado.

Farei isso dar certo.

Sara e eu seremos felizes aqui.

Sua hora marcada com o cabeleireiro e a maquiagem não começa antes das dez e eu a desgastei ontem à noite, então, eu a deixo dormir enquanto preparo o café. Depois, volto para o quarto com um copo de café bem quente nas mãos.

Ou ela me ouve ou sente o cheiro do café, porque ela rola na cama, um braço fino espalhado no colchão enquanto a outra mão fechada num punho delicado para cobrir um bocejo grande. — É de manhã? — Resmunga ela sem abrir os olhos e eu abro um sorriso quando me sento na beira da cama e coloco a xícara na cabeceira.

— Sim, meu amor. — Debruçando-me, eu sinto a fragrância no lado do seu pescoço. — É o dia do nosso casamento.

O cheiro do seu cabelo é doce e um pouco frutado, como o xampu no seu boxe. Me dá água na boca. Sem convite, minha mão entra sob o cobertor, fechando-se em volta do seu seio macio e redondo e meu pau fica duro, minha respiração se acelerando quando seus mamilos se intumescem na minha palma.

Porra. Não tem tempo para isso – sem mencionar que ela ainda deve estar dolorida das três vezes de ontem à noite.

Eu forço-me a ficar ereto e retiro minha mão. — Seu café está pronto — Digo com voz rouca e me levanto, ajustando o monte desconfortável no meu jeans. Eu preciso me esfriar para não atacá-la aqui e agora, que se danem o café e o casamento.

— Humm. — Ela boceja novamente e senta-se, segurando o cobertor para cobrir aqueles seios tentadores. Piscando o sono dos seus olhos, ela foca na xícara de café na cabeceira. — Isso é café?

— Com certeza. E tem o resto na cozinha – quiche de vegetais e batatas fritas caseiras. Você precisará de combustível para durar o dia todo.

Ela abre um sorriso. — Você é fantástico.

Meu coração se aperta – meu pau se revira novamente – enquanto sai da cama nua e corre para o banheiro, aparentemente revigorada pela promessa de cafeína e comida. Foi isso que eu queria, que lutei todo esse tempo: Sara desse jeito, brincalhona e com afeição por mim. Nunca conseguiremos apagar a parte sombria do passado, mas juntos podemos construir um futuro mais iluminado.

Um futuro que ainda parece aterrorizantemente frágil por alguma razão.

Eu retiro o pensamento da minha cabeça na hora que aparece. Não tem razão para achar que esse tipo de manhã é temporário, que não é nada mais do que o início de uma nova vida.

Hoje é o dia do nosso casamento e me certificarei de que seja o melhor de todos.

É o mínimo que minha ptichka merece depois de tudo o que fiz.

61

S*ara*

A INVASÃO COMEÇA LOGO DEPOIS QUE TERMINO DE engolir o café da manhã que Peter preparou para mim. O que parece um exército de estilistas, maquiadoras e cabeleireiras chega ao meu apartamento, enchendo a sala de estar com produtos de cabelo, bolsas de roupas e vasilhames de sombras o bastante para quatorze noivas – ou drag queens. Pam e as assistentes e pelo menos quatro cabeleireiras e pessoal de maquiagem. É difícil dizer exatamente quantas com todas elas entrando e saindo do apartamento para trazer os artigos que não param de aumentar.

Peter me abandona rapidamente à tortura, dizendo que precisa supervisionar os preparativos da segurança e outros tipos de logísticas em Silver Lake. Seu próprio smoking está sendo enviado direto para lá, assim, eu nem mesmo terei a chance de vê-lo até que Danny me leve lá no final da tarde.

— Tão injusto, pois tudo que você tem que fazer é colocar um terno legal — Queixo-me, fazendo troça e ele abre um sorriso, então, me dá um beijo rápido nos lábios, fazendo meu pulso pular.

— Comporte-se ou então... — Avisa ele, olhos prateados brilhando de divertimento e eu belisco seu lado em revanche, fazendo-o sorrir e beijar-me novamente.

— Cabelo primeiro — Uma mulher jovem com vestido extravagante anuncia tão logo Peter sai e eu deixo-me guiar para o sofá onde um monte de estilista com olhares amedrontadores já estão numa fila.

Meu cabelo ainda está molhado pelo banho da manhã, então, ele é primeiro seco na posição, pranchado e enrolado. O penteado aparentemente requer que seja perfeitamente liso na parte externa, o que meu cabelo naturalmente ondulado não tem. Enquanto isso não é feito, minhas unhas são lixadas, cortadas e pintadas com uma cor rosa clara e, então, é hora da maquiagem.

Mamãe aparece na hora que a última camada é colocada nos meus cílios. Ela já fez o cabelo e está com um vestido longo cor de pêssego que acentua seu porte ainda esbelto.

— Uau — Ofega ela quando eu me levanto do sofá e abro um sorriso, indo para abraçá-la.

— Você está maravilhosa, mamãe. — Dou um passo

atrás para olhá-la por completo. — Adorei esse vestido. Quando você comprou?

— Seu noivo encomendou ontem à noite. É Chanel. Você pode acreditar? Eu estava lamentando com seu pai ontem de manhã que não conseguiria achar nada decente num período tão curto e, então, bang, esse vestido chega – e cabe perfeitamente. Você pode imaginar? Seu pai ganhou um smoking novo também. — Ela parece excitada como uma adolescente indo à festa de formatura.

— Uau, sim. É fantástico. — Peter deve ter instalado câmeras e/ou escutas no apartamento dos meus pais novamente – uma invasão de privacidade que precisamos discutir. Mas, por enquanto, sou grata por ele ter se preocupado o bastante para incluir meus pais no seu conjunto insano de preparativos para o casamento.

Mamãe adora se vestir bem e ficaria arrasada se tivesse que colocar um vestido velho ou algo que não achasse especial o bastante.

— Como está papai? — Pergunto quando Pam e Suzie espantam todos os outros do apartamento e me faz despir, ficando só com a roupa de baixo para pôr o vestido.

— Ele está bem. Ainda processando tudo isso, mas... — Mamãe ofega quando vê o vestido. — Uau, Sara. Ele é maravilhoso!

— É um Monique Lhuillier — Pam fala orgulhosa quando Suzie ajuda a colocar em mim e fecha os botões nas costas. — Renda toda feita à mão – cada centímetro dele.

— Sara, ele é... — Mamãe pisca várias vezes, então, funga alto. — Querida, você está tão linda... simplesmente fora deste mundo, como algum tipo de princesa encantada.

— Verdade? Deixe-me olhar. — Espero até Suzie acrescentar os prendedores de cabelo, e ando para o espelho no banheiro.

Uma bela retumbante me olha de volta, seus olhos verdes salpicados grandes e misteriosos no seu rosto sem falhas. E ele é sem falhas. A cicatriz na testa do meu acidente – quase invisível depois de tantos dias – foi-se completamente e minha pele lisa e sem poros como vidro. Uma hora de maquiagem e eu pareço que quase não estou usando nada – exceto que cada feição parece tão perfeita como se tivesse sido trabalhada com photoshop.

O cabelo é o que dá a impressão de princesa. Juntado em cima na coroa da minha cabeça, é um obra de arte de curvas e ondas, cada cacho tão brilhante e liso que quase não reconheci como sendo meu. Até a cor – castanho escuro com pontos em vermelho – é mais rico e brilhante perto dos prendedores de brilhante, apesar de ser apenas o brilho extra acrescentado por todos aqueles produtos.

Pam estava certa sobre o penteado: é exatamente o que este vestido precisa. A renda dá ao vestido sereia esbelto uma qualidade etérea, mas é apenas a combinação com o estilo de cabelo intrincado que consegue essa aparência mágica de encantamento que fez minha mãe ficar com os olhos vermelhos.

Enquanto olho para mim no espelho, minha garganta se fecha.

Estou me casando.

Com Peter.

Hoje.

A onda de pânico é tão espontânea quanto irracional. Engolindo uma ofegada, fecho a porta do banheiro e me encosto nela, esquecendo completamente a renda frágil. Meu coração é como um tambor de guerra, minha respiração vindo rápida e rasa.

Estou me casando. Com Peter.

Eu não entendo a fonte do meu pânico, mas isso não o torna menos intenso. Posso sentir um suor gelado saindo da minha testa e molhando minhas axilas e tudo que posso fazer é ficar em pé em vez de me jogar no chão.

Peter e eu estamos nos *casando*.

— Sara? — Mamãe bate na porta, parecendo preocupada. — Você está bem, querida?

Estou? Eu deveria estar bem. Eu deveria estar muito feliz, de fato. Eu estou me casando com o homem que amo, um que fez coisas incríveis para mostrar que me ama... para fazer-me feliz apesar do nosso começo auspicioso.

É esse o problema? Alguma parte de mim ainda não é capaz de deixar para trás o que Peter fez?

O rosto sem falhas no espelho não tem resposta,

então, respiro fundo algumas vezes e normalizo minha voz. — Estou bem, mamãe. Só me deu um aperto no estômago.

— Oh, pobre querida. Você tem algum Pepto-Bismol em casa?

— Não, mas estou bem. Só me dê um segundo. — Dou mais umas respiradas fundas e quando meu coração não está mais se revirando no meu peito, eu molho uma toalha e esfrego nas minhas axilas. Então, reaplico o desodorante e bato no topo do meu penteado com um lenço de papel, tomando cuidado para não manchar minha maquiagem.

Quando o espelho confirma que não tem mais traços do meu ataque de pânico inoportuno, eu colo um sorriso nos lábios e saio, reafirmando à mamãe que estou bem.

Voltamos para a sala de estar, que agora está bem vazia.

— Elas se foram todas — Diz mamãe, sorrindo ante o meu olhar de surpresa — quando você estava no banheiro.

— Oh. — Olho no relógio e fico chocada ao ver que já são duas da tarde.

Não se admira que Peter quisesse que eu tomasse um café da manhã reforçado.

— A cerimônia começa às quatro, mas Peter disse ao fotógrafo que viesse às três para as fotos de família — Diz mamãe. — Então, devemos ir. Seu pai já está a caminho.

— Certo, ok. — Fecho minha mão num punho para

esconder o pequeno tremor dos meus dedos. Minha garganta ainda está apertada e, ao pensar nisso tudo – as fotos, a cerimônia, todos olhando e fofocando – é insuportável e completamente esmagador.

— Mãe... — Pressiono minha mão na barriga, que está realmente descontrolada agora. — Sabe, eu acho que realmente preciso de um remédio. Tem uma farmácia a um quarteirão daqui, então, eu só vou...

— O quê? Não, não seja louca. Você não pode ir a lugar nenhum vestida assim. Senta aqui, relaxa, eu volto num instante, ok?

— Não, mãe, estou bem. Só vou tirar o vestido e...

— Sente-se — O tom de mamãe não tolera desacordo. — Posso ser velha, mas posso andar um quarteirão. Volto em alguns minutos e você só se senta e descansa, ok? Talvez coma algo também – você deve estar com pouco açúcar no sangue.

Isso é realmente verdade. Tão logo mamãe sai, vou para a cozinha e coloco algumas sobras no micro-ondas. Lembro-me que isso aconteceu no meu primeiro casamento: estando muito ocupada para comer e sentindo-me tonta. Desta vez, tem muito menos para me preocupar, graças ao Peter supervisionando tudo, eu realmente tenho alguns minutos para dar uma beliscada.

O fotógrafo pode esperar.

A campainha toca quando estou tirando a massa do micro-ondas.

— Está aberta, mamãe — Grito, pegando uma toalha para me certificar que não vou me queimar com o prato quente e percebo que é muito cedo para ela ter voltado.

Será que algum pessoal da maquiagem esqueceu algo?

Colocando o prato de massa, eu saio da cozinha e congelo.

Agente Ryson está na minha sala de estar, seu olhar no meu vestido branco com desprezo.

*P*eter

— Você conseguiu mesmo — diz Anton admiradamente quando ajeito minha gravata no espelho. — Vida de civil, anistia, a garota e tudo. Porra, não consigo acreditar.

— Acredite. — Viro-me e abro um sorriso para o meu antigo companheiro. — Como estou?

— Nada mal. — Yan chega-se perto, estudando-me com tom crítico. — Mas eu usaria uma gravata branca. Mais formal e combina melhor com seu tom de pele.

Anton rola seus olhos para ele. — Para de ser essa porra de metrossexual. Sério, Ilya, com o que a sua mãe alimentou esse outro?

— Com o mesmo lixo que me dava — Diz Ilya e fica em frente ao espelho para ajustar sua própria gravata.

Diferente do seu irmão gêmeo, que parece que nasceu para usar terno, Ilya não se parece nada mais do que um criminoso bem vestido. O paletó aperta seus ombros cheios de esteroides e as tatuagens na sua cabeça raspada brilham doidamente na luz forte do dia.

O pai de Sara deve ter um ataque do coração apenas por olhar para ele – e isso sem saber do arsenal escondido sob seu paletó.

Dentro de todos os nossos paletós.

Não tem motivo para preocupação, claro, mas ainda estou nervoso. Lá nos bons dias, recepções como essas, especialmente num local ao ar livre, geralmente nos dava uma oportunidade. Casamentos, aniversários, funerais – nós adorávamos a todos, porque nosso alvo, pego pela excitação, iria invariavelmente esquecer algum aspecto da segurança.

Esse é um erro que não tenho intenção de cometer, sendo por isso que além do pessoal vigiando Sara, contratei mais guardas-costas e observação aérea por uma dúzia de drones.

Ninguém chega a um quilômetro do local sem que eu saiba.

— Então, como está a vida de civil até agora? — Pergunta Yan, ficando a um passo de mim para checar se o fotógrafo chegou. — É tudo que você sonhava?

Seu tom é de implicância, mas quando olho para ele, não vejo nenhum divertimento nas suas feições.

— Sim — Respondo, decidindo achar que a pergunta é o que é. — Você deveria tentar algum dia.

Ele dá umas risadinhas, mas sem humor. — Não, obrigado. Estou gostando demais desta vida.

Eu assinto, nem um pouco surpreso. Em vez de usar as vantagens da anistia que consegui para ele, Yan pegou o negócio – arquivos, empresas de fachada, contabilidades da equipe e tudo – e tem usado os contatos da equipe para fazer trabalhos até mais lucrativos. Ele tomou posse no dia após eu sair para o complexo de Esguerra, o que significa que Yan já estava planejando isso por um tempo.

Eu estava certo em ficar desconfiado.

Se eu não tivesse desistido quando o fiz, um de nós provavelmente estaria morto.

Como esperava, Ilya juntou-se ao irmão na sua nova jornada, mas Anton ainda está decidindo.

— Porra, já estou rico, entende? — Ele me disse no telefone há duas semanas quando Yan o cutucou por uma resposta novamente. — Eu posso sentir falta da excitação e tudo o mais, mas não preciso de mais dinheiro – não do jeito que Yan parece precisar. — Ele pausa, e então, pergunta com cuidado — Você não está com raiva dele, está?

— Não — Eu disse a Anton, e disse a verdade. Disse aos caras que eles podiam continuar com o negócio se quisessem, então, por que me importaria se Yan já estava planejando tomar meu lugar o tempo todo? Nenhum de nós é anjo e bem no fundo sempre soube que Yan não estava feliz em seguir ordens já há um bom tempo.

Mesmo lá atrás na Rússia, havia sinais disso – um

aviso que ignorei quando ofereci aos gêmeos Ivanov um lugar na minha equipe.

No contexto do meu mundo – *nosso* mundo – Yan Ivanov havia sido leal o bastante e visto termos evitado o último embate, faz sentido continuarmos bem.

Você nunca sabe quando precisará de um favor.

— Então, o que você vai fazer aqui? — Pergunta Yan quando paro para contar as cadeiras em frente ao gazebo. — Outros planos além do casamento?

— Tenho algumas ideias — Digo, terminando a contagem. Falta uma cadeira – algo que o pessoal do local precisa resolver imediatamente. — Por enquanto os planos do casamento já bastam para mim.

— Você sabe que está se iludindo, certo? — O tom de Yan não tem nem um pouco de sarcasmo e quando me viro para olhar para ele, eu vejo uma certa seriedade nos seus olhos frios. — Isso não é para você – tanto quanto não seria para mim.

Será que ele e Esguerra leram o mesmo script? — Quem você está tentando convencer disso? — Pergunto curioso. — Eu ou você?

Ele olha nos meus olhos, como se visse algo que não estou vendo. — Boa sorte — Diz com calma. — Vou torcer por você.

E virando-se, volta, deixando-me procurar o fotógrafo sozinho.

 *ara*

Meu pulso para, então, explode.

Isso não pode estar acontecendo.

Eles não podem prender Peter no dia do nosso casamento.

— Agente Ryson. — Fico orgulhosa da firmeza da minha voz. — O que está fazendo aqui?

Ele me dá um sorriso raso. — Oh, não se preocupe, Dra. Cobakis - ou que será em breve Dra. Garin. Não estou aqui oficialmente.

Minhas batidas do coração frenéticas diminuem um pouco. — Por que está aqui então?

— Para oferecer meus cumprimentos, claro. — Sua boca se revira. — Você e seu amante russo certamente nos enganaram.

Eu fico em silêncio, porque, o que posso falar? Entendo como isso deve parecer na sua perspectiva – da perspectiva de qualquer um que estaria seguindo uma história desde o começo, realmente. Estou me casando com o assassino de George, o homem que me torturou com água, invadiu minha vida e me sequestrou.

O homem que Ryson passou mais de dois anos caçando.

— Fale-me uma coisa, Dra. Cobakis — Continua o agente com amargura. — Quando você e Sokolov conspiraram para se livrarem do seu marido com o cérebro destruído? Foi antes ou depois do chamado ataque a você?

Eu sugo uma respiração horrorizada. É isso que ele realmente pensa? — Você está errado. Eu nunca...

— Nunca mentiu para nós? Nunca fingiu que precisava de proteção do homem que está para se casar? — Seu olhar é penetrante. — Sim, eu achava isso.

Meu pescoço queima. — Não era assim. Não no começo.

— Oh, verdade? Como foi então? Ele lavou seu cérebro no Japão? Te mostrou uns segredos no quarto que te fez esquecer todo o sangue nas suas mãos? Talvez você não se importasse com aquele alcoólatra de quem se divorciaria – sim, sabemos de tudo isso – mas seu amante também matou os guardas de Cobakis. Bons homens, homens honestos. Ele explodiu seus cérebros – ou você esqueceu?

Eu engulo a bile na minha garganta. — Claro que não.

— Não? — Ryson vem na minha direção. — E os agentes policiais no helicóptero que ele explodiu quando tentaram te resgatar do suposto sequestro? Ou sobre todos os outros que matou e torturou em nome de qualquer que seja a justiça invertida que ele está perseguindo? Você gostaria que eu te desse a lista de todas as vítimas, para que você possa pregar na parede acima da sua cama de casal?

Estou tremendo agora, minha barriga uma reviravolta só. O cheiro de massa quente, tão tentadora um minuto atrás, está me dando vontade de vomitar e é tudo o que posso fazer para olhar nos olhos de Ryson em vez de rolar no chão numa bola, de vergonha.

Isso é verdade, tudo isso.

Peter é um monstro e eu também, por amá-lo.

Na minha falta de resposta, o agente bufa ironicamente. — Nada a falar? Bem, deixe te dar um pequeno aviso. — Ele chega mais perto até que não tenho escolha a não ser andar para trás. Pairando sobre mim, ele diz com calma: — Não sei quem mexeu os pauzinhos dando a vocês dois uma ficha limpa, mas se eu aprendi algo nesses anos todos, é que psicopatas como Sokolov não mudam. Ele *vai* cometer outro crime e quando o fizer, o trato que fez com os graúdos perderá o valor. Estaremos esperando – e agora, Dra. Cobakis, também temos o *seu* número.

Ele se afasta e vira-se, como para sair, mas, então, para e diz sobre os ombros: — Oh, e parabéns novamente. Você está uma noiva linda. Espero que sejam felizes juntos.

Ele sai, batendo a porta e eu mal consigo chegar ao banheiro antes do meu estômago forçar, expelindo o conteúdo no vaso.

eter

ELA ESTÁ ATRASADA.

E cerimônia deve começar em quarenta e cinco minutos e Sara ainda não está aqui.

Dou ao fotógrafo um olhar bravo enquanto ele repetidamente olha para o seu relógio e ele fica pálido, então, olha para o outro lado e começa a brincar com sua abotoadura, como se fosse o que ele tem feito o tempo todo.

Segundo os guardas-costas vigiando o apartamento de Sara, assim como os objetos de monitoramento que coloquei nela, minha noiva ainda está em casa com sua mãe. Eu liguei várias vezes, mas apenas sua mãe atendeu uma vez. — Sara está com dor de estômago —

Disse ela rapidamente e desligou – e tem mandado minhas chamadas para a caixa postal desde então.

Preocupado e cada vez mais irritado, eu olho para as pessoas em volta do gazebo em pequenos grupos, bebendo champanhe e comendo os canapés bem decorados. Quase todos estão aqui, parecendo estar se divertindo apesar de alguns convidados – a maioria amigos de Sara e ex-colegas de trabalho – me olhando com se eu fosse Osama bin Laden. Yan está conversando com os novos colegas de trabalho de Sara, enquanto Ilya parece fascinado com o que os colegas de banda de Sara estão falando sobre suas apresentações. Anton está conversando com os pais de Sara sobre crescer na Rússia e até Joe Levinson, o advogado que gosta de Sara, está atacando a tequila no bar e olhando na minha direção de forma sinistra.

Ele tem coragem, aparecendo aqui. Não sabe que sei dos seus interesses por Sara. Se ele olhar para ela do jeito errado, não viverá para se arrepender.

Isso, entendendo-se que ela se mostre para qualquer um que olhe para ela de qualquer jeito.

Cinco minutos mais, checando meu aplicativo de rastrear Sara a cada trinta segundos, ligo para Danny, que faz parte do grupo de guardas-costas de Sara hoje.

— Eu preciso que você suba lá no apartamento — Digo quando ele responde. — Dê seu telefone para Sara e não saia até que ela me ligue.

— Entendido.

Ele desliga e cinco minutos depois, meu telefone toca com uma chamada do número de Danny.

— Sara?

— Peter, eu... — Ela engole. — Desculpe-me. Eu só preciso de um pouco mais de tempo.

Minha preocupação aumenta. — Qual o problema? Aconteceu alguma coisa?

— Não, nada. Meu estômago está doendo.

— Você quer que eu envie um médico? Te dê algo?

— Não, é só... — Ela para, então, diz com cuidado: — Olha, Peter, eu sei que a hora é péssima, mas...

— Você está tentando dar para trás? — Minha voz fica macia, traindo toda a fúria queimando dentro de mim. — É sobre isso?

— Não, absolutamente não. Eu só preciso de mais tempo. Sua volta, o casamento – tudo está acontecendo realmente rápido. Não estou falando que não deveríamos fazer isso, mas talvez seja muito cedo, talvez possamos apenas morar juntos por um pouco, ver se isso até...

— Até o quê? — O metal duro do telefone cortando minha palma. — Até que se torne possível? Você acha que isso é como vai acontecer? — A raiva quente em mim, mas eu mantenho meu tom gentil e minha expressão calma enquanto vou para trás de um pequeno aglomerado de árvores, longe de olhos e ouvidos curiosos.

— Peter, por favor. Só estou pedindo um pouco mais de tempo. Podemos falar a verdade para as pessoas – que não estou me sentindo bem – e, então...

— Deixe-me falar como vai ser, ptichka — Digo numa voz até mais calma. — Você pode ou vir com

Danny neste exato momento, vindo direto para cá sem demora, ou eu vou aí te pegar. Só que não vamos voltar para cá, nesse caso. De fato, não haverá nada aqui para se voltar, porque eu pretendo não deixar testemunhas neste lugar miserável. — Eu pauso, então, pergunto calmamente: — Você entende o que estou falando, meu amor?

Tem um silêncio mortal no telefone. Então, ela diz num sussurro: — Você não faria isso.

— Não? Me provoque — Eu espero um pouco, daí, acrescento: — Claro, seus pais não estão na categoria de testemunhas. Sei o quanto eles significam para você, então, apenas os levaremos conosco quando sairmos. O que você acha? Eles gostarão de uma saída exótica, você não acha?

Ela fica em silêncio por tanto tempo que tenho quase certeza que ela vai tentar dizer que estou blefando. Exceto que não estou blefando. Eu não dou a mínima para esse pessoal aqui, com exceção dos pais de Sara. Se ela me provocar, eu cumpro minha ameaça, mesmo se isso significar eu desistir da minha anistia que lutei tanto para conseguir.

Sem Sara, nada dessa merda importa.

Se eu não posso tê-la, eu devo queimar a porra do mundo todo também.

— Você é insano — Ela sussurra finalmente e eu sorrio de modo sinistro quando ouço a aceitação na sua voz.

— Sim, sou, ptichka. Não esqueça isso. Te vejo aqui em breve.

E desligando, volto para me misturar com os convidados.

Eu ainda estou tremendo quando saio do meu quarto, segurando o telefone de Danny com uma mão e ajeitando a renda do meu vestido com a outra.

— Estou pronta para ir, mamãe — Digo assim que ela sai do sofá, claramente surpresa de me ver.

— Tem certeza? Querida, você parece *muito* pálida.

— Não, estou bem, mãe. — Consigo dar um sorriso fraco. — O remédio está finalmente fazendo efeito.

Minha mãe voltou com o remédio na hora que saí do banheiro depois de vomitar, então, eu tomei imediatamente algumas pílulas e disse a ela que tinha que deitar por alguns minutos. Achei que ela fosse aceitar a explicação, mas quando suas sobrancelhas se juntarem, sei que eu estava apenas enganando a mim mesma.

Minha mãe me conhece bem demais.

— Sara, querida... você sabe que não tem que fazer isso, certo? — Diz ela, parando na minha frente. — Se você está com dúvidas, pode mudar de ideia. Todos entenderão. Você não tem que se casar com ele se não estiver pronta.

Ela está errada. Eu não posso mudar de ideia – não se nossos amigos precisam ficar vivos neste dia. Eu não tenho ideia se ele iria realmente fazer o que se propôs, mas não posso correr esse tipo de risco.

Não com um homem que é capaz de tais coisas monstruosas.

Se o objetivo do agente foi me fazer sentir mais baixa do que um inseto esmagado, ele conseguiu admiravelmente. Cada palavra que ele jogou em mim foi como uma bala, porque era tudo verdade. Os crimes que Peter cometeu são abomináveis, imperdoáveis e eu sei disso. Eu sempre soube, mesmo assim, eu me deixei apaixonar por ele.

Eu aceitei sua maldade, a abracei ao ponto de concordar em me casar com ele por vontade própria. Mesmo depois da visita de Ryson eu não iria rejeitar Peter, apesar de ele ter interpretado desse jeito. Eu estava apenas transtornada pelas estocadas verbais de Ryson e meu instinto foi por suplicar por tempo.

Eu passaria por esse casamento – apenas em outro dia.

— Não é isso, mãe — Digo quando seus olhos

passam pelo meu rosto, tentando achar qualquer sombra de dúvida. — Eu amo Peter e quero me casar com ele. Eu só não estava me sentindo bem.

Seu olhar passa para o telefone que estou segurando. — O que ele te falou?

Eu pisco para ela. — O quê?

— O motorista grande que veio – ele te deu aquele telefone. Imagino que para ligar para Peter, certo? Então, o que o seu noivo te disse?

— Nada. Ele apenas me lembrou da hora. E falando que... — Eu olho para a tela do celular acesa — precisamos realmente ir.

Mamãe olha meu rosto por mais uns momentos, então, assente. — Tudo bem, querida. Se é isso que você quer, vamos. Temos um casamento para comparecer.

ara

Eu devo ter ficado em transe no caminho, pois, a ida ao Silver Lake parece que durou apenas alguns segundos. Piscando, saio do carro com a animação de alguns convidados e meu olhar repousa na figura alta de preto em pé uns três metro adiante.

Peter.

Meu inimigo.

Meu espião.

Meu amante.

Meu marido em instantes.

Seus olhos são como betume cinza, não refletindo nada, mas eu sinto as emoções voláteis dentro dele, sinto a violência amontoada mascarada pela calma de predador. Mesmo assim, não consigo evitar ser atraída por ele, passando meus olhos pelas linhas poderosas do seu corpo. Eu nunca o vi vestido tão formalmente antes, mas cai bem nele, o smoking fino enfatizando o formato em 'V' do seu torso e a camisa branca fazendo sua pele bronzeada brilhar.

Ele está magnífico, tão estonteante como uma estrela de cinema e apesar da reviravolta continuar dentro de mim, um pequeno calor corre minha pele, a reação primal e incontrolável acompanhando o frisson do medo.

Eu posso ter salvado os outros por ter vindo, mas pagarei pela demora.

Peter não deixará meu momento de fraqueza ser esquecido.

Eu olho para ele quando me aproximo e ele estende sua mão, sua boca curvada num sorriso zombador. Eu coloco minha mão na sua grande palma e sinto o calor dela descendo até os dedos dos meus pés – que só agora vejo que estão tão frios quanto meus dedos.

— Olá, ptichka — Murmura ele e abaixa a cabeça para dar um beijo suave nos meus lábios. À nossa volta ouço alguns 'oooh' – provavelmente das minhas novas colegas de trabalho, que não têm razão de suspeitar que isso é qualquer coisa a não ser um simples caso de amor. Pelos cantos dos meus olhos, vejo Marsha olhando para nós, suas feições tensas e pálidas e atrás de Peter está Joe Levinson, que está com a expressão de alguém comparecendo a um funeral... onde o caixão está cheio de explosivos.

— Olá — Respondo com calma, fazendo meu

melhor para ignorar todos os olhares à nossa volta. — O fotógrafo está aqui?

— Sim, meu amor. Vamos.

Colocando uma mão possessiva em volta da minha cintura, ele me leva para um lugar pitoresco ao lado do lago, onde um homem com uma câmera está tirando fotos de Phil e Rory.

Meu pai está lá também e minha mãe está a caminho, andando tão rápida quanto seus sapatos altos permitem. Acalenta meu coração vê-la tão forte e saudável; a memória dela no hospital, cheia de ataduras como uma múmia, ainda assombra meus pesadelos.

Quando estamos na metade do caminho para o lago e fora dos ouvidos dos convidados, eu olho para Peter e murmuro: — Desculpe-me.

Suas mandíbulas se apertam. — Discutiremos isso mais tarde.

Eu engulo e olho para baixo, focando em não tropeçar no piso instável com saltos altos. Eu não menti: eu *estou* arrependida. Agora que estou de volta à órbita de Peter, sinto quão inevitável é tudo isso, a força das linhas sombrias que nos seguram. Minhas dúvidas anteriores parecendo sem base e ingênuas, irracionais ao ponto da insanidade. O que importa se nosso casamento é hoje, amanhã, ou daqui a um ano? Meu carrasco será o mesmo homem, o mesmo assassino letal que me apaixonei.

Da hora que encontrei Peter, eu soube que não há saída para mim e o que aconteceu hoje apenas confirma isso.

Quando nos aproximamos do lago, vejo os colegas de Peter juntos, num lado, e acenos para eles. Eu estou feliz em ver que eles acenam de volta. É estranho, mas senti falta deles também.

Para mim, eles são como irmãos de Peter.

Quando chegamos ao lago, o fotógrafo – um homem gordinho com barba que parece um Papai Noel de barba preta – nos ajeita numa variedade de poses, desde olhar com ternura nos olhos um do outro até sentarmos juntos no banco e Peter segurando meus braços. Ele tira fotos de nós dois juntos e de cada um de nós; de nós dois com nossos pais e com todos os nossos amigos. As poses são infindáveis e depois que eu apresento Peter a todos, eu me vejo fora de mim, sorrindo e me colocando no piloto automático.

Faria Peter o que ameaçou?

Mataria ele a todas essas pessoas apenas para me punir por tê-lo deixado no altar?

Quero acreditar que a resposta é não, mas meu instinto diz que sim. Ele é capaz disso e sua obsessão comigo tem sempre uma pitada de algo sombrio, igual nossa brincadeira de quarto.

Peter me ama, me tem como um tesouro, faria qualquer coisa por mim.

Incluindo cometer assassinato em massa.

Apesar de ser um pensamento terrível – ou pelo menos eu deveria achar isso terrível. E acho... na maioria das vezes. Apenas uma pequena parte de mim que acha esse nível de obsessão tóxica, tão amedrontadora como pular de um penhasco num mar tempestuoso.

— Pronta, meu amor? — A mão grande de Peter possessivamente segura meu cotovelo e eu olho para ele, confusa.

— Para a cerimônia — Explica ele e eu assinto, deixando-o me guiar para o gazebo.

Chegou a hora.

Vida de casada, aqui vou eu.

Minha ptichka está pálida e estonteantemente bela quando fica ao meu lado, ouvindo o juiz falando suas baboseiras. Ele fala sobre amor, compromisso, ajudar um ao outro nas dificuldades, e uma onda sinistra de satisfação passa por mim quando ele faz a pergunta tradicional para Sara, e ela responde quietamente: — Sim, prometo.

Ele vira-se para mim e, então:

— Você, Peter Garin, aceita Sara Cobakis como sua esposa legal, para tê-la e mantê-la, na doença e na saúde, até que a morte os separe?

— Sim — Digo. — Com clareza, certificando-me que minha voz chegue até a pequena audiência. — Prometo.

— Pode beijar a noiva — Diz o juiz, e me viro para Sara.

Ela está olhando para mim, olhos bem abertos e lábios macios partidos e eu abaixo minha cabeça, esfregando meus lábios naquela boca tentadora. É muito importante ser gentil agora. O menor deslize no meu autocontrole poderia destravar a ira borbulhando dentro de mim e não posso deixar isso acontecer.

Não até que estejamos a sós.

Ouvem-se palmas e gritaria e um som familiar começa a tocar atrás do gazerbo.

A banda que contratei – a que Sara parecia tão excitada – está aqui, se acomodaram e se prepararam para tocar durante a cerimônia. Me custou uma nota tê-los aqui por algumas horas, mas julgando-se pela reação dos convidados, valeu a pena.

— Vamos? — Ofereço meu braço para Sara quando a maioria dos convidados jovens corre para a música, gritando pela chance de ver seus ídolos ao vivo.

— Claro. — Seu braço fino desliza na dobra do meu braço quando ela sorri cuidadosamente para mim. — Vamos.

Não preparamos uma dança, mas com a insistência das novas colegas de trabalho de Sara, eu a pego nos meus braços e dançamos agarradinhos uma música lenta e romântica, uma que reconheço como sendo um clássico em vez de um dos próprios números da banda. Novamente, tenho que ser cuidadoso, tenho que manter meu toque gentil e leve, manter a distância apropriada em vez de puxar Sara para mim e rasgar aquele vestido branco elegante para possuí-la aqui e agora, na grama macia.

Felizmente, a música lenta termina antes que meu autocontrole comece a se despedaçar e a banda começa um dos números mais populares. Os colegas de banda de Sara e uns poucos outros convidados juntam-se a nós, rindo e batendo palmas e terminamos dançando em grupo antes que a amiga de Sara, Marsha, a puxe para dançar com ela e outras duas enfermeiras.

Espero até que a música termine e, então, sinalizo para que o pessoal do bufê comece a trazer os aperitivos.

Visto sermos apenas cerca de vinte e poucos, temos três mesas: uma pequena redonda para mim e Sara, e duas grandes ovais para o resto dos convidados. Não me preocupei com escolha de assentos, então, os pais de Sara ficam com seus amigos e a maior parte dos amigos de Sara e colegas de trabalho se junta na outra mesa.

A comida é maravilhosa, como deveria ser de um *chef* oito estrelas Michelin e quando todos começamos a comer, a maioria dos convidados parece estar se divertindo. Sara deve estar achando isso também, porque ela diz baixinho: — Obrigada por organizar tudo. Este é um dos casamentos mais legais que já participei.

Eu sorrio para ela calmamente, apesar de que tudo que quero é deitá-la na mesa. — Estou feliz, meu amor. Quero que você fique feliz.

E ela será, uma vez que suplante quaisquer dúvidas

restantes sobre nós. Certificar-me-ei disso. Farei o que for necessário para fazê-la feliz.

A única coisa que não farei é libertá-la.

De qualquer modo, não acho que ela queira isso – não lá no fundo, onde realmente importa. Não sei o que a amedrontou esta tarde, mas tenho uma suspeita.

Será que ela descobriu a morte de Sonny Pearson?

Não vejo como, visto não ter estado na clínica nos últimos dois dias, mas parece fazer sentido. De qualquer modo, irei ao fundo disso.

Esta noite.

Quando ficarmos a sós.

Depois que estamos satisfeitos com a comida, Sara e eu cortamos o bolo – uma bela criação com sete camadas de glacê cremoso – e, então, todos voltamos a dançar e tirar fotos. As apresentações breves feitas por Sara antes da cerimônia claramente não foram o bastante para todos e logo me acho cercado por perguntas inquiridoras dos convidados que aparentemente se igualam em bravura ao seu consumo de álcool.

— Como vocês se encontraram novamente? — Exige Marsha, dançando enquanto engole outro copo de champanhe. — Sara disse que vocês tem ido e voltado no namoro já por algum tempo...?

— Sim, exatamente — Joe Levinson esbraveja, suas mandíbulas alinhadas para briga. — Quando e como vocês se conheceram? Nenhum de nós sabia que Sara estava tendo um relacionamento.

Lembro-me que a faca que trago no meu calcanhar

não é para cortar a garganta desse homem. — Nos encontramos num clube em Chicago alguns meses atrás — Respondo com calma e secretamente faço um sinal para Anton. — Como eu viajava muito a trabalho, decidimos manter nosso relacionamento fechado até que estivéssemos certos que iria a algum lugar.

— E você é da Rússia? — Andy, a enfermeira ruiva, me estuda com o cenho confuso. — Como em, o mesmo lugar que...

— Achei você! — Anton bate nas minhas costas. — Estava te procurando em todo lugar. Os caras precisam de você por um momento.

— Desculpe-me — Falo aos convidados educadamente e sigo Anton a um lugar perto do lago onde meus companheiros estão agrupados com uma garrafa de vodka cara.

— Obrigado pelo resgate — Digo quando saímos do alcance dos ouvidos dos amigos de Sara. — Não estou com humor para lidar com as perguntas deles hoje.

— Você precisará eventualmente — Diz Anton e eu dou de ombros, apesar de saber que ele está certo.

Para me integrar com este pessoal, terei que dar-lhes algumas respostas.

— Então, como se sente sendo um homem casado novamente? — Pergunta Ilya, colocando uma dose de vodka para mim.

Bebo, em vez de responder, sentindo a queimação familiar descendo pela minha garganta. Eu não bebo muito – nunca bebi – mas hoje é tentador. Quero esquecer como me senti quando ouvi a hesitação na voz de Sara ao telefone, dizendo-me que precisava de mais tempo.

— Me coloca outra — Digo, segurando o copo vazio e Ilya obedece.

Engulo novamente, então, mostro o copo de volta para Ilya.

— Mais? — Pergunta ele secamente e balanço a cabeça.

— Estou satisfeito, obrigado.

Isso vai ter que servir para me acalmar. Meu autocontrole já está por um triz e não irei arriscar ferir Sara quando finalmente estiver com ela a sós.

Não sou *tão* monstro assim.

— Então é isso, hein? — Anton gesticula para o pessoal junto ao gazebo. — É isso que você quer?

— *Ela* é o que quero. — Sento-me na grama, olhando Sara ir de um grupo ao outro, rindo e dançando, fazendo uma imitação genial de noiva feliz. — Só que ela vem com todos os penduricalhos.

— Talvez — Diz Yan, pegando a garrafa. Tirando a tampa, ele toma um gole direto do gargalo. — Ou talvez não.

Jogo um olhar forte para ele. — Você é um perito na minha esposa, certo?

Ele dá de ombros e toma outro gole. — Ela ainda pode te surpreender. Você acha que ela é tão diferente de nós? Toda doçura e bondade e leveza? Você acha que todas aquelas pessoas — Ele gesticula para os convidados com a garrafa — são todas doçura e leveza?

Volto meu olhar para Sara em vez de responder e

ele suspira. — Fico surpreso que você, entre todos, não veja isso. Ela te quer, certo? Te ama, mesmo sabendo o tipo de homem que é?

Também não respondo e ele continua: — Por que você acha que ela gosta de você? Porque ela vê algo de bom em você? Ou porque ela secretamente gosta do mal?

Anton reclama. — Oh, por favor. Essa porra de novo não. Toda vez que você toma vodka...

— Aposto no último — Diz Yan como se Anton não tivesse falado. — Ela é mais como você do que você imagina e essa porra toda — ele gesticula com a garrafa para o gazebo novamente — é o que ela foi treinada a pensar que a fará feliz, não o que ela quer exatamente.

Levanto-me, limpando a grama das minhas calças. — Tem mais vodka na nossa mesa — Digo a Ilya, que está olhando invejosamente seu irmão esvaziar a garrafa. — É melhor ir pegar se estiver com vontade. A festa vai acabar em breve.

Apesar de ser divertido ouvir a tagarelice do bêbado Yan, prefiro bem mais levar minha nova esposa para a cama.

Sara

SINTO COMO SE PETER E EU ESTIVÉSSEMOS NUMA PEÇA teatral, cada um representando seu personagem. Ele é o noivo gracioso, reservado, mas extremamente educado e eu a esposa sorridente, tagarela e excitada. Ou, pelo menos, sou essa depois de três taças de champanhe; elas ajudam muito com a parte 'tagarela-excitada', o que, por sua vez, ajuda com as perguntas escrutinadoras dos meus amigos.

Posso sempre pular para outro grupo de convidados, rindo e encorajando todos a dançar – algo que faço alegremente, dada a fonte da música.

— Como está se sentindo, querida? — Pergunta mamãe quando me junto ao seu pequeno círculo por um minuto. — Voltou a sentir o estômago?

— Não, tudo bem, mamãe. — Dou a ela meu sorriso mais aberto. — E como estão vocês?

Mamãe sorri e pega a mão de papai. — Nos divertindo bastante, assim como todos aqui. Seu Peter fez um trabalho maravilhoso.

— Obrigada, mamãe. — Abro um sorriso largo para eles. A reação dos meus pais era a minha maior preocupação e estou muitíssima aliviada que eles pareçam aceitar nossa relação – pelo menos externamente. Eu não lhes dei muita escolha, claro, mas ainda é bom saber que eles estão dispostos a dar uma chance ao Peter.

— Achei você — A voz com sotaque familiar murmura quando um braço longo enrola na minha cintura.

Eu vejo o olhar prateado do meu marido e sorrio, esquecendo de ficar desconfiada naquele momento. — Oi. Estava onde?

— Ali com meus colegas — Diz ele, movendo a cabeça para a beirada do lago e eu rio quando vejo os três russos trocando algo que parece uma garrafa de vodka.

— Então os estereótipos são verdadeiros? — Pergunta papai, seguindo meu olhar e Peter assente, sorrindo.

— Na maioria das vezes. Pessoalmente, prefiro cerveja, mas à vezes você precisa realmente sentir a queimação. — Ele olha para mim, seus lábios ainda curvados. — Como está se sentindo, ptichka?

Minha respiração acelera quando noto o tom

secundário sinistro no sorriso sensual. — Oh, eu... eu estou bem.

— Bom. — Ele me olha de frente e ternamente esfrega as juntas dos dedos na minha mandíbula. — Estava preocupado.

Eu engulo quando meu coração pula outra vez. Estamos nos aproximando da hora do julgamento. Posso sentir.

— Por que você não joga o bouquet e, então, dizemos adeus para os convidados? — Sugere ele, como se lesse minha mente. — Foi um longo dia e também você não deve estar muito bem.

— Sim, querida — Junta-se minha mãe, feliz não sabendo do que acontecerá. — Por que vocês não se vão? Foi uma festa maravilhosa e estou certo que todos já comeram e beberam bastante.

Olho para o sol se pondo sobre o lago. — Mas...

— Vem, meu amor. — O braço de Peter se aperta na minha cintura, apesar do seu sorriso não mudar. — Vamos.

— Ok. — Olho para os meus pais. — Até logo. Veremos vocês em breve.

— Tchau, querida. — Mamãe vem em minha direção e Peter me solta apenas o bastante para eu dar um abraço nela e no papai. — Parabéns novamente.

— Obrigada. — Dou um sorriso luminoso novamente e Peter me leva para jogar o bouquet e dizer até logo para todos os convidados.

∼

— Então, vamos nos mudar? — Pergunto quando saímos do carro perto do nosso prédio. Minha voz está um pouco fraca, mas toda a coragem que tinha foi embora durante a vinda para cá, deixando meu coração martelando com mais intensidade ao nos aproximar da nossa casa.

— Você quer? — Peter olha para mim, seu olhar sem significado ao nos aproximar do apartamento. — Como te disse, achei alguns lugares, mas não quis fazer nada sem te consultar.

Seu tom não tem sinal de escárnio, mas o sinto de qualquer jeito. Se hoje mostrou algo, é que ele ainda tem o poder – e faz todas as leis.

Decido continuar com seu fingimento. — Sim, acho que gostaria de me mudar. Este lugar é muito pequeno para nós dois – e acho que seria legal não ter muitos vizinhos.

— Eu concordo. — Seus olhos brilham um pouco e sua voz diminui num murmúrio — Quero ter você toda para mim.

Ruborizando, eu abro minha boca para responder, mas nesta hora ele se curva e devagar me pega nos braços, ignorando minha ofegada de espanto.

— Tradição — Diz ele, com um sorriso largo sombrio e entra no saguão, carregando-me com sua facilidade costumeira.

Passamos pelas jovens mulheres vizinhas no caminho para o elevador e eu escondo meu rosto no pescoço de Peter quando elas urram e gritam: — Parabéns!

Temos realmente que nos mudar para algum lugar com menos pessoas.

— Pode me colocar no chão — Digo a Peter quando estamos dentro do elevador, mas ele apenas olha para mim, seus olhos ficando mais sombrios.

— Por quê? — Murmura ele, seus braços se apertando em mim. — Gosto de você assim.

Meu pulso pula novamente quando meu nervosismo anterior volta e eu empurro os ombros de Peter. — Não, verdade, ponha-me no chão, por favor.

— Por quê? — Suas mandíbulas se apertam, toda a felicidade saindo das suas feições. — Para você correr? Entrar num buraco e dizer que está doente?

— Eu *estava* doente! — Olho com raiva para ele, a raiva denunciando minha ansiedade. — Pergunte a mamãe se não acreditar em mim. Eu vomitei e tive que tomar Pepto-Bismol.

Suas sobrancelhas escuras se juntam. — O quê?

— Mamãe já te disse. No telefone, eu a ouvi te falando. — Empurro seus ombros novamente quando as portas do elevador se abrem e ele sai, carregando-me no corredor. — Estava com dor de estômago.

Ele franze quando para em frente à porta do meu apartamento. — Sim, ela falou isso, mas eu achei... — Ele cuidadosamente me abaixa nos seus pés e pega as chaves no bolso.

— Você achou que era uma desculpa? Não, isso aconteceu. — Mas não porque eu estava doente. Eu mordo o lado da minha bochecha, então, decido não começar nossa vida de casados com uma mentira – nem mesmo uma omissão.

Esperamos até entrar no apartamento, daí, eu digo num tom calmo: — Peter... tem algo que você deveria saber. O Agente Ryson veio aqui hoje antes de eu sair.

Ele vira uma estátua, e se vira para me encarar. — O quê?

— Não oficialmente — Apresso-me em assegurá-lo. — Ele apenas queria conversar comigo.

Suas mãos grandes se fecham nos seus lados. — Por quê?

— Eu acho... Eu acho que ele estava frustrado. De como tudo se resolveu. Ele acha que menti para ele e que nós — eu engulo, minha garganta queimando — conspiramos para matar George. Que eu queria que você se livrasse de George porque o cérebro dele estava ferido e ele era alcoólatra e eu já estava planejando me divorciar.

Peter xinga baixo quando respira. — Aquele *ublyudok* desgraçado. Eu deveria ter... — Ele para e respira. Num tom mais manso, ele pergunta: — Ele te deixou nervosa, ptichka? É por isso que você iria faltar?

Eu assenti levemente. — Desculpe-me por isso. Eu realmente sinto muito. Já estava acontecendo tão rápido e, então, ele entrou e... — Aperto meus olhos fechados, os abro para ver o olhar cinza penetrante novamente. — Eu sinto muito. Eu só não estava pensando corretamente.

Peter move sua mão pelas minhas mandíbulas, o

toque sedoso e macio. — O que mais ele te disse, meu amor?

— Nada. Ele só... Oh, ele realmente disse que se você fizer qualquer coisa de natureza criminosa, o trato seria anulado... e eles agora também têm meu número.

O olhar de Peter endurece novamente. — Entendo. — Ele vai para trás, abaixando a mão e eu vejo que ele está com raiva – com tanta raiva como eu nunca vi.

De repente preocupada, chego perto, pegando suas duas mãos nas minhas. —Você não vai fazer nada com ele, certo? Te disse isso porque não quero ter nenhum tipo de mentira entre nós – não porque eu queira que você puna Ryson.

Ele não responde, mas vejo minhas respostas nas suas mandíbulas apertadas e rigidez da sua palma na minha pegada.

— Peter, não, por favor. Ouça-me... — Eu aperto sua mão. — Ele é um agente federal e *quer* que você escorregue. De fato, eu não ficaria surpresa se esse fosse o motivo de ele ter vindo aqui hoje: provocar você e certificar-se de que você viole os termos do acordo. Não jogue o jogo dele. Não vale a pena.

As feições de Peter não mudam. — Você está preocupado com ele ou comigo?

Eu largo sua mão. — Os dois, claro. Eu não quero que você o machuque – e definitivamente não quero que você se meta em problemas por causa dele.

— Hummm. — Peter acaricia suavemente o lado do meu rosto. — Eu imagino.

Eu molho meus lábios. — Imagina o quê?

— Você seria feliz se eu apenas fosse embora e te deixasse? Se eu me metesse em problemas e tivesse que ir embora para sempre?

Eu pisco para ele. — Mas... você não faria isso. Você me levaria contigo, certo? Se você tivesse que ir?

Seu olhar fica mais sombrio. — Talvez. É isso que você iria querer, ptichka?

Meu peito se aperta, dificultando minha respiração. — Peter... Eu...

— Você ainda não consegue falar, consegue? — Ele segura meu queixo novamente, fazendo-me olhar nos seus olhos. Sua voz com uma nota estranha. — Você não consegue admitir que isso é mútuo, que não sou o único louco.

Eu engulo em seco e me afasto, saindo da sua pegada. — Não é assim.

— Não? — Ele vem atrás de mim, tão implacável como um tubarão. — Diga-me, por que você quase fugiu hoje, então. Diga-me o que aconteceu com a visita de Ryson que te fez assim.

Eu continuo indo para trás até que minhas costas pressionam contra a parede. — Eu já te disse tudo.

— Tudo não. — Ele aperta suas palmas na parede nos meus dois lados, me engaiolando mais uma vez. Seu tom é tanto cruel quanto terno quando murmura: — Quase tudo, meu amor.

Eu olho para ele, meu pulsar batendo nas têmporas. Eu não entendo o que ele quer, o que ele quer de mim. — Peter, por favor. Desculpe-me por aquilo, sinto muito realmente. Eu estava tão nervosa que não estava pensando, mas isso não é desculpa. Eu não deveria... — Eu balanço a cabeça.

— Não, você realmente não deveria — Ele concorda, seus olhos ficando mais sombrios e, então, sem aviso, ele engancha sua mão no corpete do meu vestido e abaixa com selvageria estrondosa, rasgando a renda feita à mão e enviando os botões de pérolas se espalhando pelo piso.

Ofegando, eu seguro a parte de cima do meu vestido rasgado, mas Peter me vira, pressionando meu rosto contra a parede. — Você realmente, realmente, não deveria — Uiva ele no meu ouvido e abaixa o vestido ainda mais, fazendo um amontoado em volta dos meus joelhos.

Eu estou com meu sutiã sem alças e a calcinha – peças sexy de renda que eu vesti para combinarem com o vestido. Elas também não duram mais que um momento, visto Peter rasgá-las de mim, deixando-me completamente nua.

Ofegando, eu coloco minhas palmas na parede, esperando que ele abra minhas pernas e me foda, mas em vez disso, seu braço poderoso desliza pelo meu tórax, levantando-me para fora do restante do meu vestido. Meus sapatos, com suas tiras finas em volta dos tornozelos, ficam nos meus pés, minhas pernas ficam balançando no ar quando ele implacavelmente me carrega para o quarto.

Ele me joga na cama com o rosto para baixo e eu luto para me virar quando ele se afasta para retirar suas próprias roupas. Eu vejo um lampejo de metal e ouço algo cair com força quando ele retira seu paletó – *ele estava armado no nosso casamento?* – mas, então, meu foco muda para algo bem mais perigoso.

A expressão no seu rosto.

Seus olhos estão cerrados, suas narinas dilatadas quando ele abre o cinto e na rapidez dos seus movimentos, eu vejo a fome violenta que está sempre lá, a necessidade sinistra e selvagem que também pulsa nas minhas entranhas.

Ele irá me ferir esta noite, eu consigo sentir isso e minhas partes internas se apertam numa onda de medo e desejo. Eu deveria correr, deveria protestar, mas meu corpo age do seu próprio modo, minhas pernas saindo da cama para me ajoelhar no tapete à frente dele, minhas mãos pegando seu zíper para abrir suas calças do smoking.

— Sim, assim, venha aqui — Ele murmura sob sua respiração, suas mãos nos meus cabelos embaraçando-os quando eu abro seu zíper e abaixo suas calças, liberando sua ereção. Ele já está totalmente ereto, seu pau longo e grosso, tão duro que as veias estão saltadas ao longo do pau. Ele é uma arma, esse pau, mas também uma ferramenta de prazer inimaginável e minha boca fica cheia d'água quando olho para ele, lembrando como me engasguei com ele – como ele me deu tesão.

Ele puxa meu rosto para mais perto e bate com seu pau na minha bochecha. Uma vez, duas vezes, uma terceira vez. Eu abro a boca na quarta batida e pego a cabeça, chupando quando olho para ele. O sabor familiar de almíscar aumenta meu calor interno e minha mão esquerda serpenteia entre minhas pernas quando a direita acopla nas suas bolas.

Seu rosto revira com prazer feroz quando aperto suavemente e ele empurra mais fundo na minha boca, seus pulsos apertando meu cabelo. — Fode... — Geme ele, sua voz baixa e rouca. — Continua fazendo isso, desse jeito mesmo.

Eu obedeço, deixando-o foder minha garganta enquanto massageio suas bolas. Ao mesmo tempo, minha mão esquerda esfrega meu clitóris, minhas coxas se contorcendo com tensão crescente quando acho o ritmo certo. Suas pupilas dilatam mais, seu quadril movendo-se mais rápido e estou perto, tão perto quando ele fala entre os dentes algo em russo e abruptamente me empurra.

Espantada, eu caio para trás nas minhas palmas e antes de poder ver o que está acontecendo, ele me pega e me joga na cama novamente.

— Você não vai gozar fácil assim — Rosna ele e eu inspiro ofegando quando ele passa seu cinto em volta dos meus pulsos, prendendo-me na cabeceira da cama e move seu corpo para baixo, suas mãos fortes separando minhas pernas.

— O que você vai fazer? — As batidas do meu coração são tão rápidas que quase não consigo falar. — Por favor, Peter, você não tem que ...

— Quieta — Ele respira nas minhas coxas, eu ofego quando seus dentes raspam meus lábios antes da sua língua empurrar entre minhas dobras, achando meu clitóris pulsante.

A ignição é quase instantânea. Fogo lambe minhas veias e eu me arco para trás, gritando e puxando o cinto enquanto o orgasmo atrasado me esmaga, fazendo todo o meu corpo um espasmo só. Mas meu carrasco não terminou. Sua língua suaviza, diminuindo apenas o bastante para eu cavalgar os choques subsequentes e dois dedos ásperos entram em mim, achando meu ponto 'G'. Eu grito, espiralando novamente quando sua língua volta seu trabalho demoníaco e não dura muito até eu gozar novamente.

Mas ele ainda não terminou, sua boca talentosa movendo-se para a parte de cima do meu corpo, dando beijos quentes na minha barriga e seios, chupando meus mamilos e a parte sensível do meu pescoço. E sempre seus dedos dentro de mim enquanto seu polegar trabalha no meu clitóris, levando-me perto do ápice novamente.

Seus lábios encontram os meus quando começo a gozar e eu gemo meu gozo na sua boca sentindo meu gosto na sua língua quando ele aprofunda o beijo. Meus músculos parecem virar líquido sob minha pele, meus pulsos puxando o cinto e ainda ele me fode com aqueles dois dedos ásperos, apesar do meu clímax ter passado.

Estou no limiar de mais um orgasmo quando ele levanta a cabeça e tira os dedos, apenas para movê-los mais para baixo, espalhando minha umidade pelo caminho. Eu mexo meu corpo para os lados, quando noto o que ele está planejando, mas ele é implacável e eu grito, meus olhos apertados fechados quando seu dedo do meio acha minha entrada traseira, seu dedo escorregadio já lubrificado entra em mim, vencendo a resistência dos músculos travados.

Ele já me possuiu assim antes, mas foi há mais de nove meses e seu dedo parece tão grande quanto seu pau, a ponta da unha raspando no meu tecido liso. As batidas do meu coração aumentam mais ainda, minha respiração na garganta quando ele retira o dedo invasor lentamente, apenas para que o junte a outro.

— Peter...

— Shhh. — Ele me beija novamente e os dois dedos pressionam minha entrada, eu tensa pelo pânico, seu polegar acha o clitóris pulsante. O orgasmo que tinha diminuído, volta que nem foguete, a tensão subindo com força explosiva e eu gozo, gemendo indefesa, os dois dedos entram todo.

Fico tensa novamente, mas é tarde demais e tudo o que posso fazer é tremer e respirar quando ele abre minha passagem apertada, fazendo-a doer e queimar. O preenchimento é insuportável, invasivo, mesmo assim, sob o desconforto tem a promessa de algo mais e meu corpo se contrai nos choques pós-orgásmico, indo atrás da sensação sinistra.

— Sim, assim, ptichka — Respira ele contra meus lábios e eu tremo quando seu polegar acha meu clitóris novamente. Eu não posso gozar outra vez, é impossível, mesmo assim meu corpo não vê que já está desgastado. A tensão aumenta no meu âmago, apertando forte e estou no limiar do orgasmo, tremendo e ofegando, quando o dedo invasor sai do meu cu.

Eu gemo frustrada, puxando o cinto e arqueando meu quadril e ele ri suavemente, o som baixo e sinistro quando a parte do colchão ao meu lado afunda.

Espantada, abro meus olhos, mas ele já está de volta, uma pequena garrafa na sua mão. — Não se preocupe, ptichka. Vamos chegar lá — Promete ele com voz rouca e eu pulo quando ele derrama a garrafa, espalhando o líquido frio todo sobre meu sexo inchado. Ele desce, para as valinhas entre meus glúteos e meu pulso acelera novamente quando nossos olhos se encontram.

No seu olhar, eu vejo fome e algo mais, uma exigência muda mas feroz. Colocando seus antebraços sob meus joelhos, ele levanta minhas pernas nos seus ombros e se debruça para frente, esticando seu bíceps da coxa enquanto guia seu pau para meu cu.

— É isso que você quer de mim? — Seus olhos brilham enquanto ele empurra. — É isso que você precisa?

Ele empurra mais fundo e eu gemo ante a pressão insuportável, suor molhando minhas costas quando meu esfíncter cede vagarosamente. Com minhas pernas nos seus ombros, não consigo controlar a profundidade da penetração e ele escorrega até o fim, enchendo-me até meu estômago revirar-se e minha respiração ficar frenética, com ofegadas rasas.

— Eu não... — Eu inspiro fundo, lutando contra a onda de tonteira. — Eu não entendo.

— Não? — Sua boca se revira, um brilho cruel nos seus olhos metálicos quando ele sai até a metade, apenas para voltar. — Ou é porque você simplesmente não pode falar?

A queimação ainda está lá, o preenchimento total como antes, mas quando seu polegar vai no meu clitóris, uma tensão tentadora abafa a dor. Seu quadril se move devagar, seu pau massivo escorregando profundamente com cada estocada implacável e o orgasmo começa a chegar, o prazer diferente de antes, mais forte e sombrio, tanto agonizante quanto sombrio.

É demais, muito intenso e eu posso me ouvir implorando e apelando, me revirando o tanto que minha posição restringida permite. Mas a luz cruel continua nos seus olhos, sua passada não muda mesmo quando gotas de suor aparecem na sua testa.

— Responda — Diz ele com voz rouca, curvando-se de forma a quase me dobrar no meio, eu grito quando a dor aparece, acendendo o fogo que me consome. O êxtase explode pelas minhas terminações nervosas, minha visão enchendo-se de luzes brancas quando fecho meus olhos. Os calafrios se aceleram até minha espinha, a liberação acelerada pelo corpo, fazendo meus músculos tremerem e travarem.

E o ouço gemer sobre mim e sinto o calor pulsar bem lá dentro. Ele também está gozando, sinto tontura e abro meus olhos o bastante para ver o mesmo prazer agonizante revirar seu rosto.

Respirando pesado, ele colapsa em cima de mim e

ficamos assim, nossas respirações sincronizadas enquanto nos recuperamos. Os músculos das minhas coxas parecem que vão se rasgar pelo estiramento e meu cu queima quando seu pau amolece gradualmente dentro dele, mas não quero me mover.

Quero ficar assim, meu corpo junto do dele para sempre.

— Sim — Digo baixinho quando ele levanta sua cabeça e levanta o corpo para retirar um pouco da pressão das pernas. Nossos olhos se encontram e o triunfo sinistro aparece no seu olhar quando repito desgastada — Sim, é.

Eu entendo sua pergunta agora e sei a resposta terrível. Isso *é* o que quero dele – e definitivamente o que preciso. Dor, punição, força – eu quero isso dele tanto quanto amor e ternura.

Eu preciso do pacote completo, por tão bagunçado como pareça ser.

Ele libera minhas mãos, cuidadosamente sai de mim e me limpa com um lenço. Eu fecho meus olhos, muito drenada para me mover e seus braços fortes deslizam sob mim, levantando-me da cama.

Ele me carrega para o chuveiro e me lava, retirando a maquiagem borrada, desfazendo todos os cachos intrincados do meu penteado. Ele me enrola na toalha e me leva para a sala de estar, onde ele senta-se no sofá segurando-me no seu colo.

Eu deito minha cabeça no seu ombro largo e coloco a palma da minha mão no seu coração, sentindo a batida compassada do seu coração dentro do seu peito musculoso quando ele gentilmente massageia minha nuca, seus dedos fortes nos nós que eu nem sabia que estavam lá.

— Então, me fale. — Sua voz macia, profunda sob meu ouvido. — Diga-me porque você quase deu para trás hoje.

— Porque... — Porque Ryson lembrou-me da realidade das coisas, fez-me sentir mais por baixo do que uma lesma – era isso que eu iria começar a falar, mas eu paro. Não é uma mentira, mas não é toda a verdade também. Eu estava em pânico antes da visita do agente, antes de ele me forçar a confrontar com os fatos horríveis.

— Porque o quê? — Pergunta Peter, pausando a massagem.

— Porque... — Um nó se forma na minha garganta quando fecho meu olho com força, então abro, me afastando para olhar nos seus olhos. É hora de parar de fingir e abraçar a verdade. Respirando fundo, eu digo com firmeza: — Porque você estava certo. Lá no Japão, quando disse que é muito tarde para mim, você estava certo. — Está ficando mais difícil formar as palavras, mas forço-me a continuar. — Já era muito tarde e é definitivamente tarde agora. Não sei quando aconteceu, mas em algum pondo da nossa jornada conturbada, eu me apaixonei por você. Só que eu... — Eu paro, minha garganta se fechando completamente.

Seus olhos cinza se suavizam, sua mão voltando à massagem leve. — Só que você o quê?

— Só que eu não aguento isso — Confesso, as

palavras como pedras dentro das minhas cordas vocais.

— Eu preciso... — Eu paro, incapaz de vocalizar totalmente, mas ele entende.

— Você precisa disso. — Ele levanta a mão e acaricia minha bochecha. — Você precisa que eu faça doer às vezes, ficar no controle e te forçar. Retirar as outras opções, para que você possa abraçar a que você quer realmente.

Eu assinto desajeitada, igualmente envergonhada e aliviada. São o erro e a covardia em mim, mas no contexto de todas as outras coisas erradas, é a coisa que parece certa. Nossa relação nunca será como a das outras pessoas... porque ela absolutamente não deveria existir. Torturador e vítima, assassino e a viúva do seu alvo – somos tão impossíveis juntos quanto o predador e a presa, mas por causa de Peter, estamos aqui.

Sua obsessão nos criou.

Ele entende; vejo isso no seu olhar prateado. — Então hoje, quando te liguei lá do local — Murmura ele, retirando uma mecha úmida de cabelo de trás do meu ouvido — Você precisava disso, não precisava, ptichka? Você precisava saber que fugir não era a opção... você tinha que se casar comigo ou nada.

Eu engulo pesado, lutando contra a tentação de olhar para o outro lado. — Eu acho. Talvez. Eu... — Eu paro novamente, incapaz de formular a mistura confusa de emoções que experimentei. Sua ameaça havia me aterrorizado conforme ele queria, mas agora eu vejo que eu fiquei aliviada.

Bem lá no fundo, eu contara com ele fazer isso. Prender o pior da minha vergonha e culpa.

Sua mão quente se curva em volta da minha mandíbula, seu polegar raspando levemente na minha bochecha. — Tudo bem, ptichka. Não se sinta mal. Isso é o que é e tudo bem admitir isso.

Eu olho nos olhos dele. — Você não acha que eu sou... uma péssima pessoa?

— Porque você me ama, ou porque você não consegue aceitar isso totalmente?

— Nenhum dos sois. Ambos.

Seu sorriso é tanto sensual quanto triste. — Não, meu amor. Você é produto da sua criação, assim como eu sou da minha. Você também estava certa, lá na clínica da Suíça, quando disse que num mundo diferente, uma vida diferente, isso tudo teria sido diferente. Se eu pudesse, eu apagaria o passado, reescreveria a história entre nós, mas em vez disso, te darei o que você precisa - que ambos precisamos, se estamos sendo honestos.

Eu continuo olhando nos seus olhos, meus olhos queimando. Ele entende, porque ele é sinistro, um espelho terrível, seus desejos tanto inverso como paralelo ao meu. Ele me ama, ele demonstrou isso dos modos mais vívidos, mas certas partes dele também precisam me ferir, punir-me pela dor no passado.

Controlar-me, assim, eu não consigo deixá-lo.

Assim, ele não me perderá, do jeito que perdeu Tamila e seu filho.

— Eu realmente te amo — Digo calmamente, as

palavras vindas mais fáceis da segunda vez. — Eu te amo, Peter, com tudo que sou. E eu aprecio o que fez por mim... o que me deu.

Ele me escolheu à sua vingança.

Ele escolheu nosso amor acima do seu desejo de lidar com a morte.

Seu sorriso diminui – a lembrança de Henderson ainda deve doer – mas, então, ele se inclina e dá um beijo leve nos meus lábios. — Eu sei, ptichka. Eu sei que você me ama – e de um jeito ou de outro, faremos isso dar certo. Temos que fazer... porque eu não te deixarei ir embora.

Eu coloco minha cabeça de volta no seu ombro, fechando meus olhos e sinto o coração batendo dentro do seu peito poderoso.

Ele está certo.

Faremos isso dar certo.

Nosso amor pode não ser simples e direto, mas não é menos forte visto o jeito que começou. Este casamento não será fácil, mas é para sempre.

Não importa o que aconteça, temos um ao outro.

Pelo tempo em que ambos estivermos vivos.

Henderson

EU OLHO PARA A TELA DO MEU COMPUTADOR, CLICANDO de uma foto brilhante para a outra, minha garganta queimando e minha mão tremendo com ódio nauseante.

Eles estão lindos, ambos jovens e saudáveis, vestidos do que em matéria de requinte de casamento a riqueza manchada de sangue pode comprar. Numa foto, ele está levantando ela no seu peito; noutra, estão de mãos dadas e olhando nos olhos um do outro.

Eu clico novamente e sinto o amargo da bile. Eles estão rindo um para o outro nesta foto, em pé perto da família e amigos.

Algumas dessas pessoas sabem?

Eles sabem o que ele é?

Ela sabe. Disso não tenho dúvida. Vejo isso nos seus olhos, seu sorriso belo e mentiroso.

Ela sabe e ela o ama.

Ela se casou com ele, sabendo das coisas monstruosas que ele fez.

Mexo minha cabeça de um lado para o outro, tentando em vão livrar-me da tensão agonizante. As injeções de esteroide não ajudam mais e a dor me devora, mantendo-me acordado de noite, aumentando meus pesadelos e insônia.

Três anos fugindo.

Três anos temendo pela vida dos meus filhos.

Três anos sabendo que todos que deixei para trás podem ser mortos ou torturados... que ninguém com que me importo estará verdadeiramente seguro.

Eu clico numa janela e navego para a página do facebook da minha filha. Não tem nada lá há três anos, nada na mídia social do meu filho também. Eles também vivem com medo todo esse tempo.

Medo do monstro sorrindo para a sua noiva amada.

Ele acha que venceu.

Ele acha que acabou.

Ele está convencido que deixarão seu reino de terror para trás.

Virando-me do computador, abro a pasta na minha mesa, tentando ficar calmo enquanto reviso a lista de nomes – minha própria lista desta vez.

Julian Esguerra, cachorrinho monstro da CIA.

Seu sócio leal, Lucas Kent.

Yan e Ilya Ivanov.

Anton Rezov.

E claro, o próprio Peter Sokolov.

Eles acham que conseguiram, que são intocáveis.

Eles não poderiam estar mais errados.

É hora do mundo vê-los como os terroristas que são.

De uma forma ou de outra, eles pagarão.

AGRADECIMENTOS

Obrigado pela sua leitura! Se você considerar deixar uma resenha, apreciaremos muito. A história de Peter & Sara continua em *Nosso Para Sempre*. Por favor, note que a data de lançamento será antes da indicada atualmente. Se você quiser ser notificado quando for lançado, por favor inscreva-se na lista do meu email em www.annazaires.com/book-series/portugues/.

Se você gostou desta série, você pode gostar dos seguintes livros:

- *A trilogia Perverta-me* – a história de Julian & Nora, na qual Peter aparece como personagem secundário e consegue sua lista
- *Trilogia Capture-me* – A história de Lucas & Yulia
- *A trilogia de Mia e Korum* – a história de ficção científica futurista de Korum, um alienígena

poderoso, e Mia, a estudante tímida que ele
está determinado a ter

- *A Prisioneira dos Krinars* – o romance
envolvente entre Emily, uma mulher em
perigo mortal, e Zaron, o alienígena
disfarçado que salva a vida dela

Você também poderá gostar de uma obra em
colaboração com meu marido, Dima Zales:

- O Código de Feitiçaria – as aventuras de
fantasia épica do feiticeiro Blaise e sua
criação, e bela e poderosa Gala

E agora, por favor, vire a página e conheça um
pouco de *Perverta-me.*

Nota do Autor: *Perverta-me* é uma trilogia erótica dark sobre Nora e Julian Esguerra. Todos os três livros estão disponíveis agora.

Sequestrada. Levada para uma ilha particular.

Nunca achei que isso poderia acontecer comigo. Nunca imaginei que um encontro casual na noite do meu aniversário de dezoito anos mudaria minha vida tão completamente.

Agora pertenço a ele. A Julian. A um homem que é tão implacável quanto bonito. Um homem cujo toque me deixa em chamas. Um homem cuja ternura é mais arrasadora do que sua crueldade.

Meu sequestrador é um enigma. Não sei quem ele é nem por que me sequestrou. Há uma escuridão dentro dele, uma escuridão que me assusta, mas que também me atrai.

Meu nome é Nora Leston e esta é minha história.

~

Chegou o anoitecer e, a cada minuto que passava, eu ficava cada vez mais ansiosa com a ideia de ver meu sequestrador novamente.

O romance que eu estivera lendo não mantinha mais meu interesse. Eu o larguei e andei em círculos pelo quarto.

Eu estava vestida com as roupas que Beth me dera mais cedo. Não era o que eu teria escolhido para usar, mas eram melhores do que um roupão. Uma calcinha branca de renda *sexy* e um sutiã combinando, um vestido azul bonito abotoado na frente. Tudo me serviu perfeitamente, de forma muito suspeita. Ele estivera observando-me por algum tempo? Descobrindo tudo sobre mim, incluindo o tamanho das roupas?

A ideia me deixou enjoada.

Tentei não pensar no que aconteceria, mas foi impossível. Eu não sabia por que tinha tanta certeza de que ele apareceria naquela noite. Era possível que ele tivesse um harém inteiro de mulheres na ilha e visitasse cada uma delas apenas uma vez por semana, como os sultões.

Ainda assim, eu sabia que ele chegaria em breve. A noite anterior simplesmente abrira o apetite dele. Eu sabia que demoraria muito para que ele se cansasse de mim.

Finalmente, a porta se abriu.

Ele entrou como se fosse dono do lugar. O que, claro, era verdade.

Fiquei novamente impressionada pela beleza masculina dele. Com um rosto daqueles, ele poderia ter sido modelo ou ator de cinema. Se houvesse alguma justiça no mundo, ele seria baixo ou teria alguma outra imperfeição para compensar aquele rosto.

Mas não tinha. O corpo era alto e musculoso, com proporções perfeitas. Lembrei-me da sensação de tê-lo dentro de mim e senti uma onda indesejada de excitação.

Ele vestia novamente calça *jeans* e uma camiseta, desta vez, cinza. Ele parecia gostar de roupas simples, o que era inteligente. A aparência dele não precisava de realce.

Ele sorriu para mim. Aquele sorriso de anjo caído, sombrio e sedutor ao mesmo tempo. — Olá, Nora.

Eu não sabia o que dizer e falei a primeira coisa que me surgiu na mente. — Por quanto tempo vai me manter aqui?

Ele inclinou a cabeça ligeiramente para o lado. — Aqui no quarto? Ou na ilha?

— Os dois.

— Beth mostrará o lugar a você amanhã. Se quiser,

poderá nadar — disse ele, aproximando-se. — Você não ficará trancada, a não ser que faça alguma tolice.

— Como o quê? — perguntei. Meu coração bateu com mais força dentro do peito quando ele parou perto de mim e ergueu a mão para acariciar meus cabelos.

— Tentar machucar Beth. Ou machucar você mesma. — A voz dele era suave e o olhar hipnótico ao olhar para mim. A forma como tocava nos meus cabelos foi estranhamente relaxante.

Pisquei, tentando me livrar do feitiço dele. — E a ilha? Por quanto tempo pretende me manter aqui?

A mão dele acariciou as curvas em volta do meu rosto. Eu me vi recostando-me na mão dele, como uma gata sendo acariciada, e imediatamente endireitei o corpo.

Os lábios dele se curvaram em um sorriso. O idiota sabia o efeito que tinha em mim. — Muito tempo, espero — disse ele.

Por algum motivo, não fiquei surpresa. Ele não teria se dado ao trabalho de me levar até a ilha se quisesse apenas dar algumas trepadas comigo. Fiquei aterrorizada, mas não surpresa.

Reuni coragem e fiz a próxima pergunta mais lógica. — Por que você me sequestrou?

O sorriso desapareceu do rosto dele. Ele não respondeu, apenas me encarou com um olhar azul inescrutável.

Comecei a tremer. — Você vai me matar?

— Não, Nora, não vou matar você.

A negação dele me reconfortou, apesar de, obviamente, ser possível que estivesse mentindo.

— Você vai me vender? — Mal consegui pronunciar as palavras. — Para ser uma prostituta ou algo assim?

— Não — disse ele em tom suave. — Nunca. Você é minha e só minha.

Eu me senti um pouco mais calma, mas havia mais uma coisa que precisava saber. — Você vai me machucar?

Por um momento, ele não respondeu. Algo sombrio passou em seus olhos. — Provavelmente — respondeu ele baixinho.

Em seguida, ele se abaixou e beijou-me, com os lábios quentes e macios tocando nos meus gentilmente.

Por um segundo, fiquei imóvel, sem reagir. Eu acreditei nele. Sabia que estava falando a verdade quando dissera que me machucaria. Havia algo nele que me assustava. Algo que me assustara desde o início.

Ele não era nada parecido com os rapazes com quem eu saíra. Ele era capaz de qualquer coisa.

Eu estava completamente à sua mercê.

Pensei em tentar lutar contra ele novamente. Seria a coisa normal a fazer na minha situação. Um ato de coragem.

Mesmo assim, não fiz nada.

Eu conseguia sentir a escuridão dentro dele. Havia algo de errado com ele. A beleza externa escondia algo monstruoso.

Eu não queria libertar aquela escuridão. Não sabia o que aconteceria se fizesse isso.

Portanto, fiquei imóvel entre os braços dele e deixei que me beijasse. E, quando ele me pegou no colo e levou-me para a cama, não tentei resistir.

Em vez disso, fechei os olhos e entreguei-me às sensações.

Todos os três livros da trilogia *Perverta-me* estão disponíveis. Por favor, visite nossa página www.annazaires.com/book-series/portugues/ para saber mais e se inscrever em minha lista de e-mail.

Anna Zaires é autora bestseller do *New York Times, USA Today,* e #1 como autora internacional de romance sci-fi e contemporâneo dark. Ela se apaixonou por livros aos cinco anos, quando sua avó a ensinou a ler. Desde então, sempre vive parcialmente no mundo da fantasia onde os únicos limites são aqueles da imaginação. Atualmente, morando na Flórida, Anna é feliz casada com Dima Zales (autor de ficção científica e Fantasia) e colabora de perto com ele em todos os seus trabalhos.

Para saber mais, por favor, visite www.annazaires.com/book-series/portugues/.